四季の〈うた〉

草弥のブログ抄 続

木村草弥 *Kimura Kusaya*

K-SOHYA
POEM BLOG

澪標

四季の〈うた〉

――草弥のブログ抄《続》

木村草弥

はしがき

前の『四季の〈うた〉草弥のブログ抄』が意外に好評で、未知の人から「買って読みました」とか旧作の第一歌集『茶の四季』が欲しい、とか言われたりしたので、続編を出すことにした。

先の本では親しくしていた人たちの本を採り上げるのを忘れて叱られたりした。

私のブログの「カテゴリ」欄には、私の本を進呈したり、相手の方から贈呈された本や雑誌などを採り上げてきたが、例えば
「山田兼士の詩と詩論」とか「高階杞一の詩」とかの項目である。

その中でも数の多いのが「藤原光顕の歌」でナンバリングは五十一件、「村島典子の歌」は四三件になっているが、これらは定期的に刊行される季刊誌を贈呈いただいたからである。

今回は、そういう「カテゴリ」欄から精力的に文章を採った。

今回は「四季」の部立ては採用しなかった。ゴチャ混ぜの編集になるので、ご了承を得たい。

今回は総数一〇一篇ということになる。

「コロナ禍」は益々ひどくなり、中世のペスト禍に匹敵する惨状であり数百万人が死んだ。

私は、どういう「死に方」をするのだろうか。

今度の本も、同好の方たちのご愛読をお願いする。

十数年の苦労は嘘をつかない。珠玉の詩歌たちよ、翔びたて！

四季の〈うた〉《続》――もくじ

春のために　　大岡信

砂浜にまどろむ春を掘りおこし
おまえはそれで髪を飾る　おまえは笑う
波紋のように空に散る笑いの泡立ち
海は静かに草色の陽を温めている

おまえの手をぼくの手に
おまえのつぶてをぼくの空に　ああ
今日の空の底を流れる花びらの影

ぼくらの腕に萌え出る新芽
ぼくらの視野の中心に
しぶきをあげて廻転する金の太陽
ぼくら　湖であり樹木であり
芝生の上の木洩れ日であり

木洩れ日のおどるおまえの髪の段丘である
ぼくら

新しい風の中でドアが開かれ
緑の影とぼくらとを呼ぶ夥しい手
道は柔らかい地の肌の上になまなましく
泉の中でおまえの腕は輝いている
そしてぼくらの睫毛の下には陽を浴びて
静かに成熟しはじめる
海と果実

この詩は一九八六年八月刊学習研究社『うたの歳時記』恋のうた・人生のうた、に載るものである。

みづみづしい現代詩の息吹に触れてもらいたい。

亡き友も五指に余るや牡蠣する

本多静江

寒い季節には「牡蠣《かき》」が美味なるものの一つである。

「焼き牡蠣」など最高である。

「焼き牡蠣」は適当に水分が飛んで、しかも海水のほのかな塩気が食欲をそそる。

先年の一月下旬に安芸の宮島に遊んだが、そこで「焼き牡蠣」を食べた。

目の前で網で焼いてくれて熱々を食べる。ふーふー言いながらの美味で二個で四〇〇円だった。


フランス人も牡蠣をよく食べることは知られている。

Web上で見つけた「フランス落書き帳」というサイトによると、ボルドー（正確にはアルカッション）の牡蠣生産は有名らしい。

フランス国内需要の元になるチビ牡蠣の約七〇％を供給しているという。

牡蠣九個、白ワイン、パン、海を見ながらのロケーションを含めて六ユーロ（約一〇〇〇円）くらいだという。（もっとも、これは産地で食べる値段であって、パリのそこそこの店で食べたら二〇ユーロ以上取られるらしい）

日本でも酢牡蠣にして食べるが、フランスでは生牡蠣にレモンをしぼって食べる。

また、この地方では焼いたソーセージと一緒に食べることも多いと言い、その場合は赤ワインとともに賞味するらしい。

私はオランダで「ムール貝」を食べたことがあるが、フランスで「牡蠣」を生食したことはない。「牡蠣フライ」だが、外食しても、家庭でも、この牡蠣フライが一番ポピュラーではないかと思う。

牡蠣は「海のミルク」と表現されるように、栄養素を豊富に含んでいる。出来れば、海の汚染されていない、きれいな海の産地のものが望ましいだろう。

土鍋での水炊きもおいしいものである。冬の季節には暖かい鍋物は、体が温まって、ほっこりした気分になる。妻が元気な時は家でも、よく食べたが、妻が亡くなった今では鍋物はほとんど姿を消した。

和風、洋風さまざまに料理は工夫できよう。今は年代によって料理の好みもさまざまであるから、ある料理法に固執する必要はないのである。

年配者向きには、牡蠣の使い残りで「牡蠣のしぐれ煮」なども喜ばれる。ご飯が少し余った時など、こんな佃煮も重宝なものである。

牡蠣雑炊なども水炊きの後のエキスの入った汁の活用として、おいしくいただける。

何だか、料理番組みたいになってしまったが、冬の味覚として私の大好きな食品である。

以下、牡蠣を詠んだ句を少し引いて終りたい。

牡蠣はかる水の寒さや枡の中　　高浜虚子

牡蠣鍋の葱の切つ先そろひけり　水原秋桜子
牡蠣の酢に和解の心曇るなり　石田波郷
だまり食ふひとりの夕餉牡蠣をあまさず　加藤楸邨
牡蠣むきの殻投げおとす音ばかり　中村汀女
灯の下に牡蠣喰ふ都遠く来て　角川源義
母病めば牡蠣に冷たき海の香す　野沢節子
牡蠣好きの母なく妻と食ひをり　杉山岳陽
牡蠣そだつ静かに剛き湾の月　柴田白葉女
夕潮の静かに疾し牡蠣筏　打出綾子
牡蠣殻が光る鴉の散歩道　藤井亘

エピステーメー

木村草弥

——第五歌集『昭和』所載——

千年で五センチつもる腐葉土よ楮《かうぞ》の花に陽があたたかだ

手漉紙のやうにつつましく輝《て》る乳房それが疼くから紅い実を蒔かう

紅い実をひとつ蒔いたら乳房からしつとりと白い樹液が垂れた

呵責《かしやく》とも慰藉《ゐしや》ともならむ漂白の水に漉かれて真白き紙は

プラトン、アリストテレス「感覚的知覚＝ドクサ」に対立する「理性的認識＝エピステーメー」『哲学用語辞典』

フーコーは「思考の台座」と名づけたがエピステーメー、白い裸身だ

振り向いてたぐる時間は紙子のやうにしなしなと汚れてゐるな

われわれはひととき生きてやがて死ぬ白い紙子の装束をまとひ

惜しみなく春をひらけるこぶし花、月出でぬ夜は男に倚《よ》りぬ

くるめきの季《とき》にあらずや〈花熟るる幽愁の春〉と男の一語

花に寄する想ひの重さ計りかね桜咲く日もこころ放たず

異臭ある山羊フロマージュ食《は》みをりぬ異臭の奥に快楽《けらく》あるかと

私が摑まうとするのは何だらう地球は青くて壊れやすい

――「未来山脈」掲載作品――二〇二一年三月号掲載

「三月十日」

木村草弥

房総沖で日本軍レーダーを撹乱するため大量の銀箔を撒いた米軍機は
東京湾上を滑空して高度を下げ一気に東京南東部に侵入した
超低空からの奇襲攻撃で三三四機が高性能焼夷弾二千トン、
十九万発を東京下町の人家の密集地帯に投下したのだ
アメリカ側の資料によるとドイツ都市への絨毯爆撃で名を上げた
三八歳のカーチス・ルメイ少将が火攻め空襲の指令を受けて着任した
この若い鬼将軍の冷徹な初仕事が昭和二十年三月十日の空襲だった
二時間半の深夜の攻撃で十二万余の東京市民を焼き殺した
ルメイは広島・長崎への原爆投下の現地指揮官でもある
その功績により大将に昇進し空軍参謀総長に抜擢された

当時の国際法では、戦争に於ては「非戦闘員」を殺傷してはならないことになっていた。今の国際法がどうなっているのか私は知らない。

ドイツの都市に対する「無差別爆撃」などは明らかな法的逸脱であったが、ナチスの残虐極まる不法行為を見過ごすことは出来ないという論理だったらしい。

東ドイツの領域だったドレスデンなんかは徹底的に破壊し尽くされた。

私はドレスデンには二度行ったが、かの地は「石」の文化だから煉瓦の一片も捨てずに再使用して教会なども見事に復元されている。その執念は凄い。

日本への無差別の爆撃も同様の理由によるものだろう。日本人は黙って黙認した。

だがドイツ人は偉かった。戦勝国にも物申したのである。結果的に戦勝国の論理には勝てなかったが、言うだけのことは言った。

歌作品には書かなかったが、このルメイに対して後に日本政府は最高の勲章である勲一等旭日大綬章を贈っている。念のために書いておく。

私は戦中派だが、何故この高性能「焼夷弾」による一連の大空襲のことを知っているのか、書いておきたい。

この東京の空襲の三日後が名古屋の大空襲で、次兄・重信が学徒動員で徴兵され、豊橋陸軍予備士官学校に居たので、父と面会に行き、机の下で食べ物を食べさせ、その帰りに名古屋で、叔母の家に泊まっていて、この空襲に遭った。すぐ近くに名古屋城があり、その広場に逃げて助かった。

その三日後が大阪の大空襲で西の空が真っ赤だった。いずれも「焼夷弾」による「焼射ち」である。

信天翁　木村草弥

――角川書店「短歌」誌二〇一七年九月号掲載――

一病を持ちては永きたそがれか野の豌豆の花の白さや

稲田京子さん死去

〈信天翁《あはうどり》〉描ける青きコースターまなかひに白き砂浜ありぬ

黄蜀葵〈知られぬ恋〉の花言葉もつとし言ひてをとめさびしゑ

まどろみのみどりまみれぞ松園の春画に見つる繁き陰毛《にこげ》は

兄・木村重信死去

吉凶のいづれか朱き実のこぼれ母系父系のただうす暗し

もゆらもゆら夏の玉の緒ひぐらしの啼く夕ぐれはまうらがなしも

庭の樹につくつくふしが来鳴きけり酷暑のふつと弛める夕べ

つくつくよわが庭の樹に産卵せよ黐《もち》がよいかえ山茶花よきか

また地上に出でくるときは七年先まみえむ日まで命やしなはむ

向うより径《みち》の来てゐる柿畑自《し》が影曳きてさまよひにけり

〈馬耳東風〉おそろしきかも十を聴き九を忘るる齢《よはひ》となりて

村の見慣れた風景に眠つてゐる寓話をゆつくり呼びさましたらどうか

白木蓮《はくれん》の花おほどかにうち開き
女体《にょたい》は闇に奪はれてゐる　木村草弥

この歌は私の第一歌集『茶の四季』（角川書店）に載るものである。

この歌のつづきに

情念の日ざかりばかり歩み来て闇の真白の残像恋ほし

という歌が載っているので、掲出した歌と一体として鑑賞してもらいたい。

ハクモクレンは、「こぶし」に似た花であり、事実、この両者は同じモクレン科の木である。「こぶし」と「もくれん」は非常によく似ているのだが、その違いについて言うと、辛夷（こぶし）は早春に冬枯れの山野で咲き、遠くから目立つため、かつては春の農作業の目安にしたという。

学名はｍａｇｎｏｌｉａ　ｋｏｂｕｓ　と言い、我が国の固有種である。

「ハクモクレン」に比べて花がやや小さく、花びらが細くて、開き気味である。名前の由来は、果実が握りこぶしに似ているためという。

秋に実が熟すと、表面が割れて中から赤い実が糸でぶらさがる。

モクレン科モクレン属の落葉高木。

ただし、モクレンは中国原産の木である。

遠くから見ると見分けがつかないものである。

モクレンというと「紫木蓮」という色違いの種類がある。これは濃艶な花である。

日本へはかなり古くに渡来したらしいが、日本の文学に登場するようになったのは、江戸時代からである。

中国では十五世紀には賞用された花で、仏教に関係があるらしく、日本では寺院に多く植えられる。ヨーロッパへは一七九〇年に渡り、欧米人にも好まれるようになったという。アメリカでも庭園木として広く植えている。

中国ではハクモクレンのことを玉蘭、シモクレンを木蘭の名で呼んでいる。シモクレンはデカダン的な美だという人もいる。

つまり妖艶な感じを受けるからであろう。

掲出した私の歌では「白木蓮」と漢字で書いて「はくれん」と読ませているが、これは音数揃えのためであって、普通「ハクレン」と言えば「白蓮」（白いハスの花）を指すので紛らわしい。

私の歌は二つとも「メタファー」の体裁を採っているので、そのつもりで鑑賞してもらいたい。

この歌を作った時は三十年も前のことであり、その頃は私も若かったので、こういう「情念」に満ちた歌も作り得たのだが、今となっては「枯れ切って」しまったので、こういう艶のある歌は作れない。

逆にいうと、だから、その時どきに歌はどんどん作っておくべきものである。

歌は、自分の年齢に応じた「表白」を反映するからである。

後になってからでは、その時どきの年齢を映した歌は、絶対に作れないということである。

紫木蓮ないしは白木蓮を詠んだ句で、私の歌に通ずると思う好きな句を引いて終りたい。

木蓮の一枝を折りぬあとは散るとも　橋本多佳子
白木蓮の散るべく風にさからへる　中村汀女
葉がでて木蓮妻の齢もその頃ほひ　森澄雄
白木蓮純白といふ翳りあり　能村登四郎
木蓮の風のなげきはただ高く　中村草田男
戒名は真砂女でよろし紫木蓮　鈴木真砂女
白木蓮や胸に卍字の釈迦如来　佐久間東城
はくれんも煩悩の炎も闇に透く　山上樹実雄
白木蓮ひらきし夜が大事なり　高島茂

鞦韆は漕ぐべし愛は奪ふべし　三橋鷹女

鞦韆《しゅうせん》とは「ぶらんこ」のことである。

中国では、北方の蛮族のものが紀元前七世紀に輸入されたと言い、それほど古くから中国では行なわれていたという。

唐の玄宗皇帝は羽化登仙の感じがあるとして「半仙戯」の名を与えている。

唐詩などにもよく詠われ、それが日本にもたらされた。中国では古来、春の戯れとしたという。

和語では「ふらここ」ともいう。詩歌では、この言葉が愛用される。

先に書いたように「鞦韆」は漢字で書いて「しゅうせん」と音読みにする他に「ふらここ」と和語読みにすることもある。

以下、ブランコを詠んだ句を引いておきたい。

鞦韆に抱き乗せて沓に接吻す　高浜虚子

鞦韆にこぼれて見ゆる胸乳かな　松瀬青々

鞦韆や春の山彦ほしいまま　水原秋桜子

ふらここを揺りものいはずいつてくれず　中村汀女

鞦韆やひとときレモンいろの空　石田小坡

鞦韆に腰かけて読む手紙かな　星野立子

鞦韆の十勝の子等に呼ばれ過ぐ　加藤楸邨

鞦韆や舞子の駅の汽車発ちぬ　山口誓子

達治亡きあとはふらここ宙返り　石原八束

ふらここのきりこきりこときんぽうげ　鈴木詮子

鞦韆と雲一ひらと遊ぶなり　加藤望子

島の子のぶらんこ島を軋らせて　谷野予志

ブランコの子に帰らうと犬が啼く　菅原独去

鞦韆の綱垂る雨の糸に浴び　堀葦男

ゆすぶってやれゆすぶってやれ
木だって人間だって青い風が好きだ　宮崎信義
——彦根城内・金亀公園（滋賀）——

宮崎信義には三つの歌碑がある。後の二つを引いておく。

ここにこうしているのが不思議な気がする
いなくなっても変わるまい　——妙心寺・如是院（京都）——

山が描《か》けるか風や水が描《えが》けるか
あと一日で春になる　——山越・印空寺（京都）——

宮崎信義は明治四五年二月二四日に滋賀県坂田郡息長村の母の生家で生まれる。父・末吉、母・きみ　の長男。二歳のとき警察官（滋賀県・巡査部長）だった父が三七歳で殉職。以後、外祖父の家で数年を過す。
晩学して教職に就いた母に従って各地の小学校に転校。県立彦根中学校では野球をやる。

最終学歴は横浜専門学校（現・神奈川大学）、国鉄に就職。第二次大戦中は兵士として中国戦線に従軍。戦時詠に優れたものがある。

土煙を被ると土の匂ひがぷんぷんする
鋭くあたる敵弾の音をきいてゐる――『夏雲』より

ぐるぐるねぢて手を切つてゆく
たたくやうに戦友の手を切つてゆく

爆弾にびりびり地がゆれる
目をあけると右前に微かにゆれてゐるすみれ

昭和四二年神戸駅長を最後に国鉄を退き、京都駅観光デパート、中井産業取締役などの仕事の後、七〇歳ですべての職を辞す。

昭和六年、平井乙麿の勧めで前田夕暮「詩歌」の会員になる。

矢代東村選で「詩歌」に初めて五首の短歌が掲載される。

九月の朝の太陽が生きることの歓びを味はせて
　黒光りにみがかれた靴

ああ明るいほがらかな人生が私を招いて
　ベンチレーターが朝風に

これらの歌は、前田夕暮ばりの自然主義風の歌いぶりである。
その後の戦前の若い時の作品は、モダニズムっぽい、きらきらした才気に満ちたものが多い。

トマトのやうな少年と歯をみがきながら
　十月の朝を味覚してゐる
　　　　　　　　　――第一歌集『流域』より

海港"Empress of Canada"に展く窓
　タイプライターがAmerica Americaを打ち続ける

舗道にハンカチが落ちてゐた

領事館には三色旗がはためいてゐる
窓にしろいパイロットボートがゆれてゐる
　洗面室のタイルの冷たさ
アカシヤの舗道のはては港　黄昏
　山手からシェパードを連れて散歩に来る
蜻蛉の眼球　白いタイルの手術室
　つめたい速度　電話がよくかかつてくる
鳩がハンカチのやうに舞ひおりる
　貝殻の耳が伸びる海辺と透明な花瓶の周囲
薄明を水にくぐつてひとりのをんなが女になる
　体温の秘密に月がのぼる
夜明け　肺胞が透明になり

谷底で急行列車が青い種族に変つていつた

貨車にくろぐろと石炭がかがやく
　空は葡萄園の上で青の焔になつてゐる

港は白い服で埋まつてゐる
　智慧ぶかい英国旗《ユニオンジヤツク》　ひとりの青い服は僕らしい

ひときれの厚い肉を焼きアスパラを切り
　コーナー　一ぱいの球を投げる

あなたはレモン
　愛がめばえるまで澄んだ眼を湖にむけてゐる

児よ　陽のやうに匂やかな華であれ
　ときの間　地は傾いてあかいのだ

児よ　指さすと地は陽の色にそまり
　草木は矢のやうに晴天を過ぎる

終りの二首は「長男誕生」と題する昭和十六年の作品である。

昭和十八年八月、召集令状を受け中国戦線に従軍。

戦前戦後を通じて、八十年間口語自由律短歌ひと筋に、その道を究める。

昭和二四年「新短歌」誌を創刊し、五十年間、京都で編集発行を続ける。

平成十四年、九十歳の時、「新短歌」を「未来山脈」に統合して光本恵子に託す。

歌集・『流域』『夏雲』『交差路』『急行列車』『和風土』『梅花忌』『和風土』『二月の火』『太陽は今』『地に長く』『千年』『山や野や川』『右手左手』『宮崎信義作品集』など。

年譜などについては『宮崎信義作品集』が詳しい。


「新短歌」に宮崎信義から勧められて約二十回くらい読みきりで詩歌に関する記事（2ページくらい）を連載したことがあるが、いま手元にないので確認出来ない。

私自身は、自由詩から出発したので、宮崎の戦前の歌集『流域』の作品が好きである。

ここにも、いくつか好きなものを挙げた。

戦地詠としては第二歌集『夏雲』にすばらしい臨場感あふれる秀作がある。

これらのいくつかは昭和五四年、NHKテレビで放映され全国の人々に感銘を与えた。

人の加齢というものは年月が否応なく体を後ろから押して老いてゆくものであり、齢を重ねているというだけが尊いのではない。齢を重ねても気持が若々しく、精神が柔軟性に満ちている老人こそ尊ばれなければならない。

その意味で晩年の時期は別として宮崎信義の老いの生き方は、自分の老いを他人に押し付けるのではなく、若い人を立てて立派だった。

こんな歌を『右手左手』から引いて、この記事を閉じたい。


百歳になるのがどんな意義があるのかと問う者がいる　私だよ

ここには強い「自恃」も見え、「頑固者」だった宮崎信義の一面をも、かいま見せる。

聖玻璃

木村草弥

—角川書店「短歌」誌二〇二〇年十二月号掲載—

葡萄摘むアダムの裔《すゑ》の青くさき腋窩あらはに濃むらさきなす

聖玻璃の御堂の藍に身をおけば地中海恋ふる瞼《まなぶた》も青

地中海あまりに青し薔薇までの距離とわが死の距離を想ふも

誰がための葬《はふ》りの鐘か薔薇窓の不死鳥《フェニーチェ》の彫り翳る聖堂

腋萌えてなほ少年期を出でざれば百合は朝けをまだ封印す

かの魂の空洞《カベルネ》を埋めよ濃あぢさゐ彩《いろ》七色に身を染めて　夏

古典辞典《レキシコン》みてゐる室に雷ひびき刺青図譜の革表紙光《て》る

展翅さるる緋蝶の羽根に血の蔓が青く流るるまぼろしを見つ

マルキ・ド・サド像の鼻梁をよぎる罅《ひび》みつつしをれば春雪しきる

サドの忌の美術館《ミュゼ》に観るなる少年の緑衣に並ぶ金釦の列

爪彩るをみながレモン垂らしつつエウロパの宴短か夜なりし

コロナ禍の襲来いかに凌《しの》ぎしやエウロパの佳人いまだ文《ふみ》来ず

光本恵子・第七歌集『紅いしずく』

（本阿弥書店二〇一七・六・四刊）


敬愛する光本恵子さんの最新歌集である。

この第七歌集の前に、第六歌集『蝶になった母』角川書店二〇一一・七・二九刊がある。

この二冊は、義母、実母そして師・宮崎信義の死などに次々と直面する時期に重なるので切り離せないものである。

光本さんの本の編集は直近の数年の作品を除くもので、この歌集では二〇〇七年から二〇一一年までの作品をまとめてある。この編集の仕方は、古い編集のやり方と言えるもので、最近では直近の作品から編集するのが一般的である。というのは、こういう直近の作品を保留するやり方では、現在の著者の「在り様」と乖離するからである。

一頃は、こういう直近の数年分の作品を、言わば「温める」という手法が採られた。

しかし、今どきの、せちがらい時代に、現時点での著者の姿をぼやけさせるような「数年の保留を置く」手法は、ふさわしくない、と私は考える。今年は、はや二〇一七年なのである。

しかし、これは私の主義であって、光本さんには独自の考えがあっていいのである。

閑話休題。

私は一読して題名にもなっている「紅いしずく」という言葉に立ち止まってしまった。この歌は巻頭に近い二〇〇八年の作品で、「帯」裏にある五首の中にも採られていて、作者にも愛着のある歌だと思うのである。

厳寒の季節を耐えて身をよじらせ紅いしずくは花を咲かせる

同じ項目の歌に

こぶしの大樹は待っていた　厳しい寒さを凌いで花を振舞う
山と山の間から覗くあかねの光線は湖をつきぬけこの身に絡まる
ほどけてゆく感覚の白い季節に湖は淡い水彩画を描きはじめた

が続いている。　細かく引きすぎたかも知れないが、これらは一体として鑑賞しなければ「紅いしずく」という表現を読み解けないと思うからである。

「紅いしずく」とは「あかね色の朝日」の光に辛夷の花の雫が赤く光る、ということだろう。　この一連の、この比喩表現は、鮮烈である。

光本さんは、直接的な表現が多く、余り比喩を使わないが、この一連は生き生きと輝いて秀逸である。

信州の冬は厳しい。　作者の住む諏訪湖も凍結するなど寒さの厳しいことでは有名である。

これらの歌で、厳しい信州の寒さに「仮託」しながら、自由律の口語短歌の道に邁進する「覚悟」を表明された、と私は受け取った。

この歌集の、もう一つのハイライトは「死刑囚・岡下香」との歌のやり取り、歌集『終わりの始まり』の出版、死刑執行と献体、ということであろう。

この本にも「付録　死刑囚岡下香のこと」十七ページが添えられている。

岡下の歌を少し引いておく。

　壁の汚れはペンキでも塗り消せるけど罪の跡だけまた浮かんでくる
　獄舎にもあるささやかな幸せ　米粒ほどの蜘蛛が顔を見せたとき
　古里の三次　山河の恵みと人情を忘れはしないがもう戻れない
　夢を見て今日という日に行き止まり開ける怖さよ未来山脈の扉
　ようやく気づいた反省と償いの違い　償いは命を差し出したときに叶う

いろんな誹謗中傷に耐えながら、歌集出版、面会、献体、と光本さんはキリスト者として、よく面倒を見られた。並の者には出来ないことである。

　独房から小さな字でびっしり手紙をくれた　もう届かぬ　八・四・十
　歌集『終わりの始まり』を遺し諦めと感謝の白い顔　忘れない

「岡下香死刑執行」という項目の歌である。　この歌にある通り、死刑執行は二〇〇八・四・十であった、という。

そして「岡下香献体・火葬」の歌は

　すべての罪は赦され　献体の肉塊は人の役に立ったと告げている

京都女子大学に在学中の頃から師事した宮崎は口語短歌運動の大きな指導者だった。

　平成二十一年一月二日食道癌　眠るように逝った宮崎信義九十六歳十ケ月

　光本たのむよ　そのことばに支えられ今朝も編集に取り掛かる

　西村陽吉も土岐善麿も渡辺順三も啄木の血におどる口語歌のいま

その「死」の瞬間が、ここに切り取られている。　切々たる慕師の気持ちが表白されている。

続いて、光本さんが執着して取り組んでいる口語表現者「金子きみ」の存在がある。　それらを詠った歌。

　「金子きみ偲ぶ会」終え飛び乗るあずさ号　心地よい疲れ

　恨みを残すな　開拓農民の意地を著した金子きみ『薮踏み鳴らし』

小説家としても著作が受賞したという金子きみ。　光本さんが愛して執着する所以である。

前の第六歌集には、義母、実母などとの別れを詠った作品があった。　それらを受けた歌が、この本にある。

　あの雲はかあさん　そちらは義母さん　あちらはじっと見詰める仔犬

そして二〇〇八年には、実父の死があった。

脳梗塞で倒れ母亡き後は嫁のみゑちゃんに看取られて逝った父

こうして身近な人々や歌の師や先輩の死を見送った後には、次女・玲奈さんの結婚があった。

娘よ何が起ころうともおまえの人生　暴風雨も明日は晴れる

沖縄での結婚式の当日は嵐だったという。そこで、この歌の表白となった。

光本さんは長女出産の後「子宮ガン」に侵され必死の闘病の末、これを克服できた。そして授かった次女の命だった。

それらの経緯は歌集『薄氷』『素足』『おんなを染めていく』エッセイ『夾竹桃』などに詳しい。

著者は、よく転ぶらしい。私も何度か真剣に「転ばないように」と忠告したことがある。そういう怪我を詠んだ歌。


額から雷にたたきつけられたような光　砕けた顔　私はどこにいるか

ここはどこですか築地の聖路加です　日野原先生の病院だ

他にも諏訪湖畔を散歩中にも転んだりしたことがある。度々申し上げて失礼だが、齢を重ねると転ぶことが致命傷になることもあるので、ご注意を。

光本さんは京都に在学中に知り合った「彼」と、一旦は郷里の鳥取で教師になったのを振り捨てて、はるばる信州の彼の元へと嫁いできた。

前歌集では香港赴任中の彼の元へ出向いて東南アジアを旅したこと。ドイツ人のホームステイ人を頼って二人でドイツ、スイスを旅した一連が詠われたが、この本では、その後が続く。

やはり手が触れたり脚をぶつけたりくっついているほうがいい

夫の造るイングリッシュガーデン　五トンの土入れ替えて薔薇が咲く

牡蠣フライが食べたいと夫　幼い日の厨房よみがえる

花いっぱいの庭　野菜よりバラと夫　物のない時代は野菜を作った

チェロを弾き絵を描いて花をそだて古い家をまもるあなた

「彼」は地元のオーケストラに所属して、チェロを弾く人である。そんな「彼」との生活が、さりげなく、心温まる情景で詠まれている。

ここに書いた夫君・敏廣は動脈瘤破裂のために急死して今は居ない。合掌。

終わりに、光本さんの「覚悟」をさりげなく詠んだ歌を引いて終わりたい。

躓いても転んでもまた立ち上がればいい体験がわたしを創る

迷い道こそ未知への遭遇　分水嶺の湖で背を伸ばす

尻おおきく胸ぼいいん　君の造った土偶のように胸を張る

cogito, ergo sum

木村草弥

――角川書店「短歌」誌二〇一九年六月号掲載――

ユリシーズの時代には肉体が見事だというだけで英雄になれた
今では貧弱な肉体の持ち主がコンピュータを操って巨万の富をかせぐ
むかし「若者よ体を鍛えておけ」という歌が流行った
作者は獄中十数年という経歴の持ち主の詩人だった
「美しい心が逞しい体に支えられる日がいつかは来る」
と、その人は言った。ひろし・ぬやまという詩人だった
その昔「自由律」というだけで刑務所にぶち込まれた俳人が居る
デカルトは「cogito《われ考える》, ergo《ゆえに》 sum《我あり》」と言った
デカルトの研究者というだけで三木清は獄死した
北原白秋に「時局」を諭され前田夕暮は自由律から定型へ復帰した
香川進大尉は「自由律歌人」だからと陸士出の将校に殴打された
「自由」というだけで何でや？今どきの若者よ、それが時代の狂気なのだ

ハロン湾の朝日―ベトナム紀行①―

木村草弥

――角川書店「短歌」誌二〇一五年四月号所載――

うらうらと水墨画のごとき島影を染めてハロン湾に朝日出でたり

一九九四年にユネスコ世界遺産指定

ハロン湾―石灰岩台地が沈降し浸食が進んで奇岩、島々

「ベトナム」と言へば我ら熟年は果てしなき泥沼の「ベトナム戦争」想ふ

共産主義の防波堤たらんとアメリカが遥か越南に介入せしなり

ゲリラが潜むと「一村みな殺し」作戦―火焔放射もて焼き尽したり

密林を枯葉剤で丸坊主にする、手段を選ばず暴虐し放題

下半身がつながつた結合双生児ベトちゃんドクちゃんのこと

ホーチミン市クチ県郊外全長二〇〇㎞の「クチ・トンネル」随一の観光名所

今しも西沙《ホアンサ》、南沙《チュオンサ》諸島占拠する中国の覇権主義抗議デモに遭ふ

ベトナム国人口九〇〇〇万人。東南アジアの大国

戦争で死亡三百万人。十四歳以下の子供が人口の半数を占める若い国

ホーチミンは建国の父。ベトナム通貨はどの額面もホー・チ・ミン肖像

米粉で作るベトナムの麺フォー。牛肉味だがあつさりスープ

ケンタッキー・フライドチキンの中国語表記は？

木村草弥

上梓した私の第五歌集『昭和』（角川書店）に載せた歌に

ケンタッキーフライドチキンは「背徳基家郷鶏」たり、背徳とはいかに

というのがある。これはシンガポールで作った歌だが、これを見た私の友人で言語学・国語学者の玉村文郎君から手紙が来て、

〈ケンタッキーフライドチキンの中国語の歌が詠われていますが、

「背」ではなく　→　「肯」特基だと思います。

現代中国語の発音では「背」bei：「肯」ken　と異なります。〉

と教えていただいた。

玉村君は中国にも留学生教育の指導者としても中国で教えていた経験があり、中国語にも堪能である。

その後、ケンタッキーフライドチキンの公式ホームページにも確かめてみたが、玉村君の指摘の通り

だった。したがって、この歌の当該部分は「背徳基」と訂正したい。

ご教示に有難く御礼申上げる。　持つべきものは、やはり「友」である。

玉村文郎君は、私の大阪外語の同級生で、その後、京都大学大学院に進み、言語学・国語学の権威として、同志社大学教授などを務められた。

先年亡くなった金田一春彦先生などとも親しい間柄だった。


中国語には、日本のような「カナ」はないので、外国語・外来語には同じような発音の漢字を充てて表記する。ちょうど、むかし万葉集が編纂されたとき、当時の日本語には「文字」が無かったので、中国伝来の漢字の「音おん」を借りて、いわゆる「万葉カナ」として表記されたのと同じような意味と考えればわかり易いだろう。

ここに感謝して、訂正しておく次第だが、この歌は結句の「背徳とはいかに」で成り立っている歌なので、ここを訂正すると、この歌は成り立たなくなる。

したがって、この歌は歌集には載っているものの、私としては「没」にするものである。

私が、街頭に掲げてあるケッタッキーの看板の「肯」の一文字を読み間違えたために起こったミスである。

この歌は、もう二十年も前に作ったもので、今度の歌集に収録するにあたって、チェックすることを怠った私のミスである。

村島典子歌集『タブラ・ラサ』抄　木村草弥

私が敬愛する村島典子さんについては何度か記事にしてきたが、八月の私のバルト三国の旅の「エストニア」のところをご覧になった村島さんが、エストニアの現代作曲家アルヴォ・ペルトのことを思い出されて、彼の楽曲「タブラ・ラサ」を題名にした第三歌集『タブラ・ラサ』(柊書房二〇〇〇年五月刊)を恵贈された。

私はアルヴォ・ペルトについては何も知らなかったので、ネット上で調べてみて、また、この曲のCDもアマゾンから取り寄せて聴いてみた。

今この記事も、それをバックミュージックのように聴きながら書いている。

「タブラ・ラサ」＝Tabula rasa とは、ラテン語で「きれいな石板、精神の無垢な状態」を言う、とあとがきに書かれている。村島さんは書く。


〈喪失によって空っぽになった心に、ふつふつと湧いてきた歌が大半である。

《タブラ・ラサ》との出会いが早くから用意されていたかのように。

「たぶら・らさ」と呪文のごとく唱えると不思議に心が澄む。……〉

以下、私の好きな歌を引いて鑑賞したい。

言問へば旧き村名を告げたまふ時間の迷路はゆつくりと来よ
大いなる手があらはれて点灯す野辺いちめんのらふそくの花
ひぐらしの声とぎれつつ従きてくる猿丸神社のまへ過ぐるとき
すこしづつことばを捨ててゆきたまふ母のめぐりは初秋の湖
人間の生死にちかく楽あれば夕はふかぶか楽にひれふす
どんぐりを拾ひて母と日だまりに坐りてをれば彼岸図のごと
冬ざれの禅定寺峠にてらてらと熟柿下がりて落暉を反照す
喪の衣にうつしみ包み昼くらき岩船神社越えて母焼きに来し
ならまちの庚申堂に背をみせてゆらり佇む石坂幸子
ゆきこさんになりて渚を走りすぐ「トリカヘバヤ」と鳴くか小斑鳩
死後のこともまた言ひ出でてわれよりも五歳上なる夫を困らす
夜すがらをみづは醒めをり隣室に舅もさめゐてしはぶきをする
今朝夫といさかひし血が一本の採血管に立ちてしづけし
体臭をもつことかなし夢に来てすれちがひざま ア と言ひにけり
一人二人三人減つて桃の木のしたの家族のこゑも失せたり
亀甲墓アダンの崖のほのあかる月うづむらむ慶良間の海は

道の辺に野ばら咲きみつはつ夏の風のなかにて会はむと言へり
軒いでて飛燕は空を截りゆきぬまぶかく夏の帽をかむらむ

タブラ・ラサ花をあふれてヴィオロンの潮は夜のそらを満ちくる
アルボス〈樹〉のかなたから静寂の耳降りて来つ生れて久しき
夏雲が窓より盗み見しものは身をほどきたる一本の紐
はらりはらり布解かるるわれならむ二月の湖の陰（ほと）より生れて
対面の長身のをとこの埴輪面にぶきひかりを呑まむとすらむ
千の契り万の契りの水無月のみづより溢るるみづの言葉に
在るもののなべては音楽ささなみの志賀つ少女の絶対音感
まるき口に青き葡萄をくくみゐる未生子よ野鳩のごとく八月
十本の指あらはれて水面にさみだれの楽奏せられゐむ
月清とふ神女ありけり十月のとほきみなみの青き海坂
一里山のきつねは銀のふさふさの太き尻尾をもちて出でけり
いまたれもわれに触るるな夕暮は泥人形になつてしまへる
老ばかり集ひてなごむ冬の日に一人が質す死ののちのこと
白桃の流れくるとふあかときの入江に待ちて百年が過ぐ

生きながら懐かしきひとに抱かれて眠れり一山他界の匂ひ
いまわれは湖にむかひて坐りをりとほく真水の気配たちくる
不意打ちに彼岸は雪となりてけり咲きてさくらは花うちふるふ
「無伴奏バッハ組曲」ボリュームをいっぱいにして窓を放てり
水仙は水仙と別れこの春はわれに甘えてくることをせず
するするとしろがねの身を泳がせて水よりわれらの夢に入りくる
裸樹となり抱きあひたり死してのち土から生えしやはらかき枝
犬の首撫でつつ思ふ首のべて翔びゐし記憶青のまなかを
夏泊そのうつくしき名前もて岬に夏の客人（まらうど）は来む
月読の桂の大樹のみどりかげみどり児の手が無数にそよぐ
穂孕みの季（とき）は来しかな境いでて玉依姫の山をくだる日
地を打つ無尽の雨の音きこゆわれら及ばぬこの単純に
娘のシャツを肌に纏へばさわさわとさたうきび畑のわれは秋風
くろぐろと日焼けせし夏の半身を立たせてゆふべ人送りたり
すれ違ふわれらと蛇の尾の尖のかすかにつめたき秋と思へり
ポケットに栗の実ひとつしのばせて空跳ばむとす月夜のうさぎ

村島さんは「I」は偶然、レクイエムの章となった、と書いている。

ここには私も旧知の間柄であった石坂幸子さんの名前も見える。石坂さんは、突然、私宅を訪問されて、驚いたものである。

禅定寺とか、猿丸神社とか、私方から大津へ抜ける沿道の名前もあり、抽いてみた。

引用する歌が多すぎたかも知れないが、この歌集の頃は、村島さんも作歌的にも、一番充実した時期だったように思える。だから、引く歌が多くなった。

この本の「帯」に

〈エストニア生れの現代音楽家、アルヴォ・ペルトの曲《タブラ・ラサ》
——永遠の静寂を表現した音楽に寄せて、
喪失した心に湧いた無垢な歌は、
ある時は古代へ、ある時は逝きにし者へ、
ある時は身めぐりの風物へと自在に飛翔する。〉

と書かれている。

私が下手な鑑賞をするより、この帯文が村島さんの歌の特徴を端的に表現している、と言えよう。

アルヴォ・ペルト

注文しておいたCD「タブラ・ラサ」の解説には、ウォルフガング・ザンドナー「アルヴォ・ペルトについて」に、こんなことが書いてある。

〈エストニア人アルヴォ・ペルトは、彼が一九八〇年まで住んでいたソヴィエト社会主義同盟という社会形態と関係なくはない。彼の作品——「クレド」「ヨハネ受難曲」「追悼曲」「タブラ・ラサ」「フラトレス」など——は、《受難曲》であり、それは同時にそのままその性格を越えている。

……彼は一九七二年に結婚したユダヤ系の妻と、ふたりの子供をつれて、一九八〇年、イスラエルへ出国する許可を当局から得た。しかしその途上彼の音楽作品の出版元のあるウィーンに一年半とどまり、そこでオーストリア市民権を得た。それから彼は西ベルリンへ移り、結局イスラエルには向かわなかった。

「わたしは書くために長い期間の準備を必要とする。それに五年かかることもまれではない。そのあと一気に、とてもたくさん作品が生まれる。」

「フラトレス」「タブラ・ラサ」などは、一九七四年から一九七六年にかけての、この実りある沈黙から生み出されたのである。〉

タブラ・ラサ

〈「タブラ・ラサ」はある意味で、ギドン・クレーメルの委嘱によって作曲された。わたしはいつも新しい楽想には自信がもてない。〝ゆっくりしたテンポの音楽でもかまいませんか。〟〝もちろん、かまいませんとも〟とクレーメルは答えた。――この作品は思ったより早く完成した。楽器編成は、タリンで同時期に演奏されるはずだった、アルフレート・シュニトケの作品にのっとっている。二つのヴァイオリンとプリペアード・ピアノ、それに弦から成る。演奏者が楽譜を見たとき〝音楽はどこにあるのだ〟と叫んだ。しかしそのあと彼らはとてもすばらしく演奏した。それはとても美しかった。それは静かで美しかった。……〉

字で書くと、こんな風になってしまうが、現実に、この曲を聴くと、「この世ならぬものの静寂」へ誘われるようである。

この曲が村島さんの心を浸し、歌集の題名となったいきさつを知る思いがするのである。

いい曲を知らせてもらって有難う!

高階杞一詩集『キリンの洗濯』から

キリンの洗濯

高階杞一

二日に一度
この部屋で　キリンの洗濯をする
キリンは首が長いので
隠しても
ついつい窓からはみでてしまう

折りたためたらいいんだけれど
傘や
月日のように
そうすれば
大家さん
に責められることもない
生き物は飼わないようにって言ったでしょ　って

言われ　その度に
同じ言い訳ばかりしなくたってすむ
飼ってるじゃなくて、つまり
やってくるんです
　　いつも　信じてはくれないけれど

ほんとに　やってくるんだ
夜に
どこからか
洗ってくれろ洗ってくれろ
と
眠りかけたぼくに
言う

だから
二日に一度はキリンを干して
家を出る

天気のいい日は
遠く離れた職場からでもそのキリンが見える
窓から
洗いたての首を突き出して
じっと
遠い所を見ているキリンが見える

この詩集は
発行日：一九八九年三月一日。第三詩集。
発行所：あざみ書房（自費出版）
収録編数：三八編
表紙及び扉絵：原 律子
初版四〇〇部。現在九刷

というものである。
この詩集の「帯文」には
H氏賞（第四〇回）受賞詩集

高階杞一にはなぜがない。一直線に矛盾を突っ走る。ホッチキスが人間をとめたり、部屋が口をあけて泣いたり、二日に一度キリンの洗濯をしたりする未知の爽快さに出会う高階杞一はこの〝ずれ〟と〝ゆがみ〟を真面目な顔で詩にまとめた。彼流に言うと、顔がうまくほどけないから、らしい。読者は知らないうちに、彼の座敷に座らされて、甘い笑いと苦いペーソスを飲まされるのだ。

という藤富保男の文章がある。

書評については、この藤富の評に尽きる。

藤富 保男（ふじとみ やすお、一九二八年生れ）は、東京都生まれの詩人。東京外国語大学卒。視覚と音律から日常の言語を再構築する独特の詩法をもち、ユーモラスな作風を得意とする。代表的な詩集に『コルクの皿』『正確な曖昧』『新聞紙とトマト』など。詩集は三十冊を超えるほか、翻訳書、編著書も多数。

高階氏の別の詩集に子供のための童話の詩集があるそうだが、メルヘンに満ちた作品だろうと思う。この詩も、現代詩に付きものの難解なフレーズはないが、さりとて「平易」というのではない。

言うならば「メルヘン」なのである。メルヘンというのは常識的ではないし、突拍子も無いものである。高階氏の頭の中は子供のようにメルヘンに満ち満ちた思考構造になっているらしい。

別のページに「日々のあれこれ」という「氏の近況」を知らせるところがあり、昨年NHK全国学校音楽コンクールで課題曲として詩集『キリンの洗濯』の「贈り物」という詩につけられた曲が選ばれ、それが東京都のコンクールで金賞を得たというのでNHKのサイトで聴けたのだが今回アクセスしてみたら、もう消されていて聴けなかった。

このように高階氏の活動は社会的にも大きな幅を持っていることをお伝えしておきたい。

高階氏が受賞されたH氏賞について下記に転載しておく。

H氏賞

出典：フリー百科事典Wikipedia

H氏賞（エイチししょう）は日本現代詩人会が主催する、新人のすぐれた現代詩の詩人の詩集を広く社会に推奨することを目的とした文学賞。詩壇の芥川賞とも呼ばれる。

富岡多恵子、吉岡実、黒田喜夫、入沢康夫、白石かずこなど多くの逸材を輩出。協栄産業の創業者・

平澤貞二郎（一九〇四年一月五日～一九九一年八月二〇日）の基金により一九五〇年（昭和二五年）に創設。当初の呼称は「H賞」。プロレタリア詩人でもあった平澤が匿名を強く希望したため、賞の名はHirasawaの頭文字だけを冠する。

私のブログの「カテゴリ」に「高階杞一の詩」の項目が設けてあり、そこには十四件が今までに収録してある。今回のものは、その第一回の抄出である。

高階氏は自前の出版社も持っておられ、その名も「空とぶキリン社」と称される。

シーギリヤ・レディ――スリランカ――　木村草弥

――角川書店「短歌」誌二〇一三年十月号掲載――

忽然とシーギリア・ロック巨いなる岩現れぬ密林の上に

いづこにも巨岩を畏れ崇むるかシーギリア・ロック地上百八十メートル

父殺しのカーシャパ王とて哀れなる物語ありシーギリア・ロック

汗あえて息せき昇る螺旋階ふいに現はるシーギリア美女十八

草木染に描ける美女《アプサラ》は花もちて豊けき乳房みせてみづみづし

タイマートン土で塗りたる岩面に顔料彩《あや》なり千五百年経てなほ

貴《あて》なる女は裸体、侍女は衣被《きぬき》て岩の肌《はだへ》に凛と描ける

昔日は五百を越ゆるフレスコ画の美女ありしといふ殆ど剥落

獅子《シンハ》の喉《ギリヤ》をのぼりて巨いなる岩の頂に玉座ありしか

聞こゆるは風の音のみこの山に潰えしカーシャパ王の野望は

熱帯にも季節あるらし花の季は十二月から四月と言ひぬ

――つい数年前までタミール人「解放の虎」テロとの血みどろの抗争があり、大統領が訴へた――

「憎しみは憎しみにより止むことなく、愛により止む」ブッダの言葉

寓話　　鶴見俊輔

きのこのはなしをきいた
きのこのあとをたぐってゆくと
もぐらの便所にゆきあたった
アメリカの学者も知らない
大発見だそうだ

発見をした学者は
うちのちかくに住んでいて
おくさんはこどもを集めて塾をひらき
学者は夕刻かえってきて
家のまえのくらやみで体操をした

きのこはアンモニアをかけると
表に出てくるが

それまで何年も何年も
菌糸としてのみ地中にあるという
表に出たきのこだけをつみとるのも自由
しかしきのこがあらわれるまで
菌糸はみずからを保っている
何年も何年も
もぐらが便所をつくるまで

（鶴見俊輔詩集『もうろくの春』より）

この詩集は13×15センチという、小型で変形のかわいいものである。編集グループ「SURE」工房という京都市内の名も知らぬ出版社の発行である。定価は三〇〇〇円＋税、と高いものだが、二〇〇三年三月の初版から二〇〇四年二月の三刷と版を重ねている。こんな本には珍しく七〇〇部も刷を重ね、今どき「著者検印」のハンコまで押してある。ハンコは「狸男」というもので、人を食っている。
この詩集は出版元への直接注文でしか買えない。

鶴見俊輔の専門は何なのだろうか。哲学者なのか心理学者なのか。鶴見和子の弟である。

二〇一五年七月　九三歳で死去。

アメリカの大学で若い日々を過ごし、太平洋戦争に入る末期に在留邦人交換船で帰国したという経歴を持つ。都留重人などの次の世代にあたる。

掲出した「寓話」という詩は、とても佳いものである。

白鳥《しらとり》は哀しからずや空の青
海のあをにも染まずただよふ
若山牧水

明治四一年、早稲田大学英文科卒業の年に自費出版した第一歌集『海の声』に入っている有名な歌である。

「白鳥」はここではカモメのこと。空や海の青に鳥の白を対比させて、広大な自然の中に生きる海鳥の、また作者自身の孤愁を詠っている。

「空の青海のあを」という繰り返しが、表現の流れの中で、見事に生かされて感情を流露させている。

この歌は明治四〇年雑誌『新声』十二月号に発表されたもので、牧水二一歳の作。

しかし、残念ながら、詠まれた場所は、どこか判らない。

大正四年三月から翌年十二月まで貴志子夫人の病気療養を兼ねて若山牧水も居住したことを記念し、房総半島を望む神奈川県横須賀市長沢の海岸に昭和二八年に、

「長岡半太郎記念館・若山牧水資料館」が建てられた。

ここはわが国の物理学の草分け・長岡半太郎博士が長年学問研究や憩いの場としていた別邸を復元した建物で博士の遺品・資料と共に、近くに住み博士とも親交のあった詩人 若山牧水氏の関連資料などを展示している。

記念館の近くにある歌碑は、表は牧水、裏は貴志子夫人の歌が長男旅人氏の筆で刻まれている。

表　海越えて 鋸山は かすめども 此処の長浜 浪立ちやまず

裏　うちけぶり 鋸山も 浮び来と 今日のみちしほ ふくらみ寄する

（「鋸山」＝対岸にある房総の山の名）

この歌碑のすぐ傍に、こちらは有志者の寄付により建立された

しら鳥は かなしからずや そらの青 海のあをにも そまずただよふ

の歌碑が立っている。

若山牧水は短歌結社「創作」を主宰するが、「旅の人、酒好きの人」として有名である。各地を旅行し、酒のもてなしに預かると、酒の勢いもあって、書画を多く残している。

白玉の歯にしみとほる秋の夜の酒はしづかに飲むべかりけり

という歌は人口に膾炙した有名な歌である。

以下、少し牧水の歌を抜粋して終わることにする。

われ歌をうたへりけふも故わかぬかなしみどもにうち追はれつつ

ああ接吻《くちづけ》海そのままに日は行かず鳥翔《ま》ひながらせ果てよいま

君かりにかのわだつみに思はれて言ひよられなばいかにしたまふ

けふもまたこころの鉦をうち鳴しうち鳴しつつあくがれて行く

幾山河越えさり行かば寂しさの終《は》てなむ国ぞ今日も旅ゆく
ちんちろり男ばかりの酒の夜をあれちんちろり鳴きいづるかな
とろとろと琥珀の清水津の国の銘酒白鶴瓶《へい》あふれ出る
朝地震《なゐ》す空はかすかに嵐して一山白きやまさくらばな
山ねむる山のふもとに海ねむるかなしき春の国を旅ゆく
この手紙赤き切手をはるさへにこころときめく哀しきゆふべ
たぽたぽと樽に満ちたる酒は鳴るさびしき心うちつれて鳴る
摘草のにほひ残れるゆびさきをあらひて居れば野に月の出づ
かんがへて飲みはじめたる一合の二合の酒の夏のゆふぐれ
酒やめてかはりになにかたのしめといふ医者がつらに鼻あぐらかけり
ウヰスキイに煮湯そそげば匂ひ立つ白けて寒き朝の灯かげに
酒ほしさまぎらはすとて庭に出でつ庭草をぬくこの庭草を

ところどころに、医師から酒を慎むように言われる歌や、酒飲みのいじましい心境の歌なども出てくる。結局は酒で命を縮めたのであろうか。昭和三年没。四四歳であった。

千曲川旅情の歌　　島崎藤村

千曲川柳霞みて
春浅く水流れたり
たゞひとり岩をめぐりて
この岸に愁《うれひ》を繋ぐ

詩集『落梅集』に納められる有名な「千曲川旅情の歌」の最終連。千曲川の古城跡にたたずみ、戦国武将の栄枯のあとを回想し、「嗚呼古城なにをか語り／岸の波なにをか答ふ」と歎じながら、近代の旅人の愁いを歌いあげている詩だが、藤村はこの詩をのちに「小諸なる古城のほとり」と合わせて「千曲川旅情の歌」一、二番とした。これは、そのうちの二番にあたる詩の最終連という訳である。

藤村の歌いぶりは、漢詩的な対句表現を多用したり、和歌的語法を用いたりして、伝統的な詩の美感や技法を巧みに近代的表現の中に移し得ている。

この一連では、5音7音という日本の伝統的な音数律をうまく使ってフレーズを構築し得ている。

藤村は木曾の馬籠宿の庄屋に生まれる。

馬籠は中仙道の街道筋にあたり木曾十一宿という古い宿駅のひとつで父は明治維新まで馬籠の庄屋、本陣、問屋を兼ねていた。

滅び行く旧家の血統は、故郷の風土とともに、一人の近代日本の巨大な作家を形成するのに重大な役割を果たした。

若くして東京に遊学したが、一八九九年、小諸義塾の教師となる。そこで秦慶治の三女・冬子と結婚し、結婚を期に詩から散文への転換をめざす。

一九一二年にまとめられた『千曲川のスケッチ』や第一短編集『緑葉集』などは散文家としての最初の結実である。

『破戒』は、前年に小諸の学校を辞して帰京し、背水の陣をもって執筆にあたったという。その後『春』『家』『新生』『夜明け前』など、小説家として、その当時の文学界をリードした。

■Post Coitus 不思議な店のマスターは至って無口シェイカーを振る　永田和宏

この歌に引き続いて

受精後と読むは科学者　性交ののちと言ふとももとより可なり
よろこびか哀しみか然《さ》あれ受精とは精子を迎へ容れること

と続いている。　これらの一連は角川書店「短歌」誌二〇一五年一月号に載るものである。ご存じのように永田は細胞生物学者で、京都大学、京都産業大学教授を経て、目下、ＪＴ生命科学誌記念館の館長である。

有名な歌人・亡河野裕子の夫である。


この歌の出だしのラテン語「Post Coitus」というのも、いかにも学者らしい、ディレッタントなもので、私などは、こういう知的な「言葉遊び」に微笑む。

実際に、こんな名前のバーがあるのかどうか、も私には判りかねるし、フィクションとして捉えるのが、むしろ面白い、と言える。

この歌ではラテン語の語頭が大文字になっているが、通常は大文字にしない、のが決まりである。

つづいて、こんな歌が見つかったので引いてみる。

■はなたれてちぢむペニスよこのあした〈東大教授〉もパンツを脱いで　坂井修一

この歌の作者はコンピュータ学を専攻する東大教授であり、かつ歌人である。

この歌には詞書「朝風呂」と振られており、かつ「十一・九」という日付がついている。

この歌は歌集『亀のピカソ―短歌日記二〇一三』に収録されているものだが、初出は、ふらんす堂のホームページに「短歌日記」という一年間の連作のシリーズとして掲載されたものである。

これらは、もちろん「歌」作品であるから、フィクションとして捉えるべきであろう。

朝風呂でなく夜の風呂だったかも知れないが、詩的真実＝リアリティ、として呈示されていると理解すべきである。

しかし「東大教授」という地位に居る人物の歌だからこそ、そして坂井修一という知の巨人の背景がわかるからこそ面白いのである。

こんな歌は、どうだろうか。

■断食《ラマダン》を正しく守る前相撲
大砂嵐はエジプト人なり　三井修

この歌は歌集『海図』に載るものである。三井修氏は、私がいろいろお世話になっている人である。角川「短歌」誌二〇一五年一月号に載る巻頭・特集の文章によると、

〈大砂嵐の本名は　アブダラハム・アラー・エルディィン・モハメッド・アハマッド・シャラーン。四股名・大砂嵐は、本名に因んで、砂＝シャ、嵐＝ラン、から付けたというのは本当か。〉

と書かれている。私も真偽のほどは判らないが、相撲部屋の親方が、上のようなことで付けたとすれば、極めて愉快である。

その彼も今や幕内力士の中堅として活躍していたが、交通違反を犯して検挙され、先年、廃業した。私も注目していたが、残念なことである。

本名を見ると、イスラム教でも、キリスト教と同様に、ミドルネームに聖人などの名前を連ねるらしい。

三井修氏は東京外国語大学でアラビア語を専攻され、商社で何度も中東の地に駐在員として活躍された人であり、中東研究の第一人者である。

歌集『海図』については、このブログで先年に紹介した。

今日は、現在、トップを走る歌人たち三人の「言葉遊び」と私が呼ぶ歌を引いて、書いてみた。いかがだろうか。

新井瑠美第二歌集『朱金の扇』　木村草弥

――短歌公論社一九七八・十二・一四刊――

新井瑠美さんは、先年亡くなられたが、思いついて古本で買い求めた。第一歌集は買えなかった。新井瑠美さんについては、第三歌集『霜月深夜』について書いたことがある。塚本邦雄の取り巻きとして文芸誌――例えば「季刊・雁」などに評論を書くなど絢爛たる活動をしておられたようである。

亡・夫君新井進はプロゴルファーとして一世を風靡していた人で城陽カントリークラブ所属のレッスンプロとして活躍しておられ、その縁で晩年は城陽市に住んでおられた。

この第二歌集の住所は京都市伏見区桃山町となっている。

そんなプロゴルファーとの結婚のいきさつなども聞きそびれたので判らない。

この本の頃は「短歌世代」という結社におられたようである。主宰者は引野收、浜田陽子夫妻である。後年、米満英男氏が、ご両人の全歌集の復刻版を上梓され私も戴いたが、今は日本現代詩歌文学館に寄贈したので手元にはない。

彼女の文体は、塚本邦雄讃美の人らしく、絢爛たる装いをまとっている。

巻頭の連作「待つことの」は

　こえに喚び声に応えて一本の樹がかたむける夜のきりぎし
　蔓のたぐい引攣れているまひるまの昏い渓間にくだる掌と掌よ
　相触れてのちの鼓動のややゆるく戻りきたればかそかに女
　たぐりつつ眠らんとする夜のふしどわが掌にふたぐ創あらばまた

のような歌が並んでいる。いずれも「才気」煥発な表現である。

なお、晩年には歴史的かなづかいを採用されていたが、この頃は新かなづかいを使っておられる。

この頃は新井さんも、まだ若かったので、わが「肢体」を詠んだものもセクシーである。情念に充ちた自分の「ししむら」を詠んで「挑発的」ですらある。

メタファにくるんであるが、いくつか引いてみよう。

　嫋嫋と夜をしめりゆく笛もたば若竹のごとしなうししむら
　堪えながら鏡面に反らす足指のふとしも魚のやさしさに似て
　夜をかけて展りきりたる情念の花のしずかに閉じゆかんとす

受入れるほどの愛とは思わぬに泪にじみてきたる月の夜
肉付きのゆたけき體に廻しくるちから漲るいっぽんの腕
おのずからまなこ閉じつつ委ねおりわがししむらの花の息づき
紅唇　少しくあけて息吐くと汝が腕のなか縊るも易し
二の腕のあらわに捲きて少しずつ移りきたれる月に羞しむ
やわらかく乳首を含む頭を抱きこの月の夜をただようならん
極まれば双の乳房は摑まれてのみどの奥をなだれゆく声
果てたれば汝がかたわらに脚のべて月のしずくをいよよ身に浴ぶ
ふてきなるわが挑発の脚組めばこのうす絹の朱もまつわる
相ともに短かき夜半を沈みしが手まくらに搏ついのち正しく
激情の風吹き過ぎて深海の底のようなる部屋に眠りつ
きそいつつ夜の花火に打ちあげる花火といずれ蒼き星屑

これらは、いずれも「情念」に燃える歌群と言えよう。
次に挙げるのは「子」を詠った歌である。「突き放した」ような歌いぶりが彼女の特徴である。

湯のなかに漂うやわき肉塊とこれの小さき頭に育つもの

干しあげておだしき冬の陽にあるは末世を生くる児の旗印
懸命にペダル踏む児が花の季をいくたび過ぎて創つくならん
シーソーの片側に置く児の重さ次第に本気にならねばならぬ
いまははやわれをいで発つ若ものの四肢りんりんと鈴を響らせり

私は晩年の彼女しか知らないので、これらの子育ての歌には瞠目するのみである。
この歌集の後半、四分の三あたりに「余光」という項目があり、その中に、この歌集の題名が採られた唄がある。

ただ待つというばかりにてゆうぐれの穹に朱金の扇を閉ざす

あとは私の気に入ったものを少し引いて終わりたい。

アンブレラ・蛇の目・絵日傘・赤柄傘・頭上にひとは捧ぐるものを
はろけきかな〈青のピカソ〉と揉まれきて変形されし首を陽に延す
丹念に指の化粧をほどこしてさても放埒の指の組みざま

夜の鏡　脱色しゆく髪見えてその先おぼろのもろこし畠
流麗にひびくことばと霜月の風にはららぐ一山の紅
うすものの裾揺らせて人くだる秋へひたすらなるエスカレーター
消ごむの角みなまろき灯のしたに消し得ぬ部分としてのわれがあり
シャンデリヤはるけき思慕のかたちしてガラスコップの底に動かず
あかときのわが耳底にひびくかとふるき渡来のギヤマンの笛

そして巻末の歌は

青湖を超えゆく雲や一羽翔ち一羽つづけるのちの寂けさに

才気煥発に一世を過ごされた彼女を偲び一刻を過ごした。たまゆらの彼女との「えにし」を振り返るばかりである。

新井瑠美第三歌集『霜月深夜』　木村草弥

――青磁社二〇一六・〇一・二七刊――


新井瑠美さんは塚本邦雄が健在で前衛歌人として活躍していたころ取り巻きとして活動されていたらしい。その頃、私は歌壇とは無縁であったので詳しくは知らない。その頃の評論などを見た記憶があるが、いま手元にないので引き出せない。とにかく活発に執筆されていたらしい。

私と同じ市にお住まいであり、亡夫君はプロゴルファーとして高名な新井進プロであったという。私は新井プロとも知り合ったことはない。名前を知るのみである。

今回の歌集の「あとがき」で
『霜月深夜』は、三十有余年振りの三集目であります。

あまりにも過ぎ去った歳月を、惜しむものではありますが、すべては私の断念と怠惰のもたらしたことであります。

最晩年を迎えて、詠み放った歌の数々に未練がでておりました。

始めの結社〈短歌世代〉で十年、自由に詠ませてもらって二冊の歌集を出した後、〈椎の木〉に移籍、経緯のことは省くとして、二十余年会員として在籍したものの……その間、一冊も纏め得ませんでした。在籍中、詠み残した歌稿も整理不十分のため大方を散逸し、残りを生きた証として纏めることにしました。

二集目の書評をして下さった、河野裕子様の生原稿が三十数年振りに現れたり、ご家族がアメリカへ行かれる前、現代歌人集会の理事の端っこに加えて頂き、永田和宏様のもと、広報の使い走りをさせて下さったことも、又、平成十年には、城陽短歌大会の選者を河野裕子様にお願いし盛り上げて下さったことなど、このたび、ご子息の淳様にお世話になるとは、長いご縁があったとしか思えません。……」

などと書かれている。

この中に出てくる「城陽短歌大会」という企画に私も首を突っ込んだが、私は新井さんを立ててやって行こうとしたが、知名度もないのに田舎宗匠風に威張る女の人が居て、まとまらず、私も匙を投げてしまって降りた記憶がある。私との縁は、そのときからである。

新井さんも、その折から「塔」に加入されたらよかったのである。塚本邦雄に可愛がられたというプライドが許さなかったのか。

私は、その後、米満英男氏や川添英一氏と知り合ったり、三井修氏にお世話になったり「塔」の若手と交友したりして視野を広げることが出来た。

米満氏とは大阪で一度お会いして酒食を共にしたことがあり主宰された歌誌「黒曜座」を送ってもらったり、山中智恵子さんの署名入りの歌集を何冊か頂いたこともあるが先年亡くなられた。

川添氏は新井さんの文にも出てくる現代歌人集会のパネリストなどをやられたらしいから新井さんも、ご存じかも知れない。

川添氏は奈良教育大学書道科の出身で、筆跡のきれいな人である。「流氷記」を出しておられ、大阪の中学教諭をされていたが今は再任用で教えておられるらしい。

もう何年も前になるが新井さんから「蔵書を整理したい」と連絡があって自宅を訪問して何冊かを頂いた。

塚本邦雄の同行者だけあって、彼の著作の殆どが揃っていたように記憶する。

好きな本を、と言われたが著名な本で一冊切りの本をもらうのは躊躇されて遠慮したが、これは後悔している。やはり主著というべきものをもらっておけばよかったのに。

回想は、このくらいにして歌に入りたい。

この本の「帯文」が掲出画像から読み取れると思うが、ここに書き抜いてみる。

　言葉を鍛え、磨き、削ぐ。そうして彫琢された詩句が、
完成された美意識のもとに統べられ、

三十一音へと収斂していく。
日々の些事は詩化され、韻きとなって読者のなかに長く揺曳する。
底光りする華やかな佇まいをみせる、
熟達の第三歌集。

とある。　誰が書いたか知らないが、これこそ、この本の要約として的確だと言えるだろう。

巻頭に「相聞の秋」という項目があり

いちまいの柿の照葉を添へながら手紙《ふみ》ぞたぬしき相聞の秋

が巻頭の歌である。この一連は七首の歌から成るが、次のような歌がつづく。

カメレオンの餌は生きたる蟋蟀と花野に狩れば百の叫喚
赤まんま可憐なりしが秋を祝ぐ中野重治がよぎる目の前
助数詞の弱りもぞすれ一頭とよばふ揚羽のむらさきの蝶

新井さんの男孫かが爬虫類とか虫とかを飼っているらしく、それらの題材から作歌に至っていると思われるが、それらをリアリズムではなく「現代短歌」たらしめている詠み方である。

二番目の歌も中野重治の詩の「赤ままを歌うな」を踏まえていると知るべきである。

三番目の歌も昆虫類をよぶときに「一頭」というように数詞では言うということである。

これらの表現技法こそ新井さんが塚本たちの前衛短歌運動から学びとったものと言えよう。

さりげないように見えながら「言葉を鍛え、磨き、削ぐ。そうして彫琢された詩句」へと昇華されている。

だから、**読者の人よ。「素通り」してもらっては困る。**

帯文にある通り「日々の些事は詩化され、韻きとなって読者のなかに長く揺曳する」するのである。


時ならぬ雷のとよみに断たれたる霜月深夜夢のあとさき

「夢のあとさき」という項目の、この歌から題名が採られているようである。

この一連には次のような歌が並ぶ。

落花しきりの木下に佇てば花菩薩　蓬《ほほ》けゆくのも悪くはないか
われの海馬汝れの海馬がそれぞれの見当識を言ひたて始む
〈芸術でメシが喰えるか!!〉夏の夜の吊広告がはためきながら

日常に目にする些事も見事に詩句として昇華されて、珠玉の作品と化している。

「迷路」という一連の終りの歌は

「そして誰も居なくなるのよ」歳晩の葉書ひそりと舞ひ込みきたり

晩年を迎えた老人の身には、ちくりと刺さる警句のような歌である。

〈風景は心の鏡〉かの画家は水辺のそばに白馬置きたり

高名な日本画家の作品に、そんな絵があった。「宇治」という項目の歌だが、私は別の風景を思い浮かべた。

呆けるまで生くればたぶん捨てられる　盆灯籠がくるくる廻る

「しがらみ」という項目の歌である。

ぶざまなる生きかたもせむ鳥串を横に啣へて未亡人（われまだ死なず）

「すぎゆき」という項目に、こんな歌がある。

我武者羅に戦ひをりし頃ほひの書房〈さんぐわつ〉みつみつの棚

熟年歌人たちには懐かしい京都寺町の三月書房のことであろう。今でも短歌関係の本を置いて頑張っておられるようであったが今年廃業された。店主は宍戸さんと言ったか。私などは今では本屋の店頭に行くことは無い。インターネット上でアマゾンから買う。昼前に発注すれば夜には届く。私の旧著も並んで売られていた。

長靴はひとりで履ける二歳児は黄の長靴で晴れの日も行く

多くは引かないが、こういう孫、ひ孫の歌が散見する。お子たちが、すぐ近くにお住まいのようである。

「浴衣の足穂」という項目がある。

日帰りの旅といへども充ち足りぬ自然法爾の雪月花見て
湯帰りの浴衣の足穂に出会ひしよその風采を鬼才と知らず

この歌は稲垣足穂の姿を見た昔の記憶から引きだされたものだろう。無頼の稲垣足穂として有名であった。

はじめの歌も、素通りしてもらっては困る。

「自然法爾じねんほうに」とは浄土真宗でいう自力を捨て、如来の絶対他力に任せること。「法爾」はそれ自身の法則に則って、そのようになっていること、を意味する。

このように各所にブッキッシュな仕掛けが施されていると知るべきである。

巻末の項目名は「しかと見よ」だが

ひこまごは寝返り始む頭《つむり》あげ老いさらぼふをしかと見てをれ

という歌など自分を客観視して、突き放して見つめ、かつ表現していて、秀逸である。

多くの歌があるので佳い歌を見過ごしたかも知れない。不十分をお詫びしておく。

遅きに失した出版だが、帯文の「底光りする華やかな佇まいをみせる、熟達の第三歌集。」ということである。

ご恵贈に感謝して紹介の一文を終わる。

河西志帆句集『水を朗読するように』　木村草弥

――邑書林二〇〇八・十二・十二刊――

河西志帆さんには、FBで出会った。と言っても、ネット上での付き合いで、まだ会ったことはない。どんな人か判らないので、ネット上で検索して作品を検索してみた。私の知人が金子兜太の「海程」に居て、その人からもらったバックナンバーの中に秀逸句として河西志帆さんの名前があった。二年前くらいのことである。それから注目して、付き合いが始まったのは、その後のことである。私のブログの「月次掲示板」に河西さんの句を継続して引くようになった。そんな付き合いの中で、残部も手元にない中、古本で見つけた、と言って、今回この本をいただいた。有難うございます。

金子兜太の「帯」文が的確である。
金子兜太が亡くなって、結社も解散し、後継結社も発足した。彼女も、そこに加わっていると思うが、詳しくは知らない。

この本は、もう十年以上も前に出た本だが、新本同様で、きれいな本である。

この本には「序にかえて」という金子兜太の五ページにわたる文章がある。

この文章は「海程」所収「秀作鑑賞」の文を転用したもののようである。

とにかく河西志帆さんは兜太に可愛いがられていたらしい。

この本の「帯」文に、こう書かれている。

お向いも裏も嫁なしきんぽうげ

河西志帆の俳句の、この街並風の日常性、
それを率直に書くかと思うと、
妙な映像を仕立てて書く。
その頼もしさがある。

金子兜太

口語俳句協会奨励賞俳人の満を持しての第一句集

「帯」にも書かれているが、彼女は現代の「口語」で俳句を作っているということである。

そして、この本には「枝折り」として、相原左義長、田村みどり、池田澄子、鳴戸奈菜、島田牙城の五人が、見開き二ページづつ書いている。

そして「跋」として「水辺の女」と題する関容子氏の五ページにわたる文章がある。

ご承知のように、関氏は「インタヴュアー」として高名な人であり、今は主に歌舞伎を中心したエッセイを書いておられる。

関さんと河西さんとの出会いも面白い。

この「跋」のはじめのところに書かれているが、上田在の小さな温泉の湯で二人は出会い、行を共にして今日まで親しく付き合っているのだった。

関さんも俳句を齧られるので、話題は次第に俳句に移っていったらしい。

FB上での二人の親しげなやり取りを見ていて、ようやく、その疑問が氷解した気分である。「人」との付き合いから、全ては始まる、ということである。


以上が「イントロ」であり、これからが河西志帆の句の世界に切り込むことになる。

「あとがき」に書かれているが、志帆さんの俳歴である。「あとがき」の文章を引いておこう。


〈第一製薬「笹鳴句会」に誘ってくれた従姉の保里吉子には、言葉にできないほどの感謝をしている。

ここで始めて俳句というものと、丸山海道先生にお会いした。

ここから続く俳句を通しての沢山の方との出会いは、金子兜太先生へと導かれていった。〉

巻末のところに　〈水を朗読するように　＊三八八句＊　畢　〉
とあるように、全部で三八八句が収録されているようだ。

れている。

「章」立てとして「気乗りせぬ鬼」「八月十四日」「木箱で帰す」「まじめに並ぶ」の項目が立てら

この句集を読んでいて、定型を激しく崩すことはないが、多少の破調の句が見られるが、この傾向は、いつ頃から始められたのだろうか。

傍から眺めていると、俳句の結社の世界は、多分に「宗匠」的であるように私には見える。

丸山海道の「京鹿子」にしても伝統的な定型の世界だし、この句集に見られる「破調」というか「自由律」というかの詠み方は金子兜太に出会ってからのものなのか。

この句集が出されるまでに、既に二十年の句歴があるというのだから、その中から三八八句というのは少ない気がするから私は、そう思うのである。

私なんかは短歌作家だが、文語定型、歴史的かなづかい、も口語自由律も、勝手にやってきたが、私みたいな男は極めて例外的な存在である。

そんな私から見て、志帆さんは、俳壇において、確かに稀有な存在だろうと思う。

それに、金子兜太が、そうだったように極めて「革新的」な心情の持ち主であるようであり、また「無言館」に心寄せるところなども革新的である。

「章立て」のところに「八月十四日」と、わざわざ置いてあるところも意図的であろう。

いよいよ句を挙げて行かなければならないのだが、典型的な句は金子兜太の文章や「枝折り」の中で皆さんが引いておられ、私が出る幕もないのだが、少し引いてみる。

「気乗りせぬ鬼」

熊野曼荼羅玉音放送の頃か
南風そのどんつきの尾鷲駅
裸木や思わぬところから弟
小鳥来る空気は描けなくて困る
サニーレタス錆びたり会いたくなったり
アネモネや膵臓の中にある孤島
黒南風という賑やかな挫折かな
はんざきの前も後も国境
栗爆ぜて何だか科野が騒がしい
位置について啓蟄のはじまりぬ
裸木や鎖骨恥骨の高さなど
来世に鶴でも白鳥でも困る

「八月十四日」

雪列車「女一枚上野まで」

モンゴロイド日暮れの葱を抜いている
軍人が前列中央さるすべり
赤紙の赤を知りたる単衣
軍事郵便うける朧に口があり
ゲートルは枯野に続くと知っていた
八月や左卍と鉄十字
ふらここの頂上ひろしまが見える
人を許す青野がこんなにやわらかい
夏風邪や男のパジャマ着て眠る
万緑のいつも二階に谷がある

「木箱で帰す」

木箱で帰す海市から来た母を
錆釘のいきなり曲がるから寒い
ところてん大声でする癌のはなし
号泣のあと厄介な凍豆腐
冬の田の二人の男一緒に帰る
口数の少ない葦に用がある

秋鯵やはみ出している猫の足
親に過去子に過去りんごかじりかけ
ちちははの骨が重なる冬桜

「まじめに並ぶ」

お向いも裏も嫁なしきんぽうげ
井守家守きみを守ると言われても
蛇の衣モンロー・バーグマン・デートリッヒ
玉川上水よこぎる烏瓜にもなる
先頭の海鼠にバンザイクリフかな
鍵かけて寒がる金魚をおいてきた
野火のあとここは昨日がよく見える

アトランダムに引いてみた。もっと佳い句を見落としたかも知れない。この句集から、また私のブログの「月次掲示板」に句を拾うことになるだろう。秀でた才能に敬礼して、ご恵贈に感謝して終わる。有難うございました。ご健詠を。

尾池和夫句集『瓢鮎図』　木村草弥

――角川書店二〇一七・一〇・二五刊――


ご存知のように尾池和夫氏は先年まで京都大学総長を務められた地震学の大家である。

京都新聞の一面に「天眼」という大きな囲み記事があるが、そこに月に一回ほど記事を書いておられる地元では有名人である。

私は、いつも面白く、かつ有益に拝見している。

今は京都芸術大学の学長を辞任され、静岡県立大学学長をなさっている。内外の地震学会などで多忙だが、私は寡聞にして俳句を趣味としておられることは知らなかった。

科学者で俳人としては、東大学長でもあった有馬朗人が居られる。

この本は角川俳句叢書の「日本の俳人一〇〇」という企画で出版されたものである。

先ず尾池氏が俳句の世界で、どういう地位を占めておられるかを書いておく。

京都の俳句結社「氷室」―金久美智子主宰のもとで、副主宰を務めておられ、先年一月から主宰のポストにお付きになった。

「氷室」には一九九三年四月号から作品を発表され、令夫人・尾池葉子さんも同じ結社の俳人である。

この句集は、第一句集『大地』に次ぐ第二句集ということになる。

この句集の題名の「瓢鮎図 ヒョウネンズ」というのは、妙心寺の塔頭・退蔵院が所有する国宝の絵に由来する。

この絵は画僧・如拙の手になるもので、足利義持の命で「瓢箪でなまずを押さえる」という禅の「公案」を描いた、応永二二年（一四一五年）以前の作だという。

「あとがき」の中で、作者は故郷・高地の学校に居るときにあだ名に「なまず」と呼ばれていたこと。「氷室」誌でも二〇〇九年以来「瓢鮎抄ひょうでんしょう」の欄を持っているという。

因みに、「鮎」という字はアユを指すのではなくナマズのことである。音読みは「ねん」や「でん」と訓むので、念のため。

漢字の読み方には「漢音」「呉音」「宋音」など、中国から伝来したときの「音」が複数あって、ややこしい。

昔から俗信として「地震は地下でナマズが暴れているから」だと言われているが、作者の意図として、この題名をつけたことと関連があるのは確かだろう。

地震学者として作者は以前から二〇五〇年南海地震襲来を唱えて、警鐘を発しておられる。

作品を引いてみよう。

山門を今年へ抜けし鐘のこゑ

キムチにはキムチ色して田螺かな
三門に僧の彳む夕立かな
巳遊喜さま龍比古まゐる懸想文
プレートの出会ふ地溝の霞かな
小満や富士むはゆたかにマグマ持つ
断層性盆地の底の熱帯夜
菅公の地震の記録を初仕事
君そこに花に埋もれるやうに立て
西行の月あればけふ花の山
鰹船南海トラフ沖にあり
灼熱の鉄路は構造線に沿ひ――バンドン
新たまねぎ総長室へどさと来る
この鰤は氷見とひとときは声を張る
のれそれと出自同郷ののどけしや
母子草学徒出陣記録展
息災や賀状二人の主治医より
王様に会ふ自家用機春夕べ

おんちやんのうるめぢやないといかんきに
木の実割るチンパンジーを真似て割る
暁闇の桶に浅蜊の騒ぎ立つ
ゲルニカを前に汗拭くこと忘れ
夕凪や海蝕台に星を待ち
初景色火の根一つの富士箱根
花冷や伊豆に単成火山群
万緑や甲骨文にある地震
二億年のチャートを洗ふ夏の潮
地震情報ポケットに鳴り春寒し
春暁やひたすら睨む日本地図
わが道の先へ先へと飛蝗かな
年逝くや水噴き上ぐる銅の鶴
明けぬれば雪まどやかに丸の内
結構と医師のひとこと夏隣
風邪の妻モーツァルトの他不要
蟹行やものの芽を踏む道なれば

鰻筒したたらせ行く沈下橋
研究者のゴリラ顔なる立夏かな
おほざつぱな秤をつかひ茸売る
寒月やハラルマークの串団子
菰巻は津波の高さ浜離宮

多く引き過ぎたかも知れない。さすがに科学者だけあって、目の付け所が独特である。十数年前に急性心筋梗塞に襲われ、病院に駆け込んで命拾いされたという。その頃の句をいくつか引いた。

ネット上では、その頃の詳細な闘病記が見られるが、さすが科学者でメモ・記録も精細なものである。京大総長という地位の高い有名人なので、海外出張でも、彼にしか詠めない句が見られ、さすがである。この辺で終わる。

なお著者には最新刊『季語の科学』（淡交社二〇二一・三・六刊）があり、この私のブログ三・二五付で載せたので参照されたい。

倭《やまと》は　国のまほろば　たたなづく　青垣
山隠《ごも》れる　倭しうるはし

古事記

『古事記』にこのように詠われる大和盆地。その東の山裾に沿って、日本最古の道といわれる「山の辺の道」がある。

その道に沿って南の端に「大神神社」（おおみわじんじゃ）がある。

大和の国には古い社が多いが、日本最古の社としては、この神社をおいて他には、ない。

「三輪山」の麓にある大神神社は、三輪明神と呼ばれる。

大神と書いて「おおみわ」と読むのは、昔は神様と言えば、三輪さんのことだったのである。

記紀神話では、悠久の昔、大国主命（おおくにぬしのみこと）が国家の政治に行き詰まり、祈念したところ、海を照らして神がやってきた。

「我は汝の幸魂（さきみたま）、奇魂（くしみたま）である。我を祀れば平らかになるだろう。我を倭の青垣、東の山の上に斎（いつ）きまつれ」という託宣を受けた。

そこで、大和の東の青垣に、その神「大物主大神」（おおものぬしのおおかみ）を祀ったのである。

その地が現在の三輪山だという。

この神社には本殿、すなわちご神体を鎮座させる建物がない。

古代の信仰そのままに、三輪山そのものをご神体とし、参拝者は「拝殿」から山を直接拝む。

熊野那智大社が「那智の滝」をご神体にするのと同じ扱いである。

拝殿の奥、神体山の「禁足地」の間に「三ッ鳥居」がある。

文字通り三つの鳥居が合体したもので、平安時代以前の創建とされるが、禁足地のため一般には見られないので、「摂社」の桧原神社の三ッ鳥居を写真②に掲げておく。


なお桧原神社には拝殿も本殿もない。この三ッ鳥居があるのみである。

この三ッ鳥居を拝んで、その背後の三輪山を拝する、というものである。


「三輪山」は、三輪の神奈備と呼ばれる円錐形の秀麗な山。

山中には大岩が露出して、頂上の奥津磐座、中腹の中津磐座、麓の辺津磐座があり、それぞれ大物主大神、大巳貴神（おおなむちのかみ）、小彦名神（すくなひこなのかみ）が鎮まるという。

磐座（いわくら）は、神が降臨する神聖なところとされる古代祭事遺跡。

三輪山そのものを御神体として古くから信仰されている。

先に書いた「桧原神社」は、北へ一・五キロほど上がったところにある「摂社」だが、この桧原の地こそ、天照大神が祀られていた大和の笠縫邑（かさぬいのむら）だという。

ここから倭姫命（やまとひめのみこと）の伊勢への旅が始まったという。

ちなみに、三輪から、ほぼ真東、つまり日の出の方角に「伊勢神宮」があるのである。だから、「元伊勢」と別称されるのである。


ここで「三輪」の由来について書いておく。それは三輪の「環緒」（おだまき）塚の伝承である。

イクタマヨリ姫は、大変美しい乙女だった。

ある夜、姫のもとにこの世のものとも思われぬ立派な男が現われ、二人はたちまち恋に落ちて結ばれ姫は身ごもった。

不思議に思った両親が「床のまわりに赤土を撒き、巻いた麻糸（おだまき）の糸先に針をつけ、男の着物の裾にさしておくように」と言いつけ、姫が言いつけ通りにして、翌朝になってみると、糸は入口の戸のカギ穴から外に出ており、辿ってゆくと美和山の社まで来ていたので、男が神の御子であることが判った。

麻糸の残りが家の中に三勾（みわ）あったので、ここを三輪と呼んだ。


「まほろば」については辞典にあたってみてもらいたい。

参考までにWikipediaに載る英文の記事を引いてみる。

Mahoroba

From Wikipedia, the free encyclopedia

Mahoroba is an ancient japanese word describing a far-off land full of bliss and peace. It is roughly comparable to the western concepts of arcadia, a place surrounded by mountains full of harmony and quiet.

Mahoroba is now written only in hiragana as まほろば. The origins of the word are not clear; it is described in a poem in the ancient Kojiki (古事記) as being the perfect place in the mythical country of Yamato:

Poem from the Kojiki
Japanese Romanized version
大和 は
国のまほろば
たたなずく
あおかき山ごもれる
やまとしうるわし。

Yamato ha

Kuni no mahoroba

Tatanatsuku

Awo-kaki yama-gomoreru

Yamato shi uruhashi

(Note that the Kojiki itself did not use hiragana; the above is a modernized version)

この英文の解説は「まほろば」を西欧でいう「アルカディア」と同じようなものと書いているのは、けだし名解説であろう。

なお、古事記についても、その頃にはまだ「ひらがな」は無かったことも明記されていて正確である。

聞酒《ききざけ》に誘はれ口にふふみたる
此の旨酒《うまさけ》の銘は「神奈備」

木村草弥

冬は日本酒の「仕込み」のシーズンであり、今はおいしい新酒が出来て来ている。今日は「利き酒」の話題を。

この歌は私の第四歌集『嬬恋』（角川書店）に載るものである。

この「神奈備」という銘は私が勝手につけた名前で実在しない。

全国どこかにあるかも知れないが、この歌とは関係がない。

私が参加した「利き酒会」は平凡な名前の蔵で、歌に詠む時には乗り気になれなかったので、架空の名にした。

聞酒の茶碗は「審査茶碗」と言って、利き酒をする場合に使用する独特の茶碗である。

「神奈備」というのは、大和の三輪山その他、全国各地に存在する地名で「神の坐（いま）す地」という意味で、古代から信仰の対象として崇められてきた。

私の住む所から木津川を隔てて対岸の丘にある「神奈備神社」である。

「式内」社の字が見え、この字のつく神社は古代はじめからの神社であることを示している。

この山一帯は甘南備山と呼ばれ、一帯には古代の古墳が多数存在する。継体天皇の「筒城宮」もこの一角にあったとされる。

ついでに言うと、この丘の一角に近年、同志社大学が「田辺校地」を構え、女子大学と工学部の全部と各学部の「教養課程」の2年間の学生が通学していた。

チャペルも設置され、丘の上の煉瓦づくりの校舎が遠望できる。

もっとも、全国的な傾向だが、大学発祥の地に回帰するのが風潮で、同志社も京都市内の「今出川」校地の周辺を買収して校地を広げて、今では教養課程も今出川校地に戻ってしまった。だから田辺校地に残るのは女子大学と工学部だけとなる。

それと海外からの帰国子女のための「同志社国際高校」がある。

教養課程が此処にあった頃は、学生目当てのマンションが盛んに建てられたが、これらのマンションは「空室」に泣いているという。

また、この丘の麓には「一休禅師」が晩年隠れ住んで、森女と愛欲のかぎりを尽したという「一休寺」がある。

このいきさつについては私は第二歌集『嘉木』(角川書店)の中で「狂雲集」という一連で歌にしておいた。

そのうちの一首を抜き出すと

一休が森手をみちびき一茎を萌えしめし朝　水仙かをる……………木村草弥

というものである。

これはメタファーに仕立ててあるので、解説すると「森手」というのは「森女」の手ということであり、「一茎」というのはｐｅｎｉｓのことであり、

「水仙」というのは文芸の世界ではｖａｇｉｎａのことを指す隠語として定着しているのである。

「利き酒」から話題が逸れたようだが、そういう「いわれ」のある名前を私は歌の中で使いたかったのである。

私が酒の蔵元だったら、この「神奈備」の名前を必ずつけるだろう。

私の住む村にある「城陽酒造」も色々工夫して頑張っておられるので、遅くなったが書き添えておく。
→　アクセスしてもらいたい。

老いづけるこころの修羅か春泥の
池の濁りにひるがへる紅絹《もみ》

木村草弥

この歌は私の第二歌集『嘉木』(角川書店) に載るものである。

この紅色は「紅花」を揉みだした色素で染める。

この鮮やかな緋色の長襦袢もある。

これを着物の下着として身に着けたり裏地としたりして、歩くとか、あるいは身をくねらせるとかの時に着物の裾から、ちらりと、この紅絹の緋色がこぼれ見えるというのが、和服の「色気」というものである。

こういうチラリの美学というのを古来、日本人は愛したのである。

あからさまに、大げさに見せるのではなく、つつましやかな所作のうちに「情 (じょう)」を盛る、というのが美学なのである。

もちろん、愛する人のために着物を脱いで寛ぐ場合には、この紅絹の緋色が、もろに、愛し合う男女の情感をあくまでも刺激すると言うのは、野暮であろう。

この歌も「玄人」好みの歌作りに仕立ててある。

春になって池の水も何となく濁る、これを古来「春泥」と表現してきた。寒い間は池の底に潜んでいた鯉も水面に姿を見せるので、春泥である。
人間界もなんとなく「なまめかしい」雰囲気になる春であるから、私は、それを少し大げさだが「修羅」と表現してみた。

「春泥」というのは、季語では「春のぬかるみ」のことを指す。泥んこ道も指すが

鴨の嘴《はし》よりたらたらと春の泥　　高浜虚子

という句があり、この句は類型的な「春泥」の句とは一線を画して、春の池の泥のことを詠んでいる。
この句は、掲出した私の歌に言う「春泥」に通じるものがあるので、一言つけ加えておく。

以下、「春泥」を詠んだ句を引く。

春泥や石と思ひし雀とび　　佐野良太
春泥や遠く来て買ふ花の種　　水原秋桜子
春泥に押し合ひながらくる娘　　高野素十
春泥にいゆきて人を訪はざりき　　三橋鷹女

北の町の果てなく長し春の泥　中村汀女
月読の春泥やなど主を避くる　中村草田男
放吟や高校生に春の泥　石橋秀野
春泥の恋文横丁今いずこ　戸板康二
春泥に手押車の鳩かたかた　横山房子
春泥の靴脱ぐひまもほとけ恋ふ　伊丹三樹彦
踏み滑る泥や春こそめでたけれ　三橋敏雄
午前より午後をかがやく春の泥　宇多喜代子
春泥やお伽草子の碑にまゆみ　高岡すみ子

賞味期限切れた顔ねと言ひながら
鏡の中の妻は紅《べに》ひく

木村草弥

この歌は私の第二歌集『嘉木』（角川書店）に載るものである。

「賞味期限」とは食品に付けられている期限の数字であるが、今では、日常会話の中でも、よく言われるようになっている。

亡妻が実際に、この言葉を言ったのか、それとも私が作品化するときに採り入れたのか、今となっては判然としないが、いずれにしても面白い歌に仕上がっている。

女の人が、お化粧しているのを、こっそり眺めるのは面白いものである。

私の第三歌集『樹々の記憶』（短歌新聞社）の中で「化粧」という一連十首を作ったことがある。その中に

私は化粧する女が好きだ　虚構によって切り抜けるエネルギー
お化粧はゲームだ　化粧の濃い女の「たかが人生じゃないの」という余裕

化粧はエロチックだ　女のナルシスムだと決めつけてはいけない
化粧する女は淋しがりやだ。　化粧なしの素肌では不安なのだ
素顔の女がいる「化粧をしなくても生きていける」勁（つよ）い女だろうか
化粧台にむかう女を見るのは面白い、目をむいたり口をひんまげたり百面相

というような歌がある。この歌集は「自由律」のものなので定型をはみ出た自由なリズムで作っている。

いかがだろうか。

もっとも、この頃では男も化粧に精を出すような時代になった。着るものも「ユニセックス」の時代と言われ、男性、女性という区別が明確ではなくなり、「中性」の時代とも言われている。

男性と女性とが「結婚」するという時代でもなくなり、同性同士の結婚が、法的に認められるところも出てくる、という時勢なのである。

私などは時代に取り残された「骨董品」的な価値しかないかも知れない。

それでも、私でも女の人に「まぁ、おしゃれね」と言われたら嬉しいのだから、何をか言わんやである。この辺で、退散しよう。チャオ！

萩岡良博歌集『禁野』抄

――角川書店・平成二十四年五月二十五日刊――

薬狩りのころゑをしづめて夕映ゆる隠沼ありぬわが禁野には

この歌集は、この「禁野」という字に凝縮される。記紀・万葉の古典に載る宇陀の地の名という「禁野」には、言外に世人を寄せつけぬ「結界」が引かれているようだ。

この言葉は一見やたらには無さそうだが、私には遠い記憶がある。

私の住む処から西の生駒山系の山を越えたところに今の枚方市「禁野」というところがあって、昔、陸軍の火薬庫があった。

それが何が原因か昭和十年代に大爆発事故を起こし、その爆風が十数キロも離れた当地でも火柱が見えたという。私の子供の頃の記憶である。

そんなことで「禁野（きんや）」という名は幼い私の頭に刷り込まれたのであるが、「宇陀」の禁野は推古の御世の薬狩りの地―いわゆる禁裏御用の地なのであった。

私が書いた枚方の禁野は平安京の禁裏御用の地だったのだろう。　また、こんな歌もある。

作者は、これらの地名の喚起する、ゆかしい地を「うぶすな」として生まれ、棲んでいるのだ。

榛原ははざまの駅なり長谷の牡丹室生の石楠花咲く頃さみし
うぶすなは選べざりけり水漬きつつ新芽を噴ける河川敷の木木
天上の一枝に糸懸け睡らむかみどりの楕円にひとを忘れて
墓掘りて白骨出で来、骨となりし父祖ことほぎて御酒をそそぎぬ
やまざくらこともなく咲き夕暮れの言葉そよがせくれなゐ深む
目より入り胸処の奥にあをき灯をともせるほたる幾夜か飼ひぬ
目も耳もおぼろになりたる地蔵佇つ宇陀が辻昏れなづみ、行きなづみ
あたたかき距離と言ふべしさ牡鹿は母仔の鹿に少し離れて
もみぢする忍坂をくだり下げ美豆良揺らして明日香のみやこへ急ぐ
赤人の墓に詣でぬ野づかさに雪踏みしめて歌踏みしめて
おほかみに喰らはせてをりしろがねのこゑあげ炎ゆる冬の昴を
太郎岳次郎岳無きわが村の三郎岳を冬空が研ぐ
怒りさへみどりをふふむ麦秋の国原ふかく火を育てつつ

これらの歌の紡ぎだすものこそ「地名」の喚起力というものである。
作者のいうように我々に「うぶすなは選べ」ない存在である故に、また、我々は「うぶすな」と結ば

れるのである。

昔はみな土葬であった。私なども町内で死人があると、共同墓地の穴掘りに行ったものである。キリスト教、イスラム教なども土葬である。火葬はヒンズー教などから伝わる習俗に過ぎない。

そして「天上の一枝に糸懸け睡らむかみどりの楕円」というのは「ヤママユガ」の紡ぎだす世界であり、そこから引きだされる短歌結社「ヤママユ」の前登志夫へと繋がってゆく。

「やまざくらこともなく咲き」という捉え方が秀逸である。万物は「こともなく」推移しているのであり、人に見せるためではない。

われわれ人間は、それらの風物に仮託して心を詠んでいるに過ぎない。

父祖の想いのこもる「宇陀が辻」が「昏れなづみ、行きなづみ」という畳句が利いている。こういうルフランの効用は西欧詩でも必須の技法である。

「三郎岳」を言いたいために「太郎次郎」を持ってきたり、麦刈りのあとの麦藁を焼く火のことを「麦秋の国原ふかく火を育て」というところなど、
これぞ「比喩」表現の典型として秀でている。

そういう「記紀・万葉の古典」を曳揺しながら、作者の「歌作り」は情趣深く進んでゆく。

わが母の真白き奈落ふかきかな忘れわすれて自分さへをらず
曼珠沙華くしやと凋るる失せたるは妻盗りしゆゑと言ひつのる母

家事をせしことなき父がほほけたる母の朝餉の茶粥炊きをり
息殺し見つめゐるらし八十歳の父母の見つむる呆けの映像
風呂場にてわが父うたふ下手くそな「戦友」を雪木枯らしにまぎる
母に言ふ妻のことばに棘あるをさびしみをれば曼珠沙華咲く
手なぐさみに妻の編みたるキューピーの緋の帽子また脱げ落ちてゐる
なめらかな女体を恋へりなだらかな雪山なだり月照らしゐて
蒼き闇に夕顔咲けり死に際に思ひ出づるか汝がしろき胸

呆けゆく母をめぐる家族の哀歓、妻への想い、その他の歌を引きだしてみた。我々もいつか行く道かも知れず、これらの歌の趣きは深い。
そして作者は管理職として学校経営に心を砕くが、それらの歌を引いてみよう。

溶接の面をかぶりて日蝕を並び観てをり生徒とともに
雄・雌の区別螺子にあり黙黙と雄螺子を削る機械科生徒
千鳥足に法則あるとぞ幾何解析学のにはかに親し
こつぴどく部下叱る夢にめざめたり無意識の菌糸伸びゆく朝明
さくら散る　少年少女のさみしさに寄り添ふことを職として来つ
酔ひつぶれ乗り過ごしたり終点の廃墟のやうな終バスの中

二日酔ひの頭蓋に蟬をとまらせて陽に灼かれつつ溶けてゆくらし
アルコール依存者ユトリロのくれなづむパリの街並み観つつ酒欲る
なにもかも厭になる夜がある酔ひて顔よりどつと倒れぬ地面に

好きな酒だが、これからは夫婦和合の酒にするよう努められたい。

ひと恋ふる樹液ときをり汲みあげて空に噴きをり唐変木は
孤悲と書く万葉仮名を思ひをり朝日にゆるぶ霜柱踏み
いくたびもさくらをあふぐいくたびも叱られて来つこころざし低きを
真夜の風呂に背中流せば巨根とは巨き詩魂と言ひたまひけり

亡師・前登志夫に言われた歌を二つ挙げた。
これからは「志」高く、夫婦和合して世界に羽ばたいて雄飛されたい。
最後に昨年の大震災・大津波にまつわる歌を引く。

想定外を想定するは想定内……さくら舞ふ空鶫かまびすし
大津波、娘のわかれ話　かなしみを膨らませつつ来るこの春は
その日忘れしらつと凪ぎてゐる海ようちひしがれしことばを返せ
呑みこまれ語られぬまま海の底にふるへてをらむことばはいまも
残酷なまでに美しき逝く春の瓦礫のむかうの海の夕映え

逃げ遅れしことばよ睡れ海ふかくあをき睡りをしづかに睡れ
うなさかの蒼穹裂けてその割れ目にあまたの蝶の飛び発つを見つ
赤と黒の色づかいも鮮明な歌集を賜って、読み進む裡に「宇陀」の「禁野」に群れ飛ぶ蝶のような心地の「幻視」の境に居るようであった。
佳き歌集を読んだ軽い昂ぶりの初夏の一日である。感謝して筆を擱く。

二〇一二年五月二十八日

山田兼士詩集『羽の音が告げたこと』
――砂子屋書房二〇一九・四・三刊――

この本は山田先生の第五詩集ということになる。

「あとがき」で、こう書かれている。

〈前詩集『月光の背中』以降、三年ほどの間に書いた作品をまとめて第五詩集としました。「夢幻境」は二十歳の頃の作品を大幅に改稿したもので、いわば二十歳の自分とのコラボレーションです。

「Ⅰ」の作品も含めて、今回はかなり懐旧的な作品が多くなりました。

「Ⅱ」には文学作品との対話（詩論詩）を、「Ⅲ」には音楽や美術との対話（芸術論詩）を集めました。その文脈でいうなら、「Ⅰ」と「Ⅳ」は自身（や家族）との対話詩と呼べるかもしれません。詩はモノローグではなくディアローグなのだ、との思いが近年ますます強くなっています。〉

先ず、この本の題名になっている巻頭の詩を引いておく。

羽の音が告げたこと

母の死から五年後
父も死んで
消えていく家族の儚さゆえ
軽い虚脱感を覚え始めた二十代の終わり頃

そんな時　そこに
生まれてきた　きみは
透明な羽を背にのせていた
ぼくを父にするために

病院へと続く並木は
木枯らしに枝を揺らし
新生を祝うかのように
枯れ葉を静かに降り注いでいた

初対面の二九八〇グラムのきみは
この世界への長旅に疲れたかのように
ようやく安堵したかのように
静かな笑みを浮かべて眠っていた

出産を終えたひとは
きみが生まれるとき
かすかにはばたく羽音に
思わず耳をすませたといった

だれの目にも見えないが
だれの耳にも聞こえないが
透明な羽は祝福のあかしだ
そのはばたきは鐘の音だ

きみの羽の音が告げたこと　それは
生まれたのはきみだけじゃないこと

ぼくたち自身でもあること
それが新生ということだった

「あとがき」で書かれている「自身や家族との対話詩」の典型だろうか。

「Ｉ」には、そういう懐旧的な詩が連なっている。

それらの作品は「四行のフレーズ」が連なる整然とした作り方になっている。

「家は正方形」「すみよっさん」「似非大阪人的告白」など、みな、このスタイルである。

「Ⅱ」は「詩論詩」だと言われているが、「頭韻」「脚韻」などの試みが、いくつかある。

ぼくのこころに　涙降る
…………
るすばん犬がとおせんぼ

つまり冒頭の「ぼくのこころに涙降る」が、「頭韻」「脚韻」になっているということである。

こういう「言葉遊び」は、私が「未来」短歌会に居るときには、編集部の企画で何度かやったものである。

ただし、日本語の特性として、こういう「頭韻」「脚韻」は余り有効ではなく、日本では「音数律」が今もなお有効なリズムとして生き永らえているのである。

「ラ・ボエーム」変奏曲

一九世紀パリのボエミアンは清くまずしい野心家で
友達に恋人を紹介する場で
――ぼくは詩人です
　そして彼女は詩なのです――
二〇世紀モリオカのボエミアンは悲しいアナキスト
家族に恋人の紹介をすると
――ぼくは歌人です
　そして彼女は歌なんです――
二一世紀トーキョーのボエミアンは寂しい道化もの
仲間に恋人を紹介するのも

――ぼく漫画家です
　そして彼女は漫画です――
文学者も美術家も音楽家もこういう場合
彼女は詩です　と　紹介するのが真の愛

作者は、こういう形の整った形式の詩が好きらしい。

作品を書き写すのも、結構疲れるもので、引用は、このくらいで終わりたい。

「帯」文に書かれていることだが、「詩は、すべてはディアローグのために」ということは大事なことで、このことは強調しておきたい。

ディアローグ――英語で言えば「ダイアローグ」であるが、対する「モノローグ」は弱い。

この言葉を終わりとして、ささやかな鑑賞を終わりたい。

不十分な、散漫な物言いに終始したことをお詫びしたい。

ご恵贈有難うございました。　益々のご健筆をお祈りして筆を置く。

後記

一昨年、先生は突然、意識不明に陥られ、何日かの後、意識は回復されたが体の麻痺などに苦しまれた。その間、私たちへの音信はなかった。

昨年の或る日、突然、先生から長文のメールが来て、病臥のいきさつが知らされた。

先生が目覚められた時、日本は、世界はコロナ禍に侵されていた。

大学の授業はオンラインになり、今は登校の授業もあるが、不自由な体に鞭打ってリハビリを続けておられるらしい。ご自愛をお願いいたします。

黒揚羽凶々しくも喉鳴らす　　高島征夫

緊急にお知らせしなければならない。
親しくお付き合いいただいてきた俳人の高島征夫氏が急逝された。
二〇〇九年六月三十日のことらしい。氏の写真などは無い。
心からお悔やみ申し上げる。

下記に引くのが、高島さんのブログ「風胡山房」六・二九付けの最後の記事である。

朝火事の煙黒々閏月　　高島征夫
（初出句）

朝火事のようだった。この季節の火事は珍しい。風もなく穏やかな快晴。文字通り「梅雨晴間」。浜に向かう交差点で、海から戻ってくるタレントの山田邦子とすれ違った。七、八人のクルー（カメラ、マイクその他）を引き連れて、皆と談笑しながら町の中心部へ移動していった。見られていることを意識している表情は面白い。俳句には出来そうもないが、今日は不思議な日になりそう。

高島さんとの「いきさつ」は、私の記事に高島さんの父上・高島茂の句を引いたのをご覧いただいて、向うからコメントを貰ったのが、はじめであった。

その後、北溟社編『東京　詩歌紀行』に「私の東京ポエジー」という特集欄に高島さんの半ページの句と文章が載り、同じ本に私の歌三首も収録されたので、それらの関係から一層親密になったのだった。

念のために「東京ポエジー」に載る記事を引いておく。

高島征夫（獐）

黒揚羽凶々しくも喉鳴らす
命をかし高尾の森の黄鶺鴒

廿里町（とどりまち）
八王子の高尾に住んでいた頃は、近くの廿里町の山にある多摩森林科学園によく行ったものである。
自然のままの景観で、桜の保存林は、全国各地から約一七〇〇本、百種以上の品種がおくられて、シーズン中はまさに桜の山といった趣になる。

廿里という名の由来は「秩父まで十里、鎌倉まで十里」という立地からで、その昔、北条氏と武田氏との合戦の場となったところである。八王子市のウェブサイトを見ると、「「廿」という字は、パソコン等で使用する場合は「にじゅう」と入力し変換していただくと表示されます。」と親切丁寧。ＩＴ時代の地名案内も一苦労というところである。

科学園からの帰りは、南浅川沿いの道を回って両界橋の袂に出て、川に集まるセキレイ、ジョウビタキ、カワセミなどの野鳥を見るのが常だった。それが叶わぬ時は、ミステリーを持って、駅前の珈琲屋へ。

二〇〇八年四月下旬に私の詩集『免疫系』を上梓する打ち合わせのために上京した際に、高島さんと新宿西口の「ボルガ」で、初めてお会いして歓談して楽しかった。その際、私は名刺代わりに歌集『嬬恋』を差し上げ、お返しに高島茂句集『ぼるが』をいただいたのだった。

高島氏のブログが更新されないので、私は異常を感じ、高島氏のやっておられる俳誌「獐」の編集発行人である吉川葭夫氏に電話して、その死を知ったのだった。

高島氏は鎌倉の由比ガ浜の山荘に一人住まいをされていたが、六月三十日の早朝に急死されたらしい。家人が発見されるまで判らなかったようである。

私は遠出している日以外は、毎朝、氏のサイトを訪問して拝見していたのだが、その死の直前に私のサイトを閲覧されている「日時の記録」が所属しているＦＣ２の「訪問者リスト」に残っているのだった。（氏はExciteの他に、FC2にもミラーサイトを持っておられたのである）

これも奇しき縁（えにし）というべきだろう。

改めて、高島征夫氏（小説などの執筆のペンネーム「結城音彦」）のご冥福をお祈りしたい。

連詩『命あるものへの頌歌』から抜粋。

箴言　　西辻明

なゐ《地震》ふるはづき《葉月》またうけこたへ《応答》あり
ながつき《長月》はくろ《白露》つくもぐさ《九十九草》みづに
をはりのはなさき　かんろ《寒露》はやとうか《十日》
かむなづき　いさ　いさ　いさ

何が起こるか　一寸先は　真暗だ

摩天楼を　紅蓮の焔　噴出させ　天に沖する　黒、黄、白煙
数万トンプレス圧延高張力チタン合金の　主翼五十メートル
15度に傾け　左旋回に鉄とコンクリートとガラスを截断する
ジェット燃料四・五・六千キログラム満載の一瞬の大爆発
操縦するあなた自身と　六千の世界の頭脳の幾千億の
大脳神経細胞を殺す　大崩落　かかるヒトの暗黒の熱情は

原子力空母艦載攻撃機深夜出撃の　青白く噴射する感情
ヒトゲノム解読完了のホモ・サピエンスは　ＤＮＡ二重螺旋構造
のいかなる塩基配列に　同種殺戮本能を　入力刻印したのか
脳天を直撃するハイエナ肩甲骨の陥没　七百万年アフリカ大地
溝帯　キリマンジャロ　コーカサス　カラコルム　ヒンズークシ
パミール　ヒマラヤ　第三間氷期の万年の氷河　突き刺す巓嶺を
紫電一閃　寸断破砕する「正義」の剣は氷河を断ち割る　カレワ
ラの巨人か　この俊英　剛毅果断は　天空を飛翔する大鷲が啄む
肝脳塗地　鉄鎖に繋がれたヒトはプロメテウスではなかったのか
失うべきものは------？

------Thrice three hounded thousand years
O'er the earthquake's couch we stood:
Oft, as men convulsed with fears,
We trembled in our multitude,　*

山翻江倒海巨瀾捲奔騰急萬馬戦猶酣　**

〈'01.10,19. 定稿〉

（自注）

* P.B.Shelly "Prometheus Unbound" 11.74～77

**《山》十六字令三首之二首目　毛沢東

西辻明は私と同じ大学の英文科専攻だが、二つほど先輩である。

彼の詩は、この作品に見られるように他人の作品を取り込む、いわゆる「コラージュ」という手法を好む。

壮年期に貿易にかかわり、いま問題の北朝鮮との貿易にも当り、その頃の金日成主席への激しい個人崇拝を目のあたりにした、という。

この作品は二〇〇一年九月十一日の事件を題材にしているが、面白い詩に仕上がった。

シェリーの詩の引用に見られるように「プロメテウス」という視点が、この作品の主題となっていると言えよう。

西辻の詩は、ご覧のように、「ひらがな」に「振り漢字」を振るという独自のものである。

また、引用の毛沢東の詩は、西辻の了解を得て、私の第四歌集『孀恋』の中の「ダビデの星」の章に使わせてもらった。

ネウマ譜の起伏のごとき午睡かな　島本融

「午睡」というのは夏の季語だが、もう夏日の気温の日がつづく昨今であるので、もう夏「仕様」で行きたい思う。

ネウマ譜というのは一般的にはグレグリオ聖歌の表示法として知られるが、「ネウマ」とは中世の単旋律歌曲の記譜で使われた記号。

旋律の動きや演奏上のニュアンスを視覚的に示そうとしたものが基本。

ネウマ譜とは、上に述べたネウマを使った記譜法。

九世紀頃現われ、高音を明示しないネウマ、高音ネウマ（ダイアステマ記譜法）を経て、やがて十一世紀から「譜線ネウマ」へ移行する。

ネウマ譜は先に述べたようにグレゴリオ聖歌の表示法として知られるが、中世の世俗的歌曲も、貴族の館を中心に「吟遊詩人」の歌として流行した。

単声で、譜線ネウマ譜で表わしていた。

最初は、歌詞の上に記号をつけただけだったが、十世紀頃イタリアやイギリスで譜線が登場する。

譜線の数は一本から四本まで増え、線と線の間隔は3度間隔を示すようになり、「譜線ネウマ」と呼ばれるようになる。

後には近代五線譜で古い楽譜が写本されることもあるらしい。期間的には九世紀から十四世紀にかけて、ということになる。

実は私はネウマ譜の実物か写本というものを見たことがない。

本で、その存在を知っていたに過ぎないが、新聞で大阪の女性がネウマ譜の装飾的な美しさに引かれて写本を手掛けている、という記事に触発されて、島本氏の、この句を採り上げる気になった。

昔のヨーロッパの本は、小説でも神学の本でもページの文頭の字は、大きく、しかも色彩的にも極彩色に装飾した「飾り文字」になっているが、このネウマ譜も、そういう装飾文字で始まるらしい。

装飾的ということからは、この大阪の女性の写本のモデルになっているのは十四世紀イタリア式譜面の装飾かも知れない。

島本融氏については、私のHPで一章を設けて句集『午後のメニスカス』の抄出をしてある。

島本融氏は河井酔茗、島本久恵氏のご次男で群馬県立女子大教授などを勤められた美学者である。

美学者としての教養から横文字が多いが、知的な雰囲気に満ちている。以下、句を抄出する。

母は闇に坐して涼しき銀河系

吾亦紅野辺のアウラというべきか
くすぐられてしなやかな子の夏合宿
すこやかになまあしやはりさむいという
てふてふの旧かなめきし羽根づかひ
秋灯に偽書ほどほどの読みごたえ
様式とはめだかみごとに散るごとく
二河白道一輻だけの花の寺
ミネルヴァの梟を言い冬学期
十代連はチアののりにて阿波踊り
謝恩会のゼミ学生の抜き衣紋
青嵐におののきやめずメニスカス
酔漢がハモってゆくや歳の暮
波奈理児のすはだに生絹《すずし》添えまほし
ビリティスの偽書も編みたし蔦の花

ルフラン

谷川俊太郎

いくらか誇張されいくらか
縁飾りをつけられていたけれど
その物語はとても本当の人生に似ていて
だがそれを読み終えたあとも
自分の暮らしは続いていることに
気づかないわけにはいかない
電車の窓外では街並が切れ一面の菜の花

たとえば〈たとえば〉と言ってみて
ふと〈ふと〉と言ってみてそのあとに
生きることのこまやかな味わいのあれこれを
目録のように並べたてても矛盾は解けない
束の間の慰めなら一杯の紅茶でも事足りる
それからいったいどうするのか

電車の窓外では街並が切れ一面の菜の花

この詩は谷川俊太郎の詩集『日々の地図』の中の「ルフラン」という題の詩である。この詩集で彼は読売文学賞を受賞した。一九八二年集英社刊。

谷川俊太郎は現代詩の作家としてピカ一の存在である。詩人というと、殆どの人が、大学教授であったりするが、彼は、そういう本業を持たない。だから、詩を書いて詩集を出して読者に買ってもらい、「マザーグース」などの翻訳をして本を出したり、朗読会を開いてみたりして稼いでいる。だからお金持ちではない。いつも自転車を愛用し、インタビューには近くの喫茶店を指定して、そこには自転車で現れる、という風である。

私は谷川の詩が好きで『谷川俊太郎詩集正・続』をはじめ『コカコーラ・レッスン』『定義』『よしなしうた』など殆どの詩集は持っているが、今回こうして「季節の詩」として採りあげようとすると、彼の詩には、自然とか日本の四季というような風土を詠った作品が殆どない、のに気づき愕然とした。考えてみれば、それも当然かも知れない。彼は現代詩作家なのであり、日本伝統の「花鳥諷詠」というようなものからは、遠い存在だからである。「詩人」というのは、「言葉を操る」人である。自然や季節を題材にしている訳ではない、からである。

あちこち探しまわって、結局、掲出のような詩を選んだ。これは谷川の責任ではない。私のBLOGの企画に向かなかったというだけのことで、季節を問わなければ、佳い詩は一杯あるのである。

この詩は「ルフラン」と題されるように「電車の窓外では街並が切れ一面の菜の花」というフレーズの繰り返し（ルフラン）が生きている。また、たとえば〈たとえば〉や、ふと〈ふと〉、という言葉の繰り返しも、ルフランとして効果的である。この「ルフラン」の意味は、いま私が書いたことの他に、この詩全体が言おうとしている、人生そのものが繰り返しである、という比喩になっているのである。

谷川俊太郎には、一度だけ会ったことがある。もう数年前に短歌結社「塔」が発足何十周年かの企画で、有料のシンポジュームがあり、大岡信と永田和宏との三人が鼎談をするというもの。この席でも、谷川は、短歌的な世界に批判的な発言をしていたのを思い出す。

彼の父は谷川徹三で、高名な学者であり、文学者とも親交があったので、俊太郎の作家デビューも、父が詩作ノートをひそかに三好達治に見せて、その才能を発見されたことによる。デビュー作『二十億光年の孤独』には巻頭に三好達治の推薦の長い詩が載せられている。

フジテレビ系列のアニメTV『鉄腕アトム』の主題歌の作詞家は谷川俊太郎、作曲家は高井達雄、とある。

このテレビアニメは有名だったから、巷に流れていたので、もちろん私は知っていたが、仕事に、しこしこと励む壮年期だったから、このＴＶアニメはみたこともない。

歳の差、年代の違いを実感させられるが、いずれにしても、俊太郎の偉大さは、こういう大衆に愛されるマスコミの世界にも、彼の足跡が大きく残っている、ということである。

彼は現代詩詩人として、玄人受けする作品を作ると共に、広く大衆にも受け入れられる詩作品も、気軽に作詞できる、という柔軟さを備えている。

だから、私は谷川俊太郎は、ピカ一の詩人だという所以である。谷川俊太郎ブラボー！！！。

——四元康祐の詩——（1）

意思決定

四元康祐

直感を信じちゃいけない
分析するんだありとあらゆる手管を尽くして
ばらばらにしてさらけだすんだ眩しい陽の下に
それから数量化するそれが出来たら
あとは一気に公式まで持ってゆく
相関関数の多少のずれは気にするな
直感のいい加減さに較べればよっぽどマシさ
君の幸福はどんな曲線だい
波打際のおんなの背中
ダウジョーンズの震える罫線
それとも黄金のコンソメの上のさざ波
最後に微分して最大値を求める
さよなら、ロレンス

秘書　四元康祐

「社内秘回覧を読むあなたの横顔がわたしは好き
眉間にしわを寄せ小首をかしげて
風に吹かれ星々を読む船乗りみたい
読み終わったら律儀な仕草で印鑑を取り出して
ゆっくりと力をこめて捺印する
そのときの一文字につぐんだ唇も素敵
秘密を許されてあなたは嬉しい？
それとも脅えているの少しだけ？
いつかもっと偉くなってあなたは
秘密の中心まで辿り着く　そしたら
真昼の砂丘でよろめくあなたに
わたしが何もかも教えてあげる」

四元康祐・第一詩集『笑うバグ』一九九一年花神社刊（引用は現代詩文庫『四元康祐詩集』二〇〇五年思潮社刊より）

このアンソロジー詩集の裏表紙に、大岡信が、こう書いている。

〈四元康祐をアメリカ文学者金関寿夫の紹介で知った。『笑うバグ』より三年ほど前、「会社めぐり」の時期だった。

「コンピュータ時代のアンニュイとウィットと感性で日本で初めて出た詩人です」と金関さんへの礼状に書いた。

四元君はそれ以後ずっと大詩人への道を歩んできた。

『世界中年会議』の〝思いつき〟の面白さは抜群。

彼の作品やエッセーは、どれをとっても人類の未来への不安を隠し持った、微苦笑や皮肉のきいたユーモアを持ち、

〈現代の怪談〉めいたスリルに富む。

個別の詩の背景に常に「大文字の詩」への熱い思いがあって、一見クールな外見をしっかり支えている。

純正な日本語の詩が、多年日本を離れている純然たる勤め人によって書かれたみごとさ。〉

四元 康祐

出典―Wikipedia

四元 康祐（よつもと やすひろ、一九五九年生れ）は、日本の詩人。

大阪府寝屋川市生まれ。中学・高校を広島学院の寮で過ごす。一九八二年上智大学文学部英文学科卒業。

一九八六年、製薬会社の駐在員としてアメリカに移住。一九九〇年ペンシルベニア大学経営学修士号取得。

一九九一年第1詩集『笑うバグ』を刊行。一九九四年ドイツ移住。

『世界中年会議』で第三回山本健吉文学賞、第五回駿河梅花文学賞、詩集『噤みの午後』で第11回萩原朔太郎賞受賞。ミュンヘン郊外在住。

ビジネスマンとして長く欧米暮らしを経験し、日本語を話す機会の限られた生活を送った。経済・会計用語を駆使する斬新な作風であるが、ユーモアも発揮されている点が特徴。

著書

笑うバグ 詩集 花神社

世界中年会議 思潮社

噤みの午後 思潮社

ゴールデンアワー　新潮社
四元康祐詩集　思潮社（現代詩文庫）解説・穂村弘
妻の右舷　集英社
言語ジャック　思潮社

ゴッホ道　　　四元康祐

あたり一面どろどろの泥濘である
但しその泥は
光沢のある明るい絵の具
田舎道と波打つ麦畑その向こうの地平線と青空には
境い目がない　ただ虹のようにおぼろげな
意味の霞がたなびいているだけ
逆巻く雲や跳び交う鴉までがひと塊にこねくりまわされて
俺はブルーの一筆書きだ

地面からはにょろりにょろりと

先端が髭と化した円錐形が生え出してきて
捩じれる樹木に絡みつく
大気中に吹きすさぶ色彩の暴風雨
そこへケシの花びら達が傘もささずに駆け出してゆく

描写は退屈だな
言語の本質は命令形にあり
「光よ。あれ」
爾後はみなオノマトペ
うおーひぇってるぅひとあでんげ?
おお数式よ　高分子化合物よ
析出する立方体へと滑り出してゆくものよ!
舌先で飴が溶けるよ

波打つ古都の甍のように
少しずつ角度を変えて合わさった平面の向こうから
奥行の亡霊達が（土煙あげて）凱旋してくる

風なきところに風が発ち
道は、滔々と、道の真ん中を流れてゆく
泥濘は色鮮やかなまま透き通り
事物の輪郭だけが骸骨の楽隊さながら踊りだす

ああ、では俺も
一本の線にほどけて
コバルト色の空に舞おう
色即是空　牛はオランダ語でＫｏｅ（ku:）

四元康祐、詩集『言語ジャック』思潮社刊より

この詩集は題名の通り、ダンテや宮沢賢治や新幹線の車内放送や「奥の細道」や「名詞」や、ありとあらゆるものから、言語や絵画が「ジャック」されているのである。

この詩集から、もう一つの詩を引いておく。

言葉で苛めるのではなく
言葉が苛められているのである

車座に胡坐をかいた男たちの真ん中に
縛られて、芋虫のように転がされた哀れな言葉

句読点ひとつ欠けたところのない玉のような肌である
厳格な文法の父と優しい音声の母のもとで大切に育てられてきた

男たちは揃ってみな三つ口である　僅かばかりの
常套句を使い回して暮らしているのだ

「へっへっへ、口じゃ嫌がったってカラダは正直だぜ」
「もっとええ声あげて鳴いてみんかい」
言葉は歯を食いしばって堪えている
自分の中から淫らな間投詞が漏れてしまうのを

そして必死で願っている
聖なる剣が男たちを微塵に分節してくれることを

だが、いま彼女の構文は恥ずかしい姿勢を取らされて
ツンと尖った単語の先を執拗に撫でられ――

男たちは注視している
彼女の中心から透明なしずくが垂れ落ちるのを
獣の股ぐらのような暗い眼差し
無言のままひくひく震える割れた吻（くちびる）
決壊の予感に打ち震えながら、言葉は今
眩しい海を見ている

比喩メタファーでくるまれているので、難しいかも知れないが、さまざまに想像してみると面白い。

ニューヨーク　サブウェイライド

四元康祐

至るところ蒸せ返る小便と汗の匂いに
否応なく鼻孔と肺と脳とを犯されながら
時間を訊かれるたびに脅え頸筋を強張らせ
眼の前で若い娘がホームから突き落とされるのを見て
その視線をゆっくりとタブロイドの活字に戻す
いけにえを捧げるべきどんな神が
いると云うのかこの地底の祭壇に
史上最高の富と文明が
密林に勝る混沌と恐怖の上に成り立っていて
白い人は白い膚を呪い
老人は衰えた脚力を呪い
女たちは突き出た乳房と尻に恥じ入って
垂れかかる葉と蔓のように車両を充たす

その呪いと恥の間を黒い若者がしなやかに歩いてゆく
禁欲と勤勉で地上を律する膨大な法の体系も
悪意がないと云うただそれだけのことを
乗客たちに示す手立てを若者には与え得ないから
彼もまた黒い膚を呪い盛り上がった筋肉に恥じ入って
列車は耳を弄するきしみをあげてカーブを曲がり
その一瞬人々は遥か頭上に広がる筈の夜空を
かけがえのない恩寵のように思い浮かべる

四元康祐・詩集『世界中年会議』思潮社刊より

四元康祐は、いま注目されている詩人である。

この本が出たとき彼はドイツのミュンヘンに住んでいたが、掲出の詩を書いたときはアメリカに居た。この詩はニューヨークの地下鉄の様子を描写している。時は一九八〇年代から一九〇〇年代にかけての頃のことである。

ニューヨークの街は荒れ果て、物騒で、特に地下鉄は怖かった。みんな見て見ぬ振りをして暴力がのさばっていた。地下鉄だけでなく、地上でもメインストリートの脇道は立ち小便をやたらにするので

「小便臭かった」。それを改革したのが何とかいう市長だった。
その頃、私もアメリカに行ったことがあるが、他の都市も同様で、例えばロサンゼルスの有名な「サンタモニカ」の海岸なんかも、汚くて、まさに小便臭かった。

つづいて他の詩集から詩を引いておく。

Beatrice, who?　　四元康祐

第六の地獄から第七の地獄にいたる断崖を
そろりそろりと
ダンテが這い降りてゆく
とうに死んでいるヴェリギリウス先生は気楽なものだが
生身のダンテは細心の注意を払わねばならない
自らが生み出した夢の中とて
落ちれば死ぬのだ

ダンテが必死で握り締めているもの

なんとそれは
言葉で編んだロープであった
三行ごとに束ねられた透明な縄梯子
喉の奥から吐き出された逆さまの「蜘蛛の糸」
足元から立ち昇る糞尿の匂いは
筆舌に尽しがたいのに

そんなにまでして会いたいのか
愛しのベアトリーチェに
地面に腹ばいになって裂目から呼びかけると
こっちを見上げてダンテは答える
ベアトリーチェって誰だい？
俺はただ拾いにゆくだけだよ
完璧な比喩を

浮かばれないのはベアトリーチェの魂である
ヴェルギリウス先生も

浮遊したまま心を悩ませていらつしゃるが
ダンテは構わずずんずんと降りて行く
毒食らわば皿まで、と云ったかどうかは定かでないが
この年ダンテ前厄
「神曲」約三千六百行目に差し掛かった秋であった

・詩集『囀みの午後』思潮社刊より

この詩集の題字は谷川俊太郎の筆による。


ダンテの「神曲」は、以前に鈴木漠の連句の紹介のときに触れたが「テルツァ・リーマ」という三韻詩の形式で書かれている。

この四元康祐の詩の「三行ごとに束ねられた透明な縄梯子」の部分は、それを踏まえている。

さりげなく書かれていても、「古典」を深く踏まえていることを知ってほしい。

彼の詩は、とても長いものが多いので、なるべく短めのものを選んで掲出した。

先に紹介したアンソロジー『四元康祐詩集』の解説に載る文章を引いておく。

　噤みの午後にダンテと出会う――四元康祐読解ノート　栩木伸明（抄）

日本がバブル景気に沸いていた当時、日本企業のひとりの駐在員が、アメリカ東海岸の大学院で経営学修士号を取得した。

やがて月面（のようなところだったらしい、本当に）へ赴任して子育てをしたのちの転勤先は、旧大陸の、午後と週末に口を噤むことが定められた国だった。

周辺には独自の文化と歴史を誇る国が綺羅星のごとくに点在し、各国間の出入りは前世紀末からフリーパスになったので、
仕事の合間に美術館を訪れることが趣味になった。中年の呼び声を聞いたのちの人間にはふさわしいたしなみといえるだろう。

一番の愛読書はダンテの『神曲』だという。…………

一九九一年、帯に谷川の推薦文をつけ、大岡の肝いりで第一詩集『笑うバグ』が発表された直後、高橋源一郎は朝日新聞の文芸批評にこう書いた――

「この詩にはぼくたちも登場している。だが、ぼくたちは自分がこの詩に登場していることを知らな

い。

なぜなら、ぼくたちは複雑なシステムの一部として登場していて、それがどういうシステムなのかぼくたちとにもわからないからだ。

かれはそれをはじめて言葉に変えた。……

流動する世界の中で自分の位置を確かめるために、かれは高い場所から俯瞰するように詩を書く。」

これは四元の詩にたいする最も初期のコメントのひとつだが、彼の詩が世界規模の後期資本主義経済のシステムという巨大な相手を前にして、
その全貌を視野におさめようとして十分引いた立ち位置から書かれていることを、的確に言い当てている。……

四元康祐詩集『日本語の虜囚』

――思潮社二〇一二年刊――

ドイツはミュンヘンに在住しながら、日本語にこだわり現代詩作家として活躍、その存在感を誇示する四元康祐の新詩集である。長い詩が多いので、短い詩を選んで引いてみる。

ことばうた

わたしはななしのことばです
よしなしはなしにみをうかべ
うれしかなしのなみにゆられ
ひとからひとへとながれゆく

わたしははだしのことばです
したにおわれみみへにげこみ
こころのふかみにうずくまる

やみがわたしのふるさとです

わたしはだましのひかりです
かたりあざむきめくらまして
こくうにおりなすしんきろう
まいちるなまえのはなふぶき

あかんぼうのよだれにまみれ
こいびとたちのむねにやかれ
としおいたといきにたえいり
けれどもなおしぬにしなれず

わたしはあさましことばです
とうすみとんぼのゆうぐれこ
じょうどのしじまおもいつつ
あなたとともにいきています

こえのぬけがら

もじにかかれたことばはさみしい
のどもさけよとさけんでも
とじたべえじのうえにはさざなみひとつたちはしない
しらじらとはくしのひかりをあびるだけ

こえをなくしたことばはかなしい
にくのぬくもりわすれられず
ひとめすがってやせたあばらをあらわにさらし
きこえないこえのこだまにむねをこがす

いみよりもふかいためいき
りづめをときほぐすふくみわらい
おぎゃあからなんまいだまでのしどろもどろ
そのあとさきをみたすやみりのしずけさ

もじはただもどかしげにゆびさすばかり
ゆびをくわえてみつめるばかり
つないだてのぬくもりの　そのくちびるのやさしさの
いろはにおえどちりぬるを

ひととわかれたことばはうつろ
ひとなつにふりそそぐこえのせみしぐれ
そのいさぎよいしにざまにうっとりとあこがれながら
もじはちじょうにしがみつく

彼については「四元康祐の詩」に収録した旧作のところを参照してほしい。
今度の詩集の終わりに、こう書いてある。

日本語の虜囚　　　あとがきに代えて

つい最近まで、私は日本語から自由になったつもりでいた。今年で二十五年目を迎える外地暮らしの、日常の意思疎通やら商売上の甘言詭弁は云うに及ばず、詩においてもそうなのだと高を括っていた。個々の言語を超えた「大文字の詩」の存在を疑わず、それこそが我が母語であり祖国であると嘯いていた。

実際、表面的なレベルでならその言葉に嘘偽りはないのである。ここ数年の私は世界各地の詩祭に足繁く通い、英語を仲立ちにグルジア語からヘブライ語まで、何十力国もの言語で詩をやりとりしてきた。文化や人種の壁を越えた詩人という種族の存在を肌身で感じ、その共通語としての詩を、ときに辞書を引きつつ、ときに身振り手振りを交えて味わった。そこに束の間出現する詩の共和国に、私が地上のどこよりも郷愁を感じたといってもあながち誇張ではなかっただろう。

だが事態はそれほど単純ではなかった。『言語ジャック』という作品集を書いたあたりから、私は日本語に囚われてしまったらしい。自分の書きたいと思う作品が、どういうわけか翻訳することの極めて困難なものばかりになってきたのである。ましてそういう作品を、母語以外の外国語で書くことなど到底不可能なのだった。

たとえば表題作の「言語ジャック」は、新幹線の車内案内や芭蕉の『奥の細道』の序文に、それとほぼ同じ音数のテキストを重ねたものであるし、「魚の変奏」という作品は、即興的に書いた詩の子音(または母音)だけを残し、母音(または子音)の部分だけを置換することによって音韻的な変奏を奏でるという趣向である。

どう逆立ちしても、こんなものが翻訳できるわけがないのである。

さては困った。これではせっかくの最新作を地球上津々浦々の詩友に伝えることができないではないか。詩祭に行っても読むものがなく、アンソロジーに誘われても載せるものがない。いやそれだけならまだよい。

今後の国際化を断念するだけの話だ。だが私の場合は国内路線に特化しようにも、生活の場は引き続きミュンヘンなのである。ここで余生を過ごすのだ。日本語の殻に籠っていては、やがて友を失い陰気で孤独な老人となるだろう。その日本語自体が劣化して、遂には自分にしか通じないピジン・ジャパニーズと成り果てよう。国を棄て親を棄てた忘恩の徒を待ち受ける、母語の復替や恐るべし。どうしてこんな羽目に陥ったのか。この機会に『言語ジャック』以前と以後の作品を比較検討してみよう。

以前の私の作品には、物語詩にせよ抒情詩にせよ、ナラティヴというものがあり、その語り手がいた。彼または彼女は平明で論理的な言辞を用いて、日常の背後にある「詩」の存在を指差していた。生活者の現実感覚とそこへ侵入してくる超越的世界としての「詩」の対比が、私の詩の中核だった。つまりその言説はつねに詩の外側にあったのである。

これに対して最近の作品は、日常的な現実をすっ飛ばしていきなり「詩」の内部へ入りこもうとする傾向がある。それは語り手を持たない。ナラティヴというほどのものすらなくて、あるのは言語だけだ。言語による言語のための言語についての汎言語的空間。そしてどういう因果か、私の場合、その言語は母語である日本語でなくてはならなかったのだ。

詩の外側にあって詩を指し示す言葉と、詩の内側から溢れ出しそれを遡行することによって詩へと到りうる言葉。この二種類の言葉と「詩」との関係を、井筒俊彦氏の理論における分節Iと分節II、そして根源的絶対無分節という概念によって説明することが出来そうだ。分節Iとはいわゆる表層言語または論理言語。ここでは山は山、川は川と、世界は事物の本質によって厳しく規定されている。次に根源的絶対無分節とはそこからあらゆる意識が滑り出すその元の元、意識の最初にして最後の一点、心が全く動いていない未発の状態をいう。

仏教における無の境地である。そして分節IIは、一見分節Iと同じに見えて実は根源的絶対無分節を潜り抜けてきた深層的な言説。平たく言えば「夢の言葉」だ。そこでは事物の本質結晶体が溶け出して、山は山であって山でなくひょっとしたら川かもしれない。具体的には禅の公案や「一輪の花はすべての花」「一粒の砂に世界を視る」といった詩句がこれに近い（井筒俊彦『意識と本質』参照）。

従来私の書いていた詩は、主題の如何に拘らず言説のレベルにおいては分節Iとして機能していたといえるだろう。それは事物の本質に裏打ちされ日常の論理に従っているがゆえに、外国語への翻訳も比較的容易であった。これに対して『言語ジャック』以降の詩は分節IIの方へ引き寄せられている。分節IIとは意識の始原汰態としての絶対無分節を潜り抜けてきた言説であるが、私にとって意識の始原は赤ん坊の喃語のごとき、あるいはイザナギの剣が掻き回した海のごときどろどろの日本語素（日本語の未発状態）として存在しているらしい。つまり意識と日本語が渾然一体となって意味論理の岸辺の彼方で波に揺られている混沌状態。

そういうところに翻訳という概念自体が成り立たない。なるほど最近の私が日本語でしか書けなくなったのは、こういう事情であったのか。…………

この文章はまだまだ長く続くのだが、彼の日本語への「こだわり」が、今回の『日本語の虜囚』という詩集を産んだのである。

長い詩は載せるのを止めたので、こんな作品があるというのを示すために「目次」を出しておく。

うたのなか
われはあわ
うみへのららばい
みずのれくいえむ
虚無の歌（からっぽソング）

俳人・飯島晴子のこと（1）

鶏ガラしゃぶり

木村草弥

俳人・飯島晴子という俳壇のみならず文学、短詩形文芸の世界では有名な人である。二〇〇〇年六月六日に亡くなった。自殺である。

私は、もちろん俳句については門外漢であり、素人であるが、彼女の作品は好きである。

彼女は私と同じ京都府城陽市に生れた。大正十年生れであるから私とは十歳の年長で面識はない。

旧姓は山本で、父は山本清太郎と言い、当時の富野荘村の父の生家で生れる。父は商社員として長年ニューヨークなどに駐在。大正十四年（晴子四歳）に京都市上京区に転居しているから、城陽市での生活は、ほんの少しだったと言える。しかし両親の墓は城陽市にあるし、彼女の中では大きな地歩を占めていたことが、彼女のエッセイなどを読むと、よく判る。

彼女のエッセイに「夫婦」という一九八一年に書かれた作品がある。少し引用してみよう。

〈私の父の郷里は南山城の木津川のほとりで、私もそこで生れたし両親の墓もある。この間「鷹」の同人総会の翌日、奈良へまわったのでついでに墓参りをした。親類ではないのだが、昔から代々親類よりも親しくしている家があって、墓の面倒もみてくれている。

大きい茶問屋である。〉

この茶問屋というのが、私も同業として親しく付き合っている芳香園という。現会長の北村昭二氏から、いつも飯島晴子のことを聞かされていたのである。このエッセイには北村家の血縁のことも赤裸々に書かれているが、この文章のことを昭二氏が知っているかどうかは判らない。このエッセイの中で、昔のご馳走と言えば、かしわのすきやきであったと書いた後に、こんな文章がある。

〈子供の頃の私は、鶏の肉よりもガラをしゃぶるのが好きであった。

私たちの顔を見てからおじさんは鶏の羽根をむしって、どんどん湧いている噴井のそばでつぶす。だしがらの骨は全部どんぶりに入れてもらって、私がしゃぶることにきまっていた。〉

「噴井」と書かれているが、富野荘は水が豊富に自噴する土地で、今でも城陽市水道は、ここで打抜き井戸を掘って水源とする。旨い水である。

ここに書かれる「おじさん」というのは先代の亡・太一郎氏のことである。

このエッセイを読むと、彼女の心の中に「原風景」として城陽市（富野荘村）が生きづいていたことが、よく判るのである。

葛の花・滅亡の予見

木村草弥

飯島晴子は、今でもよく読まれている俳人で、『飯島晴子全句集』というのが没後の平成14年に出ているが、目下品切れ中である。

『飯島晴子読本』というのが同じ富士見書房から出ていて、これには彼女の全句集が収録されている他、随筆や自句自解、俳論などが納められ、これ一冊で飯島晴子のほぼ全体が俯瞰できる。

これと別に『葛の花』というエッセイ集が、同じく富士見書房から娘さんの後藤素子さんの編集で平成十五年に出ている。

彼女の俳句に

葛の花来るなと言つたではないか

というのがある。この作品を見ると判るように、五七五全体に、ずらずらと何が何して何とやら、というような句作りを彼女は、しない。

「葛の花」と「来るなと言つたではないか」とには直接の関連はない。

というより普通の俳句をやる人は、驚くか、とまどう筈である。

俳句の決まりとして季語が必要であり、「葛の花」は、あくまで季語として、この作品に持って来られた。

「来るなと言つたではないか」というフレーズは日常会話で、ふっと出て来そうな言葉で、その二つを一句の俳句に仕立てた腕は見事である。

藤田湘子が、のちに「二物衝撃」という手法と説明したものである。

彼女の「自句自解」には、この作品の説明はない。

このエッセイ集『葛の花』の帯に富士見書房のつけた文章には

〈晩夏初秋の濃艶な葛の花に滅亡を予見する著者〉

と書かれている。

この句は没後、後藤素子さんがまとめて刊行された句集『平日』の終りの方の平成十一年に収録されているもので、没年が翌年六月六日であるから、このキャッチコピー的な帯文は、彼女の心象を的確に捉えていると言えるかも知れない。

彼女のエッセイに「葛の花」という一九七五年に書かれたのがある。そこで、こう書かれている。

〈葛の花は、私の好きな花である。木々を覆って、一谷を埋めて葉のはびこる有様は、荒々しく粗野なエネルギーにあふれている。

葛の葉裏の風にひるがえる白い風景は、古人のさまざまの思いを誘ったことも頷ける。

赤っぽい紫色の花は艶に濃い情感を漂わして、粗い葉の茂りと妙に調和がとれている。季節の傾きのなかに、万物の衰えが急にどっと見えてくるような瞬間を持つことがある。私の葛の花は、いつもそういう気分のなかに咲いている。〉

このエッセイの後半では、有名な釈迢空の歌

葛の花踏みしだかれて色あたらしこの山道を行きし人あり

にも触れて、この歌には釈自身の自歌自註があり、その解の特異さにも触れて

〈俳句や短歌のような短い詩形では、作品をかりて読み手の内部を読むより読み様がないとも言えるが、精神の質感の違いを、葛の花の具体的な質感の違いにみるのは、興味深いことであった〉

と書かれている。

俳人・飯島晴子のこと（3）

第一句集『蕨手』から

木村草弥

飯島晴子の『蕨手』は昭和四七年に出ている。

この句集の開巻第一句に

泉の底に一本の匙夏了る

がある。

この句については「鷹」主宰の藤田湘子が「序」の中で、こう書いている。

〈泉の句は、「鷹」がまだ創刊当初の混沌としたなかで、私に飯島晴子の名を印象づけた一句であった。ここから飯島さんの新しい出発が見られるのではないか、そう漠然と思った。しかし今日のようなきびしい作家に成長することは、実は予測もしていなかった。----俳句を告白の詩から認識の詩として自覚しはじめる過程に、当時の飯島さんはさしかかっていたのだと思う。

一月の畳ひかりて鯉衰ふ　その後の飯島さんは、急激に変貌の歩みをつづけた。作品が情緒と妥協することを、極力拒んだ。

……ひたすら情緒という皮下脂肪を削ぎ落していった。見えるものと対峙して眼をこらしていた飯島さんは、次第に、見えるものをとおして見えない世界へはいりこんでいった。やがて、俳句を認識の詩として確信したにちがいない、そう思える一句に出あった。この作品は、ものの性質や形態をうたうことから、ものの存在をとらえる作家に成長したことを証明している。〉

この文章は飯島晴子の俳句の特性を、かいつまんで鋭く把握していると言えよう。〈認識の詩〉として俳句を作るという、ものの存在をとらえる、という作句の基底の思想ということであろうか。

泉の句については「自句自解」の中に、義兄が蓼科に建てた山荘のサクラ草の咲く湿地の泉の景があるが、そこに一本の匙をみたのではない、と書き、当時住んでいた豊島園の近くの豆腐屋の前の道路と、蓼科の高原の夏終る気分とを思っていると、この句になったのである、と書いている。

また藤田湘子の引用した、後の句について、これも自句自解の中で〈具体的にどこの景でもない。いつどうしてつくったのかも思い出せない。

京都に生まれ育った私の原風景というよりない。……京都に生まれ育てば、何となく自然にこういう世界が身につくのではなかろうか。

美意識といえば聞こえがよいが、たえず一方向への規制を働きかけてくる厄介な荷物である。嫌だと思いながら、いつの間にかその価値観でものを見ている自分に気がつく。……とすれば、これがなるべく固定硬化しないように、出来る限り弾性をもって、生産的に働くように心掛け工夫するよりない。〉

と書いている。作者本人の言と、藤田湘子の解説とを、まとめてみると、飯島晴子の姿が見えてくるのではないか。

現代俳句と写生・俳論抄

木村草弥

飯島晴子の「俳論抄」の中から、標題に即したものを少し書き抜いてみる。すこしは飯島晴子に迫れるかと思うからである。

〈俳諧の滑稽も風狂も、目に見えないものの一つであるが、その他あらゆる目に見えないものがある。一句を成すということは、最後の結果として、この目に見えないものを顕ち現れさすことである。目に見えないものをそっくりそのまま捕獲したかのように見える方法で書くか、それとも、目に見えるものの向うに目に見えないものを見るような方法で書くかの違いがあるだけで、どちらにしても最終的には目に見えないものが現れていなければ、作品になっていないわけである。そして、目に見えるものの向うに目に見えないものを見ようとする――見ようとするというより、見えてくるといった方がよいのかもしれない――のが、写生といわれる方法の本来の在り方なのではあるまいかと思う。〉（現代俳句と写生・昭和五一・八）

〈言葉として書きとめられれば、その時以後は言葉があるだけであり、言葉は証人も弁護士もいない法廷で、自力で「詩」を出現させねばならない。そして、言葉自体が綺羅をまとっていようと、ボロをひきずっていようと、嘘であろうとほんとうであろうと、どちらでもよい、ただ、言葉の向うに、言葉を通して、現実にはない或る一つの時空が顕つかどうかというのが、一句の決め手である。〉

（水原秋桜子の意義・昭和五四・五）

〈「物」は、人間の創造物であろうと自然物であろうと、見られ、聞かれ、触れられ、読まれ、その他すべて「られる」ことによって在るより在りようがないという面がある。

言葉も、また当然、一つの「物」となり得る資格をそなえた素材である。言葉の絡み合いが一つの物体となっているのが詩であり、……「物」であらねばならない。

俳句が「物」であるからには、読み手によって存在したりしなかったりするし、その存在を決めるのも読み手である。……〉（俳句を読むということ・昭和五五・五）

これらを読んでくると、前回のところで藤田湘子が書いた、飯島晴子に於ける「認識の詩」としての俳句、という定義づけを理解することが出来ようか。

俳人・飯島晴子のこと（5）

三七句抄・恣意的抄出

木村草弥

飯島晴子の七冊の句集から、俳句には、ど素人の私の文字通り恣意的な抽出を、下記にしてみる。

泉の底に一本の匙夏了る
鍋の耳ゆるみしのみが女の冬
ベトナム動乱きやべつ一望着々捲く
旅客機閉す秋風のアラブ服が最後
火葬夫に脱帽されて秋の骨
これ着ると梟が啼くめくら縞
ねんねこから片手出てゐる冬霞
蹬音が蹬音を聞く寺の水仙
一月の畳ひかりて鯉衰ふ
蜥蜴ほそくめしをくふのに向ひあふ
寒卵寝るのもいやになりにけり

わが末子立つ冬麗のギリシヤの市場
かげろふのちる茶問屋をきりまはす
やつと大きい茶籠といつしよに眠らされ
鴨屋一軒美事な風の吹いてゐる
いつも二階に肌ぬぎの祖母ゐるからは
牧谿の虎濛々と去年今年
たはやすき泪もありぬ諸葛菜
カステラの底の砂糖や山眠る
とりかへしつかずかがやく夏大根
大仏の肉《しし》叢《むら》てふも夏の果
茶の花のこんなに咲いてゐる寒さ
寒晴やあはれ舞妓の背の高き
男らの汚れるまへの祭足袋
油断すなおたまじやくしの腹光る
縁《えにし》ともごまだら天牛《かみきり》髭まはす
冬の虹ぬきさしならぬかのやうに
青柚子の疵強運といふことを

正月や鰣《しいら》の男方女方置く
大男桜落葉を焚くに侍す
父母祖父母はや赤蛙浮かぶ沼
薄氷をつつと一禽つつつつと
怒るにも足らぬ短きブランコよ
新聞は東奥日報海猫鳴いて
葛の花来るなと言つたではないか
てんと虫発つああだかうだといふうちに
丹田に力を入れて浮いて来い

——細見和之の詩——（1）

卒業研究

細見和之

高橋君の卒業研究のテーマは
絵本とデリダ
彼が言うには
絵本の本質はめくること
だから
〈メクリチュールと差異〉——
すると犀が一頭あらわれて
河馬との違いを証明してくれと泣きすがる
そんな懐かしい
〈ソシュール以前の〉土手のうえで
日がな一日過せたらいいね

あっ　あれは明けの明星？　宵の明星？

この詩は「季刊びーぐる　詩の海へ」第十号（二〇一一・〇一・二〇刊）に載るものである。「びーぐる」の四人の編集同人のうちの一人である。

哲学者のソシュールの「エクリチュール」を、うまくもじって作ってある。

次に、もう一篇、引いておく。

手前の虹　　　細見和之

結婚して間もないころ
妻とふたりで城崎へ出かけた
福知山線の丹波大山駅を過ぎたところで
窓の外に虹が見えた
山の彼方ではなく
山の手前
ほとんど手で掴めるすぐそこに
その虹はかかっていた

その後三年で
私たちは早々と破局を迎えていた
私は昼間翻訳の仕事にかかりきりで
夜はひたすら酒をあおっていた
私が飲み疲れて眠るころ
ようやく妻は外の勤めから戻ってきた
やがて妻は
いくつかの家財道具とともに
家を出た

それから
月に一度だけ妻と食事をしたり
映画を見たりする日々が続いた
右往左往ののちに
私たちは元の暮らしにもどったが
その間たがいに

虹の話はしなかった
これからもきっとしないだろう

私たちのまなざしに
ぼんやりとした
その始まりと終わりまでを
まるで無防備に差し出していたあの虹

『家族の午後』（澪標、二〇一〇年十二月二〇日発行）から

細見 和之（ほそみ かずゆき、一九六二年二月二七日生れ）は、日本の詩人、京都大学教授、大阪文学学校校長。専門はドイツ思想、特にテオドール・アドルノ。

大阪大学文学部卒業、同大学院人間科学研究科博士課程満期退学。二〇〇七年「アドルノの場所」で大阪大学から博士（人間科学）。

大阪府立大学講師、助教授、教授を経て、二〇一六年四月から京都大学大学院人間・環境学研究科総合人間学部教授。

受賞歴
二〇〇九年「日本独文学賞」受賞「第八回」（日本語研究書部門）受賞作品『「戦後」の思想―カントからハーバーマスへ』
二〇一二年「三好達治賞」受賞「第七回」受賞作品『家族の午後』
二〇一九年「日本詩人クラブ詩界賞」受賞「第一九回」受賞作品『「投壜通信」の詩人たち』
二〇二〇年「歴程賞」受賞「第五八回」受賞作品『ほとぼりが冷めるまで』

著書
『沈むプール――詩集』（イオブックス、一九八九年）
『バイエルの博物誌』（書肆山田、一九九五年）
『アドルノ――非同一性の哲学』（講談社、一九九六年）
『アイデンティティ／他者性』（岩波書店、一九九九年）
『言葉の岸』（思潮社、二〇〇一年）、第七回中原中也賞候補
『アドルノの場所』（みすず書房、二〇〇四年）
『言葉と記憶』（岩波書店、二〇〇五年）
『ポップミュージックで社会科』（みすず書房、二〇〇五年）
『ホッチキス』（書肆山田、二〇〇七年、第一三回中原中也賞候補）

『ベンヤミン「言語一般および人間の言語について」を読む――言葉と語りえぬもの』（岩波書店、二〇〇九年）
『「戦後」の思想――カントからハーバーマスへ』（白水社、二〇〇九年）、第七回日本独文学会賞
『永山則夫――ある表現者の使命』（河出書房新社、二〇一〇年）
『家族の午後――細見和之詩集』（澪標、二〇一〇年）、第七回三好達治賞受賞
『ディアスポラを生きる詩人 金時鐘』（岩波書店、二〇一一年）、第三回鮎川信夫賞候補
『闇風呂』（澪標、二〇一三年）
『フランクフルト学派』（中公新書、二〇一四年）
『石原吉郎――シベリア抑留詩人の生と詩』（中央公論新社、二〇一五年）
『「投壜通信」の詩人たち〈詩の危機〉からホロコーストへ』（岩波書店、二〇一八年）
『ほとぼりが冷めるまで』（澪標、二〇二〇年）第五八回歴程賞

——鈴木漠の詩——（十四）

詩と連句「おたくさ」Ⅲ・四　鈴木漠

おたくさの会二〇二〇・四・三〇刊

「後記」によると、鈴木漠氏は、昨年十月半ばに脳梗塞を発症して、今年の三月末まで、およそ五か月半のリハビリテーション入院をされた、という。

年末年始も病院のベッド暮らしだったという。

しかし、こうして機関誌が出せたのだから、幸運というべきだろう。おめでとう、と申し上げる。

これは「凶」の方だが、「吉」の方は回顧展を昨年の二月から五月にかけて兵庫県公館で、十二月から今年の二月まで徳島県立文学書道館で催された。

「その間、世間では新型コロナウイルスの猛威が始まっていたらしい」と書かれている。

そんなことで、今回の冊子はページ数も少なく薄っぺらい。ご自愛専一にお願いしたい。

表紙には「短詩」が載っている。

詩・在間　洋子

ありんこのわたしに
飛べという

そんなに地面を這っていないで
こんなに広い大空を

羽をください　その羽に
シャボン玉色のこころをのせて
舞い上がる

ふわふわふわふわ　高く高く
風の向こうの　あの向こう

目覚めるとやっぱりありんこ
空から見えない菓子の屑

在るとも知らない小石の欠けら
それがなんとも大問題

賜餐　**笈**　梅村光明　捌き

お遍路の笈にサルトル、サザエさん　土井　幸夫（春）
桜吹雪の実存を問ひ　鈴木　漠（春）
もてなしを粋に感じる花の宴　梅村　光明（花）

ウ

酒肴愛でつつ句帳開かず　在間　洋子（雑）
湯上りのの縁に藪蚊の付きまとふ　森本　多衣（夏）
はだけた浴衣うるむ黒髪　辻　久々（夏恋）

ナオ

ままならぬ恋の闇路に迷ひつつ　三神あすか（恋）
駐在の窓初紅葉せり　藤田　郁子（秋）
につこりと笑まふ眉月ネオン街　赤坂　恒子（月）

ナウ　鎌をざつくりいれて豊作　安田　幸子（秋）
炊きたての白米碗に命延ぶ　中林ちゑ子（雑）
暦の果ての跡残すのみ　東条　士郎（冬）

二〇二〇年三月　満尾　ファクシミリ　おたくさ連句塾

現代詩歌の冒険　徳島の詩人・歌人・俳人たち

――徳島県立文学書道館　さあ、言葉の海へ二〇一九・十二・十四～二〇二〇・二・二九

＊飢渇は屡々　魂を星に似せる　鈴木　漠

＊晩冬の東海道は薄明りして海に添ひをらむ　かへらな　紀野　恵

＊何もかも散らかして発つ夏の旅　大高　翔

＊背骨を愛されたことのない女は
水を飲むときののけぞりかたが下手だ　清水恵子

＊桃色の炭酸水を頭からかぶって死んだような初恋　　田丸まひる

＊わたくしの瞳になりたがつてゐる葡萄　　野口る理

最後に掲出した、表紙裏に載る企画は、とても面白い。

それぞれ徳島を代表する詩歌人たちである。

紀野恵氏は短歌結社「未来」の選者。大高翔氏は若手の高名な俳人。野口る理氏は期待される詩人。

そしてベテランの詩人・連句作歌の鈴木漠氏である。

鈴木漠氏も、病を超えて活躍されることを期待して、今号の紹介を終える。　有難うございました。

――三井葉子の詩・句――（十一）

三井葉子さんの極私的思い出など

木村草弥

二〇一四年、一月二日に亡くなった三井葉子さんを追悼する特集号の「びーぐる」二四号が出た。

三井葉子さんを追悼する「論考」「エッセイ」などが多く掲載されている。

「びーぐる」編集同人の山田兼士、細見和之の両氏は「萩原朔太郎記念とをるもう賞」の選考委員でもあり、また大阪文学学校の関係からも三井さんと深い交流があった。

「びーぐる」二四号に載っている山田兼士先生の評論と、「コワイワナア―三井葉子さん追悼」の二篇をリンクに貼っておくので、ご覧ください。


私も第一詩集『免疫系』を発刊して以来、三井さんと付き合うことになり、三井さん主宰の「楽市」の末期の同人に名を連ねていたので、この機会に三井さんの思い出など、少し書く。

三井葉子さんについては、掲出した『〈うた〉と永遠　三井葉子の世界』責任編集・斎藤慎爾　が詳しい。

この本には、三井さんが大量の資料を提供されて編集されたのであろう。

自筆と思われる「年譜」も詳しい。　古本も出回っているので、お読みいただきたい。

私は、三井さんと知り合って、しばらくしてから古本で大半の著書を手に入れた。

詳しいことは、この本や「びーぐる」でお読みいただくとして、私は「極私的」な思い出を書いてみたい。

オランダ直送の薔薇のこと

ごぞんじのように、オランダは園芸大国で、「切り花」や「球根」などを世界に輸出している。

その中に「東インド会社」というのがあり、（これは昔オランダが海外に植民地を抱えていた頃に活躍した国策会社の名前である）日本に出張所があって広く「花」の通信販売を手がけている。

ひよんなことから、この会社からバラの切り花を亡妻や親しい女の人に贈るようになった。

知り合ってから、三井葉子さんにも彼女の誕生日一月一日に合わせて年末に「真紅のバラ」を届けるようになった。

新年早々には配送がないので、十二月三十日指定で、お誕生日のお祝いのコメントをつけて届けていた。

亡くなられる前の年末にも自宅の方にお届けしたが、入院中で、しかも重篤な容体とは知らなかった。

したがって届いたという連絡もなかった。

オランダ直送のバラは、とても日持ちがよくて、お礼の電話のときに、三井さんも、そうおっしゃった。女の人は、お花をもらうのが大好きであり、亡妻しかり、親しい女友達しかり、三井さんも喜ばれた。

三井葉子さんは、ええ衆のお嬢さんである

三井さんの生家は北河内で田畑百町歩を所有する屈指の地主であり、かつ事業として釦製造会社を経営する家であった。

「生駒山」まで他人の土地を踏まずに行ける」と豪語するほどだったらしい。(もっとも、これは地主たちの常套句であって、実際には生駒山まで行くには何千、何万町歩も必要とする)

戦後の農地改革で広大な農地はタダ値同然に取り上げられ、一族は残った財産をめぐってドロ沼のような親族争いが起きたらしい。

三井さんは一人の弟さんと組まれたらしいが、三井さんの葬儀の際には、その人の名前と姿があった。自筆年譜にも一端は書かれているが、私には多少のことは洩らされた。

二十歳のときに山荘博氏と結婚されたが、その嫁入りのときは「女中さん」を連れての嫁入り、だというから、この一事を知るだけでも羽振りの良さは判るというものである。

塚本邦雄との交友について

三井さんに恵贈した私の第一詩集『免疫系』をご覧になって手紙をいただいた。

それまでは、三井さんは私には未知の人である。

お手紙には塚本邦雄と親しかったこと、詩人であった角田清文、書肆季節社の政田岑生らと交友があり、その縁で初期の「楽市」誌は書肆季節社から出ている、ことなどが語られた。

塚本邦雄は私の第二歌集『嘉木』を読売新聞の時評で採り上げてくれたが、そんな関連で三井さんが親近感を持っていただいたのかと思われる。

今も書架には角田清文の詩集『桂川情死』が残っているが、これは私が若い頃に買った本である。

三井さんからは書庫の整理をするのだと何冊かの他人の詩集を、亡くなる一年前かに贈っていただいた。

王朝派詩人と呼ばれる所以

第五詩集『夢刺し』、第八詩集の『浮舟』の頃には、集中して中世の和歌なんかに取材する詩集が並ぶ。

これが「王朝派」詩人と呼ばれる所以である。

それが三井さん独特の世界として展開されるので、たやすく、はないのである。

私などは短歌をやっていて、中世の古今和歌集などの古典にも親しんでいるので違和感はないが、現代詩人は概して、こういう「伝統」とは「切れて」いると主張する人が多い。

だから余計に難解ということになろうか。三井さん独特の「言い差し」に終始するので判りづらい。

そういう意味では三井さんは「頑固」である。

エッセイが面白い

三井さんには『二両電車が登ってくる』『大阪弁歳時記　ええやんか』『猫版大阪弁歳時記　よろしゃんナ』などの大阪にまつわる「エッセイ」がある。

これらは新聞などに連載されたものをまとめたものだが、面白い。

もっとも「大阪弁」とは言っても、三井さんの語られるのは「河内弁」であって、大阪言葉の正統としては「島の内」言葉というのがあるのである。

独特の句読点の打ち方

ごぞんじのように日本語には、読みやすいように適宜「句読点」をつけることになっている。

文章の段落として、一息つくところに「読点」（、）文章の終りに「句点」（。）を振るのが常道である。

三井さんの文章では、それが「逆」に振られることが多い。初期から中期の作品には見られないが、晩年になると、これが頻発する。

ましてや「私信」になると、毛筆を使われるので、判りにくいこと、はなはだしい。みんな困ったのではないか。

句集『桃』『栗』をめぐって

三井さんには、掲出の俳句の句集が二冊ある。いずれも京都の洛西書院の刊行である。平井照敏との交友の中で勧められて始められたようである。平井照敏亡きあとも毎月、東京の句会に上京されるほど熱心だったらしい。その結果が、この二冊である。

私も恵贈されて拝見したのだが、三井さんは俳句では「旧カナ」を採っておられたということだったが、「かなづかい」が新旧混交している。

『栗』を刊行されて間もなく、三井さんから電話があって「鈴木漠」氏が、かなづかいの間違いを四十ケ所あまり指摘し来られた、とおっしゃり、洛西書院に文句を言って、刷り直しをしたいが、校正をしてもらえないか、ということだった。

私は短歌作りには旧カナを採用していて慣れているので、どうぞ、と申し上げたが、その後なにも言って来られなかったので、そのままになっている。

三井さんは「校正」というようなことには熱心でなかったのか。

現代詩作者でも、どういう風の吹き回しか、旧カナの詩を書かれたりするが、間違いが多い。

名前はあげないが、恵贈された詩集を読んで、間違いを指摘してあげたことがある。

現代詩人は新カナで作品を書く人が殆どで、何の因果か、慣れない旧カナで詩を書いたりするから間違うのである。

生まれたときから「新カナ」しか習っていない人が「旧カナ」を採用するには、それなりの覚悟と勉強が必要なのである。

俳句でも短歌でも「結社」に属しておれば、主宰や同人が指摘してくれるので勉強できるのだが、詩人は、そういう場がないのか。

三井さんには詩集が多い

三井さんの本や年譜を見てみると、ほぼ一年半から二年おきくらいに詩集が出ている。

これは三井さんが熱心に詩を書かれたことにもよるが、金銭的に恵まれた家庭であったことも影響しているだろう。

先にも書いたように財産があるから上梓する資金に困ることがなかった。

一介の主婦が、こんなにも本を出せる訳がないのである。

晩年には何人かの「孫」の名前が登場するが、それまでは肉親の名前を作品の中に出されることはなかった。

『萩原朔太郎記念　とをるもう賞』のこと

この賞の創設については、萩原朔太郎の「またいとこ」である萩原隆が三井葉子さんに相談したことが発端になっているらしい。

萩原隆は萩原一族の本家であり、八尾の地で代々医師を営んできた家系である。隆は亡くなったが、ご子息が開業しておられる。

彼は大阪大学医学部の出身だが、医院開業の傍ら府立高校の学校医をしていた。

私の旧制中学の同級生で大阪府立高校長をしていたF君がおり、彼・隆とは親しかったらしく、『ザシキワラシ考』の出版記念会には一緒に出席したことがある。

そういえばF君も名前は同じ「隆」だったので、在職中も親しかったのだろうか。

新しい文明の利器には疎かった

三井さんはケータイも使えず、ようやくFAXだけは使えるようになられたが、ワープロ、パソコンなど何も操作できなかった。

これは私の推測だが、お嬢さんだったから、自転車にも恐らく乗れなかったのではないか。

中年以後には「ローケツ染め」に凝っておられた時期があるらしい。ローケツ染めの作品などが『三井葉子の世界』の本に写真がでている。

詩の合評会では、凄く厳しい批評をなさった。

短歌の世界でも昔は批評がものすごく厳しかったらしい。短歌も俳句も昔は男の世界だったから、それでもよかったが、今では女の人ばかりである。

だから今では下手な作品でも、いいところを採り上げるようにして褒めないといけない。すぐに辞めてしまうからである。

そういう意味からも三井さんの指導は前時代的だなと思ったものである。

指導で思い出したが、三井さんは「音訓表」や「おくりがな」では「当用」漢字の頃の指導をされた。今は「常用」漢字の世界で「おくりがな」も「活用語尾だけ送れ」という時代である。合評会で、当用漢字のおくりがなに固執して執拗に間違いと指摘されるので、私から一言申し上げたことがある。いま思い出したが、女性にありがちなことだが、三井さんも「蔭で人の悪口」を言う人だった。聴いていて、いい気分ではなかった。

とりとめもない、駄文に終始したが、キレイごとは「びーぐる」などに一杯載っているから、お許しいただきたい。

また、気がつけば補足したい。

「桜」の本いくつか　木村草弥

「桜」の花が咲きみちる爛漫の春となった。というより、もう散ってしまったか。
今年の冬は、とても寒かったが、桜の開花には、この厳しい寒さが必要なのだという。
今日は「桜」に関する本を採り上げる。
今回、買い求めたのは
■山田孝雄『櫻史』（講談社学術文庫一九九〇年第二刷）
■佐野藤右衛門・小田豊二聞き書き『桜よ』―「花見の作法」から「木のこころ」まで（集英社文庫二〇〇四年）
■佐野藤右衛門『桜のいのち　庭のこころ』（草思社一九九八年四刷）
■安藤潔『桜と日本人ノート』（文芸社二〇〇三年第二刷）
国語学者である山田孝雄の本は昭和十六年に出たものの文庫化したものであり、文語調の難しい本である。読み方も「おうし」と訓む。

ご存じない人のために少し書いておくと、山田孝雄は明治六年（一八七三年）富山県生まれの人で東北大学教授などを歴任。専門は国語国文学。

いわゆる「山田文法」を体系化した人。一九五七年文化勲章を受章。一九五八年歿。

ここに書かれているように上古から現代に至るまでの桜に関するもろもろを、厚みにして二センチはあろうかという労作である。

この本が出たのは昭和十六年であるから「ヤマトゴコロ」が最高に強調されたころである。

日本文化は世界の他のところとは違う独特なものである、とされた。

だが、実際には日本文化は中国の老荘思想などから多くのものを受け継いでいるし、日本宮廷の行事、作法なども中国歴代の宮廷のものを踏襲したものが多い。

例えば、芭蕉の思想なども老荘思想に多大の影響をうけている、との芭蕉研究者の比較研究の論考があるのである。

江戸時代は「近世」という時代分けをするが、私は必要があって近世初期の天皇のことを調べてみたので、よく判るが、その頃の宮廷行事は中国の行事そっくりである。

そういう比較研究は戦前には弾圧され、例えば福永光司先生の著述なども陽の目を見たのは敗戦後のことであった。

そんな天皇が尊敬する天子の理想像は、その頃の中国皇帝であったり、文物であったりするのであった。

日本文化の特異性をことさら強調するようになるのは明治維新以後のことであり、それは近代日本を作り上げるために東洋とは「隔て」を置くために「牽強付会」したものと見える。国粋主義、廃仏毀釈、「神ながらの道」など明治以後の「国家神道」は排外主義となって国を敗戦に導いた。このことに留意したい。

山田孝雄が、そういう思想だという意味ではない。誤解のないように。とにかく難しい本である。学者の書く本である。学術的。詳しくは書かないが、興味のある方はトライされたい。けだし、そういうことである。

佐野藤右衛門の本を二冊あげたが、いずれも彼が話したものを「聞き書き」したもので、「会話体」である。判りやすい。

典型的な京都弁であり、私などには地元の語り口だから読みやすいが、他の土地の人には果たして、どうか。

『桜のいのち　庭のこころ』から一部をスキャナで取り込んでみた。こんな具合である。←

接ぎ木は夫婦で

接ぎ木は嫁さんと一緒にするんです。おじいさんもおばあさんとやりましたし、親父もおふくろとやりました。わしもかかとやっています。これもまたその家のというか、植木屋へ嫁にきたもののひとつの教育みたいなものなんですな。

細こう切ってある枝を台木に接ぐんですが、台木の皮を削いで、接ぎ木の皮も削いで、形成層の合うところをうまく入れていくんです。その後で、嫁さんが打ち藁で縛っていくんですわ。

いかに女が上手に締めるか、きつくもなく緩くもなく、それが実にむずかしいんです。共同で、息を合わせなならんのですが、そういう夫婦間の一体的な行動というのか、そういうものの教えにもなるわけなんですわ。

おじい、おばあが接ぎ木の作業をやっていますわな。私は子供でしたから、接ぎ木をしとるところにゴザを敷いてもろうて一日遊んでおりますやろ。

でも嫁というか、私の母親はこんなのを見るのは初めてです。まだ若妻ですわな。それが弁当を持って来たときに、草を引いたりしながら、ついでにおじいやおばあのやることを見るとはなしに見てますわな。そうして、自分が直接やらんでも、見ているうちに仕事に慣れていきますわ。

そして、こんどは接ぎ穂を縛る蓁を打っておいてくれよといわれたら、家でやりますわな。そのときでも、打ちすぎてもあかんし、打ってなかったら藁はボリッと折れますやろ。打ち方にもはじめは緩く、だんだんきつくとか、リズムがありますわな。ただ打ったんではあかんのやから。それで口に水を含んで藁をまわしながら霧を吹きかけますわな。それらはすべて機械とちごうて、手加減でやっていく仕事です。こういう作業を手伝いながら、こつを覚えていくんです。

嫁に来て、すぐに一緒に働きに出るわけではないんですわ。徐々に徐々に、もうほんまにちょっと手伝うとか、弁当を運んでいるときにするとか、切った木を持つて帰つて夜の間に選り分けるとか、何かに少しずつかかわるんですな。それを自然に身体で覚えていくんです。頭で覚えたことはみな忘れますからね。

初めは外から見るだけですわな。それで、どういうことから始めるのかということがわかりますやろ。今のように、あれはああです、これはこうです、こうしなさいではあきませんわ。手とり足とり教えてもほんまには覚えませんわ。そういうふうに見たあとで、こんどは実際にやりながら覚えていくんです。おじいとおばあがやっていたことを、親父とおふくろがやっていくようになるんです。接ぎ木は、やっぱり夫婦でするのが楽ですわな。何もいわんでも、「こうせい」というたら、「へい」というよりしゃあない。

今はわしが十二センチぐらいの間隔で順番に接いでいくと、かかが後ろから、クリクリクリッと巻いてはビューッと藁を伸ばして、切らずにつぎの木をくくつていくんです。ですから藁はつながっていくんですわ。そうやってつぎつぎとくくって結ばんでもええのやけど、最後だけはギュッと締めますわな。

この作業をするのは、雨の心配のないときですわ。雨が降ってきたら、すぐに傘をさしたりしますわな。水が入ってしまうと、形成層がひっつくまでにパッと口があきよるから。水が入らないように傘がいるんですわ。それからあまりきつく締めてしまうと、これまたひっつきませんのやわ。両方が脹れようとする力によってひっつきよるのやからね。学問的には形成層さえあればひっつきよるというけど、実際には接ぎ穂と台木の締めぐあいですわ。

だいたい一日仕事でやりますのや。それで、乾きそうになったら、そこに土をすぐにかけていくんです。本数はそのときによって、みな違いますけど、千本まではいきませんな。

今はビニールでやるものやからみんなだめになるんですわ。ビニールでくくったら、ひっつくのはよろしいわ。けどそれが腐りませんのや。それで木が脹れたときに木に食い込んでしもうて、しまいにはポキッと折れよる。

藁だとちょうどついたときに、その藁が腐っとる。だから藁とか荒縄というのは、うまいことできているんですわ。それなのに街路樹の支柱を見たってややこしいもんでくくってありますやろ。そやから肥ったときにみんな傷んでますわな。昔の材料はみな、木が必要でなくなるときには、そのものが腐るようになっておったんです。

桜切るバカ、梅切らぬアホ

大きな桜を新しく植えるときには、まず土を見ますわな。土を見んことには植えられへんから。育ってきたところと、違うかどうか、その土が合うか合わんかを見極めて、悪かったら土を入れ替えてもらう。そして、植えて、立てますわね。立てて土をかけたときに、なんやおかしいなと思うときがあるんです。どうかなあと思うときもあるし、もう大丈夫というときもある。大丈夫やというときにはじめて、地の神と天の神とに感謝して、酒をかけて、幹の高いところにスルメを結わいつけておくんですわ。スルメは神事や祝い事で必ず使いますやろ。昔からそういうもんですわな。祭りはみなスルメですわ。そのとき「ごくろうさん」と一升瓶の酒をかけてやりますな。それで、わしらは自然界のもろもろの神に感謝して、最後に「たのんます」というて帰りますのや。

佐野藤右衛門には一度講演会で話を聞いたことがある。

この本には彼の写真が載っているが、「植木屋」と言ってはばからない。「野人」そのままのような人である。

十六代佐野藤右衛門を襲名しているが昭和三年（一九二八年）生まれ。京都農林学校卒。祖父の代からの「桜守」を継ぐ。

京都市右京区山越というところで、土地は昔から仁和寺の寺領だったところで、数代まえから仁和寺出入りの百姓で次第に植木の世話をする植木屋となり、庭師となって行ったという。

屋敷には庭木を囲っておく広い養生用の畑があり、そこにたくさんの桜などの苗木を囲ってある。

彼の朝一番の日課は、起きたら畑に出て庭木の機嫌を伺い、弱っている木には小便をかけておくのだという。

一種のショック療法というか、栄養補給だと彼は言う。

豪放磊落に見えて「下戸」であり、甘いものに目がないという。

この本にも書かれているが、イサム・ノグチと一緒に海外で日本庭園を作ったりした。

本願寺の庭園を引き受けたりしているが、これらも仁和寺とのゆかりからの延長だという。

商売がら庭木を囲っておく広い畑が必要だが、都市化の波で自分が死んだら相続税でガッポリ取られ、商売が続けられるかどうか心もとないと書かれている。

京都御苑内に海外の賓客などを迎える迎賓館が建てられ、その庭園も彼が引き受けたが、宮内庁の役人の素人のくせに干渉がひどいと、

「さぁ、休みや休みや」と職人を引き揚げさせたなどのエピソードも彼の口から聴いたことがある。

佐野藤右衛門の本は、読みかけると面白くて、止められない。　ぜひ読んでみてほしい。

安藤潔は一九三七年会津若松市生まれ。新潟大学教育学部卒。公立中学、高校の教諭を二十八年。日本随筆家協会会員。

エッセイ、地元の方言にまつわる本など数冊。

この本には
一、「サクラ」とは何か……「サクラ」の語源、漢字「櫻」、「サクラ」の植物学、「サクラ」の品種一覧
二、古代の「桜」………古代の桜と梅と桃と。「左近の桜」
三、「桜」に魅せられて……西行法師と桜、醍醐の花見
四、「桜」の民俗………鎮花祭。天然記念物になった桜。
五、お江戸の「桜」
六、「さくら」とことば
七、「桜」を象る
八、「サクラ」の名を借りて………サクランボ。
九、暮らしの中の「さくら」
全国桜名所
漢字「櫻」はいわゆるサクラではなく「ユスラウメ」のことだという。白川静『字統』には「含桃也」

として中国の詩文に見える「櫻花」「櫻樹」は全てユスラウメを指す、という。このように資料を漁って、よく書かれているが総花的な印象を拭えない。

佐野藤右衛門の本によると、サクラの先祖はヒマラヤサクラ辺りに辿りつくらしい。それが中国には根付かず、種が鳥に食べられて日本に運ばれて「糞」と一緒に排出され、日本の地に根付いたものかという。

「桜」の木についても、今はソメイヨシノ一色であるのに批判的である。

ソメイヨシノは東京近郊の染井村で生まれた、オオシマザクラとエドヒガンザクラとの自然交配による雑種であり、しかも種の成らない「一代雑種」である。

だから苗は「接ぎ木」で育てられるのみである。今風に言えば「クローン」である。

あらゆる生き物には「寿命」があるから、クローンは「親」の残した寿命の「残り」しか生きられない。

ソメイヨシノは育種されてから、まだ一五〇年しか経っていないが、寿命は短く、弱ってきている。

ただ、この桜は「活着率」が良いので重宝されてソメイヨシノ一色になってしまった、と嘆いている。

古いソメイヨシノの木で残っているのは、日露戦争の戦勝記念というのが一番多い。明治三九年（一九〇六年）頃である。

関西で多いのは昭和十一年。というのは昭和九年に室戸台風と大水害があって、その復旧の後に植えた。

それから昭和十五年（一九四〇年）は紀元二千六百年記念に植えたのが、いま残っている古いソメイヨシノという。

それにサクラは日本軍隊とともに歩んできたので殆どの聯隊のあとにはサクラがある、という。

それでも名を残してゆくのは、やはりヒガンザクラかヤマザクラだという。

ヒガンザクラは枝垂れるから、どちらかというと女性的。ヤマザクラは幹もしっかりしているから男性的。

もっともっと佐野藤右衛門の本などに深入りしたいが、この辺で終わりにしたい。

春暁や人こそ知らね木々の雨　　日野草城

春の夜明け——人々の深い眠りにしみ入るように春の雨が木々に柔かく降り注ぐ。音もなく降る雨、黙然と立つ木々。人々の眠りは大気の気配に包まれながら、しかも、それを知らない。早熟の才を謳われた草城だが、この句も第三高等学校時代の青年期の作。若い瑞々しさがあふれている。

当時から熱心に学んでいたという古典和歌への好みは「人こそ知らね」という古雅な表現にも見られるが、それよりも、こういう古典的な味わいをさらっと利用して、若々しい心象を一層鮮明に見せているところが才能である。

「木々」は最初は「樹々」だったが、のちに改めた。字の重々しさを避けたのだろう。昭和2年刊『花氷』所載。

以下、草城の句を少し引いておく。

春の夜のわれをよろこび歩きけり
研ぎ上げし剃刀にほふ花ぐもり

丸善を出て暮れにけり春の泥
春の夜や都踊はよういやさ
庖丁の含む殺気や桜鯛
朝すずや肌すべらして脱ぐ寝間着
翩翻と羅《うすもの》を解く月の前
くちびるに触れてつぶらやさくらんぼ
秋の蚊のほのかに見えてなきにけり
足のうら二つそろへて昼寝かな
しづけさのきはまれば鳴く法師蟬
二上山《ふたかみ》は天《そら》の眉かもしぐれけり
白魚のかぼそきいのちをはりぬる
山茶花やいくさに破れたる国の
きさらぎの溲瓶つめたく病みにけり
かたはらに鹿の来てゐるわらび餅
片恋やひとところゑもらす夜の蟬
切干やいのちの限り妻の恩
われ咳す故に我あり夜半の雪

生きるとは死なぬことにてつゆけしや
右眼には見えざる妻を左眼にて
見えぬ眼の方の眼鏡の玉も拭く
こほろぎや右の肺葉穴だらけ

三句目の「丸善」は今では無くなったが、京都では昔から洋書の原書を注文しにゆく本屋だった。全国にある。

「われ咳す――」の句はデカルトの有名な台詞「コギト・エルゴ・スム」（われ考える故に我あり）のもじりである。

私も、第二歌集『嘉木』でこれを頂いて一首ものにしたことがある。それは

〈汗匂ふゆゑにわれ在り〉夏草を刈りゐたるとき不意に想ひぬ　木村草弥

という歌である。

終わりの方の三句は、右目が見えなかったこと、肺が侵されていたこと、が判る。最晩年の句である。

彼については何度も書いたがネット上に載る記事を引いておく。

日野草城（一九〇一年（明治三四年）七月十八日～一九五六年（昭和三一年）一月二九日）

略歴

東京上野（東京都台東区上野）に生まれる。

京都大学の学生時代に「京大三高俳句会」を結成。京大法科を卒業しサラリーマンとなる。高浜虚子の『ホトトギス』に学び、二一歳で巻頭となり注目を集める。のち『ホトトギス』同人となる。

一九三四年『俳句研究』に新婚初夜を描いた連作の「ミヤコホテル」を発表、俳壇を騒然とさせた。この「ミヤコホテル」はフィクションだったが、ここからいわゆるミヤコホテル論争が起きた。中村草田男、久保田万太郎が非難し、室生犀星が擁護にまわった。このミヤコホテル論争が後に虚子から『ホトトギス』除籍とされる端緒となった。

『旗艦』を創刊主宰する。無季俳句を容認し、虚子と袂を分かった。

戦後、大阪府池田市に転居し、『青玄』を創刊主宰。

モダニズム俳句の嚆矢（こうし）とされる。新興俳句の一翼をになった。「俳句を変えた男」（復本一郎）と高く評価される。

問題の「ミヤコホテル」の一連を引いておく。

「ミヤコホテル」十句

けふよりの妻《め》と来て泊《は》つる宵の春

夜半の春なほ処女《をとめ》なる妻と居りぬ

枕辺の春の灯《ともし》は妻が消しぬ

をみなとはかかるものかも春の闇
バラ匂ふはじめての夜のしらみつつ
妻の額《ぬか》に春の曙はやかりき
うららかな朝のトーストはづかしく
湯あがりの素顔したしく春の昼
永き日や相触れし手は触れしまま
失ひしものを憶《おも》へり花ぐもり

花の下黙《もだ》し仰げばこの世とは
この束の間のかがよひに足る　米満英男

私の私淑していた米満英男氏の『游以遊心』（短歌研究社二〇〇七年刊）という歌集に載る歌である。これまでに『父の荒地・母の沿岸』『花体論』『遊神帖』『遊歌之巻』とほぼ十年ごとに出されて、第五歌集となる。

はじめに、この「游」という日本では余り使わない字の解説をしておく。

「游」という字は①およぐ②あそぶ、と辞書には書かれている。

現代中国では、この字は「旅游公社」のように「遊ぶ」の意味の熟語として日常的に使用される。日本で日常的に書くシンニュウの「遊」を使う代りである。「游」の字は、本来は「泳ぐ」意の原字である。

「游子」と言うと、李陵の詩にあるように「旅人」「旅客」を表す。また、たとえば北川省一『良寛游戯』という本の題名になったりしている。

この歌集の「あとがき」で作者は、次のように書く。

――しっかり詠み込もうとする限り、たとえばその〈游（およ）ぎ〉と〈遊（あそ）び〉との様子を、いかなる視軸からにせよ、確りと捉えて見詰め直し、その多様な〈遊び様〉を組み上げるしか、方途はなかなか見付けられないと感じました。——

矢羽根本黒《もとぐろ》つがへたるその標的に白桃ひとつふくらみてをり　米満英男

この歌集の中ほどに、この歌をはじめとして「晩年の住処《すみか》」という八首の歌からなる一連がある。煩をいとわず書き出してみる。

晩年の住処

矢羽根本黒つがへたるその標的に白桃ひとつふくらみてをり
家族（うから）の匂ひ残る湯槽に浸りつつ何れ何時しか皆（みんな）と別る
日日（にちにち）の縞目のらくら掻い潜り生き来しからに心身斑（まだら）
貌洗ひ洗ひ重ねし数忘れいつしか晩年の住処に至りぬ
体内に在る水つねに出入りして時に冷たく時には温（ぬく）し
眼鏡拭ふ合間にテレビの画面かはり些かは世間進みをりたり
口中に温もる舌の嵩（かさ）張るを気にしつつ誦（とな）ふ般若心経

地に敷ける花踏み散らし仄白（ほのじろ）く伸びゐる道を尽きるまでゆく

この「矢羽根」の歌を、簡単に素通りして貫いたくないのである。

この歌は「暗喩」メタファーになっている。読み解いてみよう。

「矢羽根」とはｐｅｎｉｓの謂いである。その矢羽根の「本＝もと」は「黒」ぐろとしている。つまり男の陰毛の喩である。

そして、つがえた矢の、かなたの標的には「白桃」ひとつふくらんでいる、という。

「白桃」とは「シンボル・イメージ辞典」にも明記されているように、女のふくよかな「臀部」＝秘処を表す「約束事」になっているのである。

さりげない表現の体（てい）を採っていながら、作者の心の裡は、瑞々しい精気に満ちて心気隆々である。

この歌を含む一連も、この歌集の「巻頭」に載るものである。

書き出してみよう。折しも「落花しきり」の候である。

桜花面妖

花の下黙（もだ）し仰げばこの世とはこの束の間のかがよひに足る

風のはこぶ淡くあやしき囁きを手繰り寄すれば花と逢ひたり

孤立無援といふ語宜しも一本の桜が雨中にざぶざぶ禊ぐ
むかし眺めしさくらけふ見るさくらばなそのあはひを繋ぎ来し花遍路
やまとに生まれさくらに憑（つ）かれ過ぎて来し身を終へるなら桜樹（あうじゆ）の柩
乳のしたたる如くに花の散り初めしその辺りいちめん胸処（むなど）匂へり
姦淫の目もてさくらを見詰めゐし祟りか夜中にまなうら痒し
いづこより生まれ来りてさて何処へ去るや今生の花を誘（いざな）ひ
花の下より立ち去る際（きは）にうかつにもわが影を連れ出すを忘れぬ
さくらさくら人に見らるる栄、辱を振り払ふごとただ散り急ぐ
西行の背を見失ひはてと佇つ行方うすうす桜花（あうくわ）面妖

この一連も、さまざまの「喩」に満ちて楽しめるのであるが、六首目の歌の「喩」なども読み解いてほしい。歌詠みの先達として「西行」が居るが、この一連の終わりには、しっかりと彼が詠み込まれている。
以下、この歌集に載る私の好きな歌を引いて終わる。

追ひ追ひて捕り得ざりしもの文芸と女心のその深き絖（ぬめ）
しどろもどろと言ふ語を〈源氏〉に見出しぬ唯それのみにて本日愉（たの）し

喜寿すでに過ぎしうつつに仰ぎ見る天空ならぬ地空の冥（くら）さ
真夜の湯槽に沈めし肉の彩づけば過ぎ来し方は残夢ざぶざぶ
湯を沸かす只それのみの間を見つめ現世（うつしよ）と呼ぶ卓に坐しをり
不時の災ひ待ち侘ぶるごと曇天の下にて約束の女待つ間（ひま）
何なすといふ訳もなくさし伸ぶる手の先にひとつ檸檬（れもん）の楕円
共に棲むつれあいとはいへ飲食（おんじき）の好みの違へけふ芋と豚
沐浴する女人の油絵ほのかなる脂（あぶら）のにほひを放つ　禍津日（まがつび）
わが晩年もおほよそ拵（せせ）り了（を）へたりき去る卓上に魚骨残して
妻とわれの覗けぬ狭間ひと瓶のワイン血溜りのさまに鎮もる
箸洗ひまた汚しゆく反復の果つるときわが肉身は果つ
歌侮りし頃もありたり紅葉の散り敷く前途遠く間近く
氷見に喰らひし青鯖旨しせめて生き腐（ぐさ）れとならず遂げむ一生（ひとよ）を
がばと飛びたる家鴨（あひる）それぞれ彼奴（きやつ）でも飛びたいときはありませうな
忘れ切つたる尾骶骨何となく痒き夜更けほろりと歌一首生む
不意に鳴るこころの音叉一行の詩に封じ込めその音隠す
雅兄（がけい）宛と記されし書簡受け我は何方（どなた）の雅（みやび）の兄たるか知らぬ
一気呵成　すなはちこころ狩るに似て心神仄かに血の匂ひ充つ

そして、巻末の歌は

一言一行　師匠無くはた弟子もなく歌を詠み来て半世紀過ぐ

米満氏は多芸の人で、この歌集のカバーの装丁も、ご自分でなさった。
その米満氏も二〇一二年二月二〇日に亡くなられた。
彼の亡くなったときの記事も見てもらいたい。
ご冥福をお祈りする。

（後注）　「ふりがな」をルビ化しないで（かっこ）内に残した。
多量の文章なので、読む変化をつけるために敢えてやってみた。
見落としではないので了承してください。
他の個所でも同様である。

ちる花はかずかぎりなしことごとく
光をひきて谷にゆくかも　　上田三四二

桜の落花が盛んになる頃である。そこで、この歌を採りあげておく。

この歌は三四二の代表的な名歌として、よく引用される。

短歌では「花」というと「桜」のことを指す約束事が出来てしまった。

万葉集の頃は、花と言えば「梅」の花であったらしい。

だから、この歌で詠まれる「花」は桜のことである。桜は散りはじめると、はらはらと、続けて散る。

梅の花は、そんな散り方はしない。

そういう落花の様子が、よく観察されて詠まれている。落花を詠みながら叙景だけでなく、その裏に「ものの哀れ」という心象を漂わせるのが、この歌の名歌たる所以である。

上田三四二については、短い文章ではあるが、まとめて書いたことがある。

三四二は私の居住地・青谷の国立療養所（今の南京都病院）の医師として病院付設の官舎に住いしていたことがある。当地を詠んだ歌もある。

昭和六四年一月八日、昭和天皇が亡くなった翌日に死んだ。
小説、評論の分野でも旺盛な執筆をつづけたが、癌に侵され闘病も凄まじかった。
以下、代表的な歌を抽出したい。

年代記に死ぬるほどの恋ひとつありその周辺はわづか明るし
地のうへの光にてをとこをみなあり親和のちから清くあひ呼ぶ
をりをりに出でて電車にわが越ゆる今日木津川の水濁りをり
湧く霧は木のかをりして月の夜の製材所の道をわが通りをり
たすからぬ病と知りしひと夜経てわれより妻の十年（ととせ）老いたり
死はそこに抗ひがたく立つゆゑに生きてゐる一日（ひとひ）一日はいづみ
おぼろ夜とわれはおもひきあたたかきうつしみ抱けばうつしみの香や
かなしみの何のはづみにか二十三歳の妻の肉（しし）置きをこよひおもひ出づ
遠野ゆく雨夜の電車あらはなる灯の全長のながきかがやき
土器（かはらけ）を投ぐるは厄をはらふため沖かけてとべ今日あるわれに
金泥の西方の空にうかみいで黒富士は肩の焼けつつ立てり
内視鏡にあかあかとただれたる襞照りてみづからが五十年の闇ひらかれき
交合は知りゐたれどもかくばかり恋しきはしらずと魚玄機言へり

湯気にたつ汁（つゆ）盛る妻よ妻が手に養（か）はれてながき二十九年へつ
蜂などのゐる寂（しづ）けさやまのあたり藤は垂直にひかりを吊す
歌ありてわれの一生（ひとよ）はたのしきを生のなかばは医にすぎたりき
乳房はふたつ尖りてたらちねの性（さが）のつね哺（ふく）まれんことをうながす
かきあげてあまれる髪をまく腕（かひな）腋窩の闇をけぶらせながら
夕粧（ゆふけはひ）ほのめきみれば華燭より十（とを）の千夜ののちのけふの妻
身命のきはまるときしあたたかき胸乳を恋ふと誰かいひけん
をんなの香こき看護婦とおもふとき病む身いだかれ移されてをり
谷ふかく入りきておもふ癒ゆるなき身は在りてひと生（よ）の妻をともなふ
朝戸繰りて金木犀の香を告ぐる妻よ今年のこの秋の香よ
一杯の茶にはじまりて一日の幾百の用妻が手を経（ふ）る

上に引いた歌の三、四首目の歌は、当地のことを詠んでいる。製材所は今も同じところで営業している。

上田三四二に因んで書いた私の文を引いておく。

＊エッセイ＊

京を詠った私の一首　木村　草弥
〈角川書店「短歌」二〇〇一年三月号・大特集
〈旅に出てみませんか・歌めぐり京の旅〉⑤　所載〉

一位の実色づく垣の橋寺の断碑に秋の風ふきすぎぬ　　木村草弥

この歌は私の第二歌集『嘉木』に「茶祭」の題で収録した十五首の歌の一つである。　毎年十月に宇治茶業青年団の奉仕で催される「茶祭」は年中行事として定着した。

「橋寺」というのは宇治川の川東にある寺で、川底から引き揚げられたことで有名な「断碑」を安置してある。　昨年十一月に私が訪れたら台座を修理中で他へ預けられていたが、今は元通り置かれている。

ここには平成三年に上田三四二の初めての歌碑が建立された。それは

橋寺にいしぶみ見れば宇治川や大きいにしへは河越えかねき

という歌で、原文には濁点はふらず、歌は四行書きで、結句の文字は万葉仮名

で「賀祢吉」と書かれている。

京都と奈良の中間にある「宇治」は、この歌に詠まれているように古来、「宇治川の合戦」をはじめ歴史的に枢要な土地であった上に平等院などの史跡にも富む。

源氏物語の「宇治十帖」に因んで十年前に創設された「紫式部文学賞」と、川東に建つ「源氏物語ミュージアム」が成功して、特に秋のシーズンには観光客で、ごった返すようになった。

因みに昨年の紫式部文学賞の記念フォーラムはＮＨＫの桜井洋子さんの司会で俵万智、江国香織、川上弘美他の各氏が「愛と恋と文学と」と題して盛況であった。

芹をつみ来し妻の手が夜はにほふ　　安住敦

安住敦は明治四〇年東京芝生まれ。逓信省に勤め、富安風生が局長の縁で俳句を始めた。新興俳句に関心を深め「旗艦」に参加。弾圧の時代、「多麻」を創刊、応召する。昭和二〇年末、久保田万太郎を擁して「春燈」創刊、支え続けた。昭和三八年、二代目の主宰となる。句集に『貧しき饗宴』『木馬集』『古暦』『市井暦日』『暦日抄』『午前午後』『柿の木坂雑唱』など。俳人協会会長。蛇笏賞受賞。エッセイにも勝れる。昭和六三年没。　私の好きな句を上げてみる。

くちすへばほほづきありぬあはれあはれ
帯のあひだにはさんでありし辻うらよ
相倚るやしんしんとして霧の底
霧に擦りしマッチを白き手が囲む
ふらんす映画の終末のごとき別れとつぶやく
てんと虫一兵われの死なざりし――八月十五日終戦――
しぐるるや駅に西口東口

春の蚊や職うしなひしことは言はず
鳥渡る終生ひとにつかはれむ
ランプ売るひとつランプを霧にともし
留守に来て子に凧買つてくれしかな
恋猫の身も世もあらず啼きにけり
妻がゐて子がゐて孤独いわし雲
涅槃図に束の間ありし夕日かな
かいつむり何忘ぜむとして潜るや
春昼や魔法の利かぬ魔法瓶
蛇穴を出て日蝕に遭ひにけり
鳥帰るいづこの空もさびしからむに
散るさくら骨壷は子が持つものか——神保愷作縊死す——
夜の書庫にユトリロ返す雪明り
花明しわが死の際も誰がゐむ
独活食つて得し独活の句は忘じたり
枯菊焚いてゐるこの今が晩年か
眼薬のおほかた頰に花の昼

花菜漬愛に馴るるを怖るべし
秋怨と癒えたるわれがそこに居ずや
雪の降る町としふ唄ありし忘れたり

安住敦の句は好きで、何度も引いてきたが、ここに転載するのに適当な記事が余りないが、大西巨人の鑑賞文を引いておく。

てんと蟲一兵われの死なざりし　安住敦
しぐるるや駅に西口東口

句集『古暦』〔一九五四〕所収。「八月十五日終戦」という前書きが付けられている。

それは、たとえば、中村草田男の
切株に踞（きょ）し蘗（ひこばえ）に涙濺（そそ）ぐ〔『来し方行方』、一九四七〕、
金子兜太の
スコールの雲かの星を隠せしまま〔『少年』、一九五五〕
が作られて、

また腰折れながら私自身の

秋四年いくさに死なず還りきて再びはする生活（いき）の嘆きを〔『昭和萬葉集』巻七、一九七九〕

が作られたころである。

そののち、たとえば、斎藤史の

夏の焦土の焼けてただれし臭さへ知りたる人も過ぎてゆきつつ〔『ひたくれなゐ』、一九七六〕

が作られて、いま敗戦五十年目の夏が来た。私は、万感胸に迫る。

急傾斜地崩壊危険蒲公英黄　　高島茂

高島茂の遺句集『ぼるが』（平成十二年年・卯辰山文庫刊）をいただいた。この本は平成十一年八月三日に死去されるまで、平成元年からの俳句総合誌、結社誌、主宰誌などに発表されたすべての作品を高島征夫氏がまとめられたものである。

掲出句「急傾斜地崩壊危険蒲公英黄」は漢字ばかりを並べたものだが、これも「俳句」である。下句は「たんぽぽ・き」と訓（よ）む。

ときたま、こういう句作りをなされているのを見かけるので、注意して観察されるといい。

例えば、こんな句がある。

花辛夷月夜越前一乗谷　　倉橋羊村

以下、ただいまの季節にまつわる句をいくつか引く。

麦掛けて海の墓群あかるうす

つつぢ燃ゆいつ狂ふても不思議なし

青猫といふ紙あらば詩を書かむ

佐伯祐三のたましひの絵と五月は遇ふ
植田の水たつぷり畦にあやめ咲く
謎めきて新緑の山深まれる
をとこをんな宴のごとし田を植ゑる
かつと晴れ植ゑしばかりの稲の縞
新緑の鉄柵朱し雪崩止
お鷹ぽつぽすつくと五月の風を呼ぶ
星またたき蛾の吹入りし野天風呂
杉山の幽し萌えたつ羊歯を見よ
戦争の終らぬままに葱坊主
分校の生徒は五人金魚飼ふ
葱坊主木曾の石仏小さくて

この句集に載るものは季節は一年にわたっているので、あとのものは、また季節の都度載せたい。抽出した句については、特別に批評のコメントは書かないが、抽出すること自体が私の批評であることをお察しいただきたい。ご恵贈に厚く感謝申し上げる。

これを贈呈して下さった高島征夫氏も二〇〇九年に死去されて今は、もう亡い。嗚呼！

賜《た》ばりたる活け鮎の背の一抹の朱のごときもの竹篭に光《て》る

木村草弥

いよいよ鮎が各地の川に放流されるシーズンになって来た。

この放流用の鮎は琵琶湖に注ぐ川で捕獲したもので、全国に出荷されて行く。

もう二十数年も前になるが、草津のT氏夫妻が、だしぬけに拙宅を訪問になり、その際、活け鮎をいただいた。丁度いま時分のことだった。私は活け鮎を見るのは初めてで、その夜は鮎の新鮮な塩焼きを賞味させてもらった。

T氏の下さった鮎も小ぶりであったから、おそらく放流用に捕獲された鮎だったろうと思われる。

そのT氏も二〇〇八年に亡くなってしまった。この記事を掲げて、ご冥福をお祈りする。

この歌は私の第一歌集『茶の四季』(角川書店)に載るものである。

私は「釣り」はしないので鮎の生態については詳しくないが、この歌は、T氏からいただいた鮎の姿の印象が根底にあるのである。

出だしの文句「賜(た)ばる」というのは皆さんには見慣れないものだろうと思われる。

普通は「賜わる」などと言うが、私の母は「たばる」という語法を使った。「頂いてくる」という時には「たばってくる」という風にである。

私は方言だと思っていたが、古語辞典を見ると、昔には「たばる」という表現があったらしい。
だから、母の使い方は、昔の語法が今に残っていたものだということだ。
この歌の場合、出だしの五音にぴったり合うので、私は躊躇なく使わせてもらった。

「鮎」は俳句では「夏」の季語となる。それを少し引く。

新月の光めく鮎寂びしけれ　渡辺水巴
化粧塩打つたる鰭や鮎見事　水原秋桜子
笹づとを解くや生き鮎真一文字　杉田久女
月のいろして鮎に斑のひとところ　上村占魚
鮎焼くや葛を打つ雨また強く　富安風生
鮎を焼く齢しづかにゐてふたり　廻富士野
鮎走る見えて深さの測られず　原田種茅
てのひらに鮎の命脈しづかなり　有馬草々子
鮎食ふや月もさすがに奥三河　森澄雄
鮎の腸《わた》つついて中年流離の箸　伊丹三樹彦
藻の香してすなはち鮎をたうべけり　飴山実

ああ皐月 仏蘭西の野は火の色す
君も雛罌粟《コクリコ》 われも雛罌粟《コクリコ》
与謝野晶子

ヨーロッパでは野草で、初夏の花である。　所によっては野原一面に咲いていて、この歌のように「真っ赤」に染まるようである。

絵では、クロード・モネ「アルジャントゥイユの雛罌粟」オルセー美術館蔵が秀逸。

私は何度もフランスに行ったが、車窓から見えるのは、初夏には真っ赤なヒナゲシであり、盛夏にはエニシダの真っ黄の色である。


グビジンソウ（虞美人草）、コクリコ（フランス語：Coquelicot）、シャーレイポピー（英語：Shirley poppy）とも呼ばれる。

フランス語のコクリコ　Coquelicot は雄鶏の真っ赤なトサカの色から名付けられたという。

なおスペイン語では「アマポーラ」という。その名の、よく知られた「アマポーラ　唄」がある。

虞美人草は、中国の伝説に由来している。夏目漱石の小説の題名として、よく知られている。

秦末の武将・項羽には虞と言う愛人がいた。項羽が劉邦に敗れて垓下に追い詰められた時に、死を覚悟した項羽が詠った垓下の歌に合わせて舞った。

　力抜山兮氣蓋世　（力は山を抜き、気は世を覆う）
　時不利兮騅不逝　（時利あらずして　騅逝かず）
　騅不逝兮可奈何　（騅の逝かざる　如何すべき）
　虞兮虞兮奈若何　（虞や虞や　汝を如何せん）

―垓下歌（垓下の歌）『史記』巻七項羽本紀 第七　司馬遷、『漢書』巻三一陳勝項籍傳

この舞の後に彼女は自害した。彼女を葬った墓に翌夏赤くこの花が咲いたという伝説から、こう呼ばれる。

俳句にも詠われている。

　陽に倦みて雛罌粟いよよ くれなゐに　　木下夕爾

淡く濃く漂ひきたる風入れて
めざめかぐはし藤の咲くころ
木村草弥

この歌は私の第一歌集『茶の四季』(角川書店)に載るものである。

この歌のつづきに

夢みることもはや無きとぞ思ふ我に眩しき翳(かげ)り見する藤波

また第四歌集『嬬恋』(角川書店)にも

寧楽山の藤咲くなだり曇れども漂ふ甘き香に酔ひにけり

という歌がある。この歌も掲出歌と一体として鑑賞してもらえば有難い。


藤の花は五月に入ると各地で咲きはじめる。

藤の花の名所としては関西では奈良の春日大社、大阪の野田の藤などが有名で、名古屋では海部その他3個所が知られ、シーズンになると旅行会社の藤見のバスツアーが催行される。

京都では宇治の平等院の池の畔にきれいな藤棚があり、池水に映えて美しい。

藤の花は佳い香りがたちこめ、大規模な藤になると、この時期の気温とも相まって、むせかえるような艶めかしい雰囲気になる。寺院の庭に植えられるのは、さながら極楽浄土に居るような感じにさせられるのが狙いではないか、と邪推したくなる程である。

「藤」フジは日本原産であるから漢名はない。

大化の改新の中心人物として有名な藤原鎌足が、天智天皇から藤原朝臣の姓（かばね）を与えられ、フジの花が藤原氏の紋所であり、したがって藤原氏の氏神である春日大社にフジの木があるのも、そのゆかりである。そのフジの花は今も栄枯盛衰を物語るように揺曳している。

俳句にも古来さまざまに詠まれてきたので、それを引いて終りたい。

一つ長き夜の藤房をまのあたり　高浜虚子
寧楽《なら》山は藤咲けるなりくもれども　水原秋桜子
月はなほ光放たず藤の房　山口誓子
人に遠く藤咲きこぼれ二月堂　岡本松浜
やはらかき藤房の尖《さき》額に来る　橋本多佳子
白藤や揺りやみしかばうすみどり　芝不器男
藤はさかり或る遠さより近よらず　細見綾子
天心にゆらぎのぼりの藤の花　沢木欣一
藤の昼膝やはらかくひとに逢ふ　桂信子
藤房の先まで花となりにけり　荒巻大愚

田一枚植ゑて立ち去る柳かな　松尾芭蕉

この句は『おくのほそ道』に載るもので、西行ゆかりの「遊行柳」の陰にたたずみ、しばし懐古の情にふけって、ふと気づくと、田植え女は、すでに田一枚を植え終わっている。ああ思わず時が経ったなと、思いを残して柳のもとを立ち去ったことだ、という意味の句である。芭蕉については古来、研究がすすんでおり、この「遊行柳」は謡曲『遊行柳』に、西行が

道のべの清水流るる柳陰しばしとてこそ立ちどまりつれ

と詠んだとある芦野の里の遊行の柳と特定されている。

この芦野の里というのは、現在の所在地は栃木県那須郡那須町芦野で、那須町の公式ホームページには次のように出ている。

〈芦野支所より北方三〇〇メートル、通称、上の宮と呼ぶ温泉神社の社頭にあり、別名「朽木の柳」ともいう。

柳を訪ねると、地元産の「芦野石」の玉垣をめぐらした中に、一本の柳が植えられ、傍らには、芭蕉の作「田一枚植ゑて立ち去る柳かな」の句碑、

更には蕪村の「柳散清水涸石處々」の句碑とが並び、道の反対側には、西行の「道の辺」の歌碑が立

っており、多くの観光客が訪れる名所となっている。

遊行柳の近くには無料休憩所「遊行庵」があり、また、食堂と直売所が隣接しており、食事や地場産品の販売をおこなっている。〉

その頃は、那須郡芦野三千石の領主・芦野民部資俊の知行地。江戸深川に下屋敷があり、芭蕉とは旧知の間柄であったという。

芭蕉が西行を敬慕すること極めて深く、「おくのほそ道」の旅も、西行五〇〇年忌を記念するものであることは、あまたの研究者によって解明済みのことである。

この句の前書きに芭蕉は
〈清水流るるの柳は芦野の里にありて、田の畔（くろ）に残る。この所の郡守、戸部某の、「この柳見せばやな」と折々に宣ひ聞え給ふを、いづくのほどにやと思ひしを、今日この柳の陰にこそ立ち寄り侍りつれ〉

と書いていて、西行に寄せる気持ちのなみなみならぬものがあったのが判る。

同行した「曾良旅日記」によると四月十六日〜十八日には那須郡高久の庄屋、覚左衛門邸に泊っているので、その頃の作句と考えられる。四月二〇日には白河の関所跡に到着している。

〈白河の関越ゆるとて〉の前書きで

風流のはじめや奥の田植うた

の句を作っている。この句からは、奥州ののどかな田植え歌を流しながら田植えがおこなわれた情景が浮かびあがるようだ。

「おくのほそ道」には須賀川の駅に旧知の相楽等窮を訪ね「白河の関、いかに越えつるや」と問われて、この発句を詠み、歌仙を巻いた、とある。

鄙びたみちのく情緒を讃え、これからの旅で味わう風流への期待感もこめた挨拶句。四月二二日の作。この続きには

早苗とる手もとや昔しのぶ摺

の句が何日か後に書かれている。「しのぶ摺」とは忍草の葉を布に摺りつけて染めたもの。『伊勢物語』初段にも「みちのくの忍ぶ文字摺り――」と見えて古来有名、とある。「昔を偲ぶ」に掛けたもの。

〈文字摺の石は福島の駅より東一里ばかり、山口といふ処にあり。里人の言ひける、「行き来の人の麦草をとりてこの石を試み侍るを憎みて、この谷に落し侍れば、石の面は下ざまになりて、茅萱の中に埋れ侍りて、いまはさる業することなかりけり」となん申すを〉

という長い前書きの後に

早苗つかむ手もとや昔しのぶ摺

五月乙女（さをとめ）に仕形望まんしのぶ摺

の句が「真蹟懐紙」や「曾良書留」に見られる。

このようにして芭蕉の「おくのほそ道」の文章を辿ると、きりがないが、紀行文は、とても面白い。こうして読んでくると、芭蕉は多くの知人が江戸にいて（句の指導をしたり歌仙を巻いたりしたのだろう）奥州の旅の前には、それらの人々に予め予定到着日時を知らせたりしてあったので、現地でも泊るところも手配されていたと思われる。

「曾良旅日記」というサイトに旅の日程が載っているので参照されたい。

何事も日記その他記録しておくものだ。

夏草や兵共《つはものども》がゆめの跡　松尾芭蕉

夏草の一句を挙げよ、と言われれば、余程のことがないかぎり、芭蕉の上の一句をあげる人が多いだろう。

元禄二年五月十三日、芭蕉の『おくのほそ道』の旅は、この日平泉に到達する。

今日の日に拘ってBLOGをアップする所以である。

もっとも、この日付は旧暦であるから、新暦では六月中旬であり、年によって前後するので、敢えて旧暦の日付のままに載せた。

平泉で繰り広げられた奥州藤原氏三代の栄華もはかなく消えて、華美を尽した秀衡の館も田や野に変わっていた。

芭蕉は、衣川が、その下流で北上川に合流する、もと源義経の館だった高館（たかだち）にのぼる。

辺りは夏草が生い茂り、その昔、ここで討ち死にした義経主従の奮戦も一場の夢と化していた。

芭蕉は「国敗れて山河あり、城春にして草青みたり」という杜甫の詩『春望』を思い出し、栄枯盛衰に涙して、この句を作ったと『おくのほそ道』は記述する。

以下、少し、かの地に触れて書いてみる。

岩手県西磐井郡平泉町だが、平泉駅から西へ五〇〇メートルの毛越寺《もうつうじ》の山門をくぐると、境内の右手の植え込みの中に「夏草や兵どもが夢の跡」の新旧二基の句碑がある。

この句碑は明和六年（一七六九年）、雄花坊也寥が建立。

彫られている筆跡は芭蕉の字から起こしたもので、芭蕉の真筆といわれる。

雄花坊也寥とは、宮城県柴田郡柴田町の大高寺第十四世環中道一和尚のこと。

右側の石碑は、それから後、文化三年（一八〇六年）、慈眼庵素鳥建立のもので芭蕉の筆跡ではないという。

医王山毛越寺は本尊が薬師如来、平安時代末期の東北に覇を唱えた藤原氏二代目・基衡の建立で、盛時には堂塔四〇、僧坊五〇〇を数える大伽藍だったと言われ『吾妻鏡』が「わが朝無双」と讃えたほどであったらしい。

義経の館跡という高館にのぼると、小高い丘の上には、正面に義経堂があり、中には義経像が祀られる。また東側は断崖で、芭蕉の「高館にのぼれば、北上川南部より流るる大河也」という『おくのほそ道』の一文のように、くろぐろと流れ、彼方には束稲山（たばしねやま）が裾を引いている。

二度平泉を訪れた西行は、

聞きもせず束稲山の桜花吉野のほかにかかるべしやは（山家集）

の歌を残しているが、当時この山は京都東山を模して一万本の桜が植えられ、花の名所だった。

芭蕉が平泉に足跡を印したのは、西行が建久元年（一一九〇年）河内の弘川寺で亡くなって丁度五〇〇年後の元禄二年（一六八九年）のことで、芭蕉の『おくのほそ道』紀行の目的には、その生涯を通じて畏敬した西行への五〇〇回忌追善や、この高館で悲運の最期を遂げた義経への追悼が含まれていたという。

そのことを裏付けるように、

「さても義臣すぐって此城にこもり、功名一時の叢となる。国破れて山河あり、城春にして草青みたりと、笠打敷て、時のうつるまで泪を落し侍りぬ」

という記述に芭蕉の感動がうかがえる。さらに文末に据えられた「夏草や」の句は絶唱である。

高館を下り、北進して中尊寺の山内に入る。

初代・清衡が関山中尊寺の建立に着手したのは長治二年（一一〇五年）、その規模は堂塔四〇余宇、禅坊三〇〇余宇と『吾妻鏡』は誌している。

二一年の歳月を費やし、竣工から二年後、清衡は権勢の永続を念じながら七三歳で没した。

芭蕉が、

　　五月雨の降のこしてや光堂

と詠んだ金色堂は、本坊から二〇〇メートルほど奥になる。

覆堂（さやどう）に納められた内陣の須弥壇は三段あり、それぞれに金色の阿弥陀如来を本尊として、観音・勢至菩薩が脇に従い、さらに三体づつ、これも金色の六地蔵、壇の前には持国天・増長天が仏界を守護するように、破邪の形相で立っている。

そして中央の壇には初代・清衡、左が二代・基衡、右が三代・秀衡の遺体と四代・泰衡の首級が安置され、昭和二五年の学術調査では、三代ともミイラ化していたことが判明し、内外に大きな感動を与えたという。

泰衡だけが首級だったのは頼朝の奥州征伐のためであるが、藤原氏が滅んだ文治五年（一一八九年）奥州の旅から戻った西行は、河内の弘川寺に草庵を結んでいた。

弟の義経を庇護したことが仇になり、頼朝に滅ぼされた藤原氏の悲運を、源氏嫌いの西行が、どんな想いで聞いたであろうか。

西行が平泉を訪れた頃は、まだ覆堂はなく、自然の中にじかに建つ金色堂を目のあたりにした筈なのに、彼は一字一句もその印象を残していない。

五〇〇年後、金色堂を訪れた芭蕉の「光堂」の句には、覆堂を取り払ってみたいもどかしさが感じられる。同時代人として悲劇を直視せざるを得なかった西行と、追善の涙に身をゆだねた芭蕉との違いであろうか。

五・九付けで、那須の原で、芭蕉が西行ゆかりの「遊行柳」の傍の田で詠んだ句を載せたが、そこにも書いたように四月中、下旬のことであり、支援者の家に世話になったりして北上して、芭蕉一行は、この日に平泉に着いたのだった。その間、ほぼ二旬の日時が経過したことになる。

茶師なれば見る機《をり》もなき鴨祭
むらさき匂ふ牛車《ぎっしゃ》ゆくさま

木村草弥

この歌は私の第二歌集『嘉木』に載るものである。

この歌は塚本邦雄氏が読売新聞の「短歌時評」で採り上げて下さった二首のうちの一つである。

葵祭は五月十五日（雨天順延）に行われるが、この歌の主旨は、私が「茶」を生業としていたので、丁度その頃には新茶の製造時期であり、それどころではない忙しい日々を過ごしていたので、じっくりと祭を見物する機会もなかった、ということである。

この祭は古来、俳句などでは五音に収まるというので「鴨祭」と通称されてきたのである。

京都には三大祭といって、葵祭、祇園祭、時代祭のことだが、一番古いのが、この葵祭である。もともと京の先住民とも言える賀茂氏の祭だった。

現在の上賀茂神社（賀茂別雷神社）と下鴨神社（賀茂御祖神社）という賀茂氏の神社で五穀豊穣を祈願する祭が、平安遷都を境に国家的な祭になって行った。

さわやかな新緑匂う皐月の頃、藤の花で飾られた牛車（ぎっしゃ）や輿に乗った「斎王代」を中心にした行列が、御所を出て下鴨神社から上賀茂神社を巡幸する祭の光景は、平安の昔をそのままに、都の雅（みやび）そのものを展開すると言える。

現在の祭の主役は「斎王代」だが、この斎王代が主役となっての祭の歴史は新しい。

斎王代とは、その名の示すように、斎王に代わるもの、代理である。

斎王は伊勢神宮や賀茂の神社に奉仕した未婚の内親王、女王のことである。

平安の昔、この祭が国の祭であった頃、賀茂の宮には斎王が居られ葵祭に奉仕しておられた。

お住いを斎院と言い、祭のときに出御し、勅使の行列と一条大宮で合流する習いだったという。

葵祭の始まりは平安時代初期、弘仁元年（八一〇年）、嵯峨天皇が伊勢神宮にならって、賀茂社にも斎宮を置いた。

この初代斎王―有智子内親王から鎌倉時代はじめの礼子内親王（後鳥羽院皇女）まで、約四〇〇年にわたって続いたが、後鳥羽院と鎌倉幕府との政変、承久の変で途絶する。

以後、葵祭は勅使は出るものの、斎王が復活することはなかった。

それを昭和二八年に葵祭復活後、行列を華やかに盛り上げるために、葵祭行列協賛会などの努力で「斎王代」を中心にした女人行列などを加えて、今日に至るのである。

斎王代は民間の未婚の女性が選ばれることになっている。

これに選ばれることは名誉なことであるが、選ばれることによる持ち出しも大変なもので一千万円にも及ぶ出費を覚悟しなければならず、高額所得のある社長令嬢しか、なれない役目である。

参考までに申し上げると、三大祭の他の二つは、

「祇園祭」は中世に京の都が荒れ果て、病気が蔓延していた頃、「町衆」が立ち上がり世の平穏と病

魔退散を願って立ち上げたのが祇園祭であり、別名を町衆の祭と言われている。

だから、この祭には勅使なども一切参ることはない。昨年にも書いたが「大文字の送り火」も町衆の発起したものである。

もう一つの「時代祭」は、明治になって平安神宮が郊外の岡崎の地に造営されたのを機会にはじめられた時代行列である。まったく新しい祭である。

都が東京に遷都して京都の町が疲弊していたのを立て直すイベントとして考案されたもの。

以下、葵祭を詠んだ句を引いて終わりたい。

草の雨祭の車過ぎてのち　与謝蕪村
賀茂衆の御所に紛るる祭かな　召波
地に落ちし葵踏みゆく祭かな　正岡子規
しづしづと馬の足掻きや加茂祭　高浜虚子
懸葵しなびて戻る舎人かな　野村泊月
うちゑみて葵祭の老勅使　阿波野青畝
牛の眼のかくるるばかり懸葵　粟津松彩子
賀茂祭り駄馬も神馬の貌をして　伊藤昌子

閑《しづか》さや岩にしみ入る蟬の声　松尾芭蕉

「月日は百代の過客にして行きかふ年もまた旅人」という有名な言葉で始まる『おくのほそ道』の旅は元禄二年五月二七日に山形の立石寺に到達する。この句は、そこで詠まれたものである。もちろんこの日付は旧暦であるから今の暦では七月となるが敢えて今日の日付で載せることにする。地元では「りっしゃくじ」と発音するとのことで、それに倣いたい。

今の所在地は山形市大字山寺という。

山寺駅の鄙びた駅舎を出ると、目の前にいきなり突兀たる山寺の山容が迫ってくる。別名・雨呼山、標高九〇六メートル。長い石段をあえぎながら登る。

岩峰の一つ一つに堂塔が配され、壮観とも絶景とも言えよう。立谷川を渡るとまもなく根本中堂がある。本尊は薬師如来で、貞観二年（八六〇年）慈覚大師円仁の開山と伝えられる。

現在の根本中堂は天文十二年（一五四三年）の再建とあるから、芭蕉が山寺を訪れた元禄二年（一六八九年）には、この建物は建っていたわけである。

『おくのほそ道』は、

〈岩に巌を重て山とし、松柏年旧（としふり）、土石老て苔滑に、岩上の院々扉を閉て、物の音きこえず。岸をめぐり、岩を這て、仏閣を拝し、佳景寂寞として心すみ行のみおぼゆ。／閑さや岩にし

み入蟬の声〉

と描きしるしている。

芭蕉の頃は、今のように「送り仮名」が統一されておらず、読みにくいが、おおよその意味は通じるだろう。

この「蟬の声」の句碑は、境内慈覚大師お手植えの公孫樹の木陰をくぐると、芭蕉の銅像と並んで立っている。

この山寺は恐山、早池峰山、蔵王山、月山、羽黒山などと共に東北における山岳信仰の代表的な山とされ、何よりも、この山の特徴は、死後魂の帰る霊山と考えられていることである。

「開北霊窟」の扁額を掲げる山門をくぐると、奥の院までの石段は実に千数百段、中腹に芭蕉の短冊を埋めたという「蟬塚」がある。

もちろん書かれた句は「閑さや」であろう。

「奥の院」まで登る人は多くない。一般的には「山門」までで、私も、そうした。

ところで、芭蕉が訪れた時に、果たして「蟬」が鳴いていたか、という論議が古くから盛んである。

曾良『随行日記』には長梅雨の最中だったが、山寺の一日だけ晴れた、と書かれているが、晴れたからといって、その日だけ蟬が鳴いたというのも不自然である。

では、なぜ芭蕉は、此処で蟬の句を詠んだのか。

芭蕉は若き日、故郷の伊賀上野で藤堂主計良忠（俳号・蟬吟）に仕えた。

元禄二年は、旧主・蟬吟の二三回忌追善の年にも当る。

「岩にしみ入る」と詠まれた山寺の岩は、普通の岩塊ではなく、岩肌に戒名が彫られ、板塔婆が供えられ、桃の種子で作った舎利器が納められる。つまり、あの世とこの世を隔てる入口なのである。

俗に「奥の高野」と言われ、死者の霊魂が帰る山に分け入り、死の世界に向き合った芭蕉が、自分を俳諧の道に導いてくれた蟬吟を悼み、冥福を祈って「象徴的」に詠んだ句
——それが、この「閑さや」の句だ、という説がある。

私は、この説に納得するものである。

芭蕉と曽良の銅像（曽良は芭蕉の弟子で「奥の細道」の旅の同行者で日記を残している）

画面奥の銅像が芭蕉の像。両者の間に、芭蕉の句碑が立っている

万緑やおどろきやすき仔鹿ゐて　橋本多佳子

■雄鹿の前吾もあらあらしき息す
■女《め》の鹿は驚きやすし吾のみかは

今日五月二九日は橋本多佳子の忌日である。

生まれは東京の本郷。杉田久女に会い、はじめて俳句を作った。のち山口誓子に師事し「天狼」同人だった。昭和三八年大阪で没する。六四歳だった。

彼女の句は命に触れたものを的確な構成によって詠いあげた、情熱的で抒情性のある豊麗の句境だ。

掲出した句は奈良の鹿に因むものを三つ並べてみた。

先に書いたように「命に触れた」みづみづしい、生命に関する「いじらしい一途さ」に満ちている。

私は彼女の句が好きで、今までに何句引いただろうか。

以下、ネット上の**正津勉「恋唄　恋句」**から当該記事を引いておく。　←

（草弥・注　この記事は、その後削除されて今は見られない。念のため）

2 橋本多佳子

雪はげし抱かれて息のつまりしこと

橋本多佳子。美女の誉れたかい高貴の未亡人。大輪の花。ゆくところ座はどこもが華やいだという。明治三十二年、東京本郷に生まれる。祖父は琴の山田流家元。父は役人。四十四年、菊坂女子美術学校日本画科に入学するも病弱のために中退。大正三年、琴の「奥許」を受ける。六年、十八歳で橋本豊次郎と結婚。豊次郎は大阪船場の商家の次男で若くして渡米し、土木建築学を学んで帰国、財を成した実業家。

ロマンチストで、芸術にも深い造詣があった。結婚記念に大分農場（十万坪）を拓き経営。九年、小倉市中原（現、北九州市小倉北区）に豊次郎設計の三階建て、和洋折衷の西洋館「櫓山荘」を新築。

山荘は小倉の文化サロンとなり、中央から著名な文化人が多く訪れる。

十一年、高浜虚子を迎えて俳句会を開催。このとき接待役の多佳子が、暖炉の上の花瓶から落ちた椿の花を拾い、焔に投げ入れた。

それを目にした虚子はすかさず一句を作って示すのだ。「落椿投げて暖炉の火の上に」。この一事で俳句に興味を覚える。

これより同句会に参加していた小倉在住の杉田久女の指導を受けて、やがて「アララギ」他の雑詠に投稿する。

昭和四年、小倉より大阪帝塚山に移住。終生の師山口誓子に出会い、作句に励む。

私生活では理解ある夫との間に四人の娘に恵まれる。まったく絵に描いたような幸せな暮らしぶり。

しかし突然である。

月光にいのち死にゆくひとと寝る

十二年九月、病弱で寝込みがちだった豊次郎が急逝。享年五十。「運命は私を結婚に導きました」(「朝日新聞」昭和三六・四)。

その愛する夫はもう呼んでも応えぬ。これもまた運命であろうか。多佳子三十八歳。葬後、ノイローゼによる心臓発作つづく。

「忌籠り」と題する一句にある。

曼珠沙華咲くとつぶやきひとり堪ゆ

日支事変から太平洋戦争へ。十九年、戦火を逃れ奈良の菅原に疎開。美貌の人が空地を拓き、モンペをはき、鍬を振るい畑仕事に精を出す。

敗戦。二十一年、関西在住の西東三鬼、平畑静塔らと「奈良俳句会」を始める(二十七年まで)。奈良の日吉館に米二合ずつ持ち寄り夜を徹して句作する。

この荒稽古で多佳子は鍛えられる。「何しろ冬は三人が三方から炬燵に足を入れて句作をする。疲れればそのまま睡り、覚めて又作ると云ふ有様である。

夏は三鬼氏も静塔氏も半裸である。——奥様時代の私の世界は完全に吹き飛ばされてしまった」（「日吉館時代」昭和三一・九）

はじけた多佳子は生々しい感情を句作ぶっつけた。

息あらき雄鹿が立つは切なけれ

秋、交尾期になると雄鹿は雌を求めもの悲しく啼く。「息あらき雄鹿」とは雌を得るために角を合わせて激しく戦う姿。多佳子はその猛々しさに目見開く。

「雄鹿の前吾もあらあらしき息す」「寝姿の夫恋ふ鹿か後肢抱き」。雄鹿にことよせて内奥をあらわにする。それがいよいよ艶めいてくるのだ。

ここに掲げる句をみよ。二十四年、寡婦になって十二年、五十歳のときの作。

降り止まぬ雪を額にして、疼く身体の奥から、夫の激しい腕の力を蘇らせた。亡夫へこの恋情。連作にある。

雪はげし夫の手のほか知らず死ぬ

物狂おしいまでの夫恋。「夫の手のほか知らず死ぬ」。微塵たりも二心はない。そうにちがいない。

だがしかしである。

ここに多佳子をモデルにした小説がある。松本清張の「花衣」がそれだ。主人公の悠紀女が多佳子。清張は小倉生まれだ。

「自分も幼時からK市に育った人間である。――彼女がその街にいたときの微かな記憶がある。それはおぼろげだが、美しい記憶である」として書くのだが、いかにも推理作家らしい。なんとあのドンファン不昂（三鬼）が彼女を口説きひどい肘鉄砲を喰らわされたとか。それらしい面白おかしいお話があって、ちょっと驚くような記述がみえる。

「――悠紀女は癌を患って病院で死んだ。――その後になって、自分は悠紀女と親しかった人の話を聞いた。彼女には恋人がいたという。

／対手は京都のある大学の助教授だった。年は彼女より下だが、むろん、妻子がある。――よく聞いてみると、その恋のはじまったあとあたりが、悠紀女の官能的な句が現れたころであった」

でもってこの助教授が下世話なやからなのだ。それがだけど彼女は別れるに別れられなかったと。そんなこれがぜんぶガセネタ、デッチアゲだけでもなかろう。

とするとこの夫恋の句をどう読んだらいいものやら。ふしぎな味の句も残っている。

　夫恋へば吾に死ねよと青葉木菟

しかしやはり多佳子はひたすら豊次郎ひとりを一筋恋いつづけた。ここはそのように思っておくことにする。

美しい人は厳しく身を持して美しく老いた。年譜に二十七、三十一、三十三年と「心臓発作」の記録がみえる。

深裂けの石榴一粒だにこぼれず

三十五年七月、胆嚢炎を病み入院。年末、退院するも、これが命取りとなる。じつにこの石榴は病巣であって、はたまた命の塊そのもの。

雪の日の浴身一指一趾愛し

三十八年二月、入院前日、この句と「雪はげし書き遺すこと何ぞ多き」の二句を短冊にしたためる。指は手の指、趾は足の指。美しい四肢と美しい容貌を持つ人の最期の句。

五月、永眠。享年六十四。

みづからを思ひいださむ朝涼し
かたつむり暗き緑に泳ぐ　　山中智恵子

いま二行に分けて書いてみたが、もちろん原歌は、ひと連なりの歌であるが、二行に分けて書いてみると、その感じが一層強くするのが判った。

この歌の上の句と下の句は、まるで連句の付け合いのような呼吸をもって結びついている。

事実、作者は一時期、連句、連歌に凝っていた時期がある。

この歌の両者は微妙なずれ、あるいは疎遠さを保って結びついているので、却って、結びつきが新鮮なのである。

この歌は字句を追って解釈してみても、それだけでは理解したことにはならないだろう。

叙述の飛躍そのものの中に詩美があるからである。

「みずからを思い出す」という表現は、それだけで充分瞑想的な世界を暗示するので、下の句が一層なまなましい生命を感じさせる。

大正十四年名古屋市生まれの、独自の歌境を持つ、もと前衛歌人であったが平成18年3月9日に亡くなられた。この歌は昭和三八年刊『紡錘』所載。

以下、山中智恵子の歌を少し引く。

道の辺に人はささめき立春の朝目しづかに炎えやすくゐる

わが戦後花眼を隔てみるときのいかにおぼろに痛めるものか

ああ船首　人は美し霜月のすばるすまろう夜半めぐるらう

さやさやと竹の葉の鳴る星肆（くら）にきみいまさねば誰に告げむか

淡き酒ふくみてあれば夕夕（ゆふべゆふべ）の沐浴ありときみしらざらむ

この世にぞ駅てふありてひとふたりあひにしものをみずかありなむ

未然より未亡にいたるかなしみの骨にひびきてひとはなきかな

秋はざくろの割れる音して神の棲む遊星といふ地球いとしき

こととへば秋の日は濃きことばにてわれより若きガルシア・マルケス

こもりくの名張小波多の宇流布志弥（うるぶしね）　黒尉ひとり出でて舞ふとぞ

ああ愛弟（いろせ）鶺鴒のなくきりぎしに水をゆあみていくよ経ぬらむ

ながらへて詩歌の終みむことのなにぞさびしき夕茜鳥

意思よりも遠く歩める筆墨のあそびを思ひめざめがたしも

きみとわれいかなる雲の末ならむ夢の切口春吹きとぢよ

その前夜組みし活字を弾丸とせし革命よわが日本になきか

くれなゐの火を焚く男ありにける怪士（あやかし）の顔ふりむけよいざ

ポケットに魅惑（シャルム）秋の夕風よ高原に棲む白きくちなは

自分の歩幅で

藤原光顕

――「たかまる」誌№一二二／二〇二二・四月号所載――

三十頁ほど読み残した一冊を探す　明日は春の気配の予報
咳をしてもひとり　そんな爺さんらしい咳をしてみる
衰えた視力休めるしばらくを魁夷の秋翳を思いうかべて
薬くさい喉越しが妙に効きそうでドリンクの瓶の微妙の量
冷蔵庫で保存せよという目薬の冷えはたしかに効く感じする
ふとという成り行き増えてなんとなく転がっていく一日がある
茶が三毛に変わったようだが三匹が今日もわが庭の見回りに来る
テレビを視る　「ポツンと一軒家」など視ている
俺は都へ上って……小豆島のトイレのあの落書きはどうなったろう
麺麹と書きたい人がまだいて朝にはあしたとルビふってある
あと二年でガラケー終了の通知くる二年ならたぶんこっちも終わる
一円貨を九つちゃんと並べていく　ちゃんとじいさんらしくゆっくり
一杯半の酒で今夜もふりかえる八十五年の長さ短さ
あっちでミスこっちでソゴを乱発し自分の歩幅で歩いていています

春の蛇口は「下向きばかりにあきました」　坪内稔典

坪内稔典は昭和一九年、愛媛県生まれ。立命館大学卒で、高校時代から「青玄」に投句。昭和六三年から「船団」を発行、現在は解散に至る。京都教育大学教授を定年退官して京都市内の仏教大学教授を務められた。

掲出の句のように、言わば、ナンセンス句のような、人を食ったような句を得意とする。公園などに行くと、水呑み場には「上向き蛇口」があって水が呑めるようになっている。この句は、恐らく、そんな場面を見て考え付いたものであろう。

蛇口は下向きばかりには飽きたから、だから、こうして「上向き」の蛇口になっているのです、ということである。

こうして見てみると、一見、何の工夫もない、さりげない句のように見えるが、周到に計算し尽くされた作句であることに気付くだろう。

どちらかと言うと、「現代川柳」が、こういう形の川柳が多い、と言えば判りやすいか。

ただ教育者だったので、論は達者で、いくつかの評論集『俳句——口語と片言』『正岡子規——創造の共同性』などがある。その他『辞世のことば』など。

最近は佐佐木幸綱の「心の花」の同人になり、歌人としても存在を主張している。問題児である。

京都新聞の文芸欄の俳句の選者三人の中の一人として活躍されている。
以下、坪内の句を引くが、それを見ていただけば、どんなものか、よくお判り頂ける。
「甘納豆」シリーズの句の連作なども有名である。

桜咲く桜へ運ぶ甘納豆
花冷えのイカリソースに恋慕せよ
春の坂丸大ハムが泣いている
春の風ルンルンけんけんあんぽんたん
一月の甘納豆はやせてます
二月には甘納豆と坂下る
三月の甘納豆のうふふふふ
四月には死んだまねする甘納豆
五月来て困ってしまう甘納豆
甘納豆六月ごろにはごろついて
腰を病む甘納豆も七月も
八月の嘘と親しむ甘納豆
ほろほろと生きる九月の甘納豆

十月の男女はみんな甘納豆
河馬を呼ぶ十一月の甘納豆
十二月どうするどうする甘納豆
桜散るあなたも河馬になりなさい
たんぽぽのぽぽのあたりが火事ですよ
N夫人ふわりと夏の脚を組む
あの木ですアメリカ牡丹雪協会
そのことはきのうのように夏みかん
東京の膝に女とねこじゃらし
走り梅雨ちりめんじゃこがはねまわる
サーバーはきっと野茨風が立つ
バッタとぶアジアの空のうすみどり
老人はすぐ死ぬほっかり爆ぜる栗

八月十五日求肥はぐにゅぐにゅと

池田澄子

――池田澄子第七句集『此処』――

池田澄子句集『此処』第七二回読売文学賞 受賞！

口語を駆使した俳句で人気の池田澄子が、八〇代を迎えて直面したのは親しい句友、そして伴侶の死。
亡き師へ、友へ、夫へ語りかけるように、切なく真っ直ぐな言葉で、この世の「此処」から放つ句。

◆帯文より

みずみずしさは作りはじめの頃と変わらず、
句の中の世界はいよいよ深まり、
「池田澄子」という唯一無二の詩形が、
ここに極まっているのである。
――川上弘美

◆十二句抄

初蝶来今年も音をたてずに来
私生きてる春キャベツ嵩張る

桜さくら指輪は指に飽きたでしょ
大雑把に言えば猛暑や敗戦日
ごーやーちゃんぷるーときどき人が泣く
玄関を出てあきかぜと呟きぬ
散る萩にかまけてふっと髪白し
粕汁の雲のごときを二人して
偲んだり食べたり厚着に肩凝ったり
この道に人影を見ぬ淑気かな
生き了るときに春ならこの口紅
柚子の皮刻み此の世よ有り難う

著者略歴
池田澄子（いけだ　すみこ）
一九三六年、鎌倉に生まれ、新潟で育つ。三〇歳代の終り近く俳句に出会う。一九七五年、「群島」入会のち同人。
1983年より三橋敏雄に私淑、のち師事。
三橋敏雄の勧めで「俳句評論」に準同人として入会。「面」参加。高柳重信逝去により「俳句評論」

終刊。一九八八年「未定」「船団」入会。一九九五年「豈」入会。

二〇二〇年三月、「トイ」創刊に参加。二〇二〇年六月、「船団の会」散在。

句集に、『空の庭』『いつしか人に生まれて』『ゆく船』『たましいの話』『拝復』『思ってます』『現代俳句文庫・池田澄子句集』。

散文集に、『休むに似たり』『あさがや草紙』『シリーズ自句自解①・ベスト一〇〇』。

対談集に『兜太百句を読む・金子兜太×池田澄子』。

現在、「トイ」「豈」所属

先に挙げた「十二句抄」は版元の朔出版の案内広告に載るものであり、自選かどうかは判らない。私は、この句集の現物は手にしていない。ネットを検索して数句を拾ったが、約五〇句を河西志帆さんから送ってもらった。最初に、それらを拾っておく。

春寒の夜更け亡師と目が合いぬ
よい風や人生の次は土筆がいい
三月十一日米は研いできた
夕霞壊れた原子炉の方向
花冷えのこころが体を嫌がるの
風鈴の窓や開けたり細めたり

買い置きの水の古りつつ夜の秋
恨む権利あり被爆者戦没者
敗戦日化けてでも出てくりゃいいに
逢えぬなら思いぬ草紅葉にしゃがみ
行って帰ってきた手を洗う菊日和
木下闇ときどき亡夫がこちら見る
鳩よ寒いでしょ舗装道路硬いでしょ
綿虫よこの世ひろすぎではないか
年新た白髪は突っ立たんとして
蓬莱やプラスチックは腐らない
落梅を拾って嗅いで投げて帰る
窶れるという字ややこし鵺怖ろし
青あらし柱は斧を夢に見るか
こころ此処に在りて涼しや此処は何処
空返事していて原爆忌の八時
花野の花の何度聞いても忘れる名
ゆく川も海もよごれて天の川

手首ほそきおとこ可愛や萩すすき
初こがらし左のマスカラがまだ
敏雄忌の鈴に玉あり鳴らしけり
日あまねし帰る鳥らにオスプレイに
夜の汗のこのわたくしに覚えあり
夜も暑し玉砕という文字にルビ
俗情に浜昼顔の関与あり
八月や生きていしかばいつか死ぬ
赤紙という桃色の紙があった
待つとなく太陽昇り原爆忌
羽蟻の夜そう読めば遺書ともとれる
無花果や自愛せよとは何せよと
たいがいのことはひとごと秋の風
情が移りぬ干反り始めし裏白に
牡丹雪大人ですから黙ってます
猫の子の抱き方プルトニウムの捨て方
芹の水むかし間引くということを

掬えば揺れるプディングあした原爆忌
千代紙で鶴など折るな夏は暑い
八月十五日求肥はぐにゅぐにゅと
死ねば居ずソフトクリーム溶けて垂れる
父の日のコップの水になる氷
ＷｉＦｉの飛ぶの飛ばぬの敗戦日
苦瓜赤く熟れオスプレイ重たそう
迎え火に気付いてますか消えますよ
心太生きていしかば死の怖く
次の世は雑木山にて芽吹きたし
病気の人や死にたい人や萩の花
松明けのビニール袋の口はどこ
鴨帰る残った方がよいのでは
文字一切書きたくない日ほととぎす
手も足もあって十二月八日かな

多く引きすぎたかも知れない。
作者も八十半ばになられたので、言わば「枯れた」境地の句も散見する。

以下、「増殖する俳句歳時記」などから、過去の句集も含めて秀句を引いてみる。

椿咲くたびに逢いたくなっちゃだめ
じゃんけんで負けて蛍に生れたの
ピーマン切って中を明るくしてあげた
前へススメ前へススミテ還ラザル
春灯の灯を消す思ってます思ってます
アマリリスあしたあたしは雨でも行く
先生が死んでおられた冬麗　嫌（や）だ
イエス・キリスト痛かったであろう青葉風
今を音たてず此の世に金魚で居る
わが晩年などと気取りてあぁ暑し
定位置に夫と茶筒と守宮かな
缶詰の桃冷ゆるまで待てぬとは
どっちみち梅雨の道へ出る地下道
わたくしに劣るものなく梅雨きのこ
新宿のノエルのたたみいわしかな
ひとびとよ池の氷の上に石

恋文の起承転転さくらんぼ
カメラ構えて彼は菫を踏んでいる
貧乏な日本が佳し花南瓜
花よ花よと老若男女歳をとる
日と月のめぐり弥栄ねこじゃらし
人類の旬の土偶のおっぱいよ
震度2ぐらいかしらと襖ごしに言う
目覚めるといつも私が居て遺憾
枯野でなくした鈴よ永久に鈴
まっ白のセーターを着て逢いにゆく
兵泳ぎ永久に祖国は波の先
先生ありがとうございました冬日ひとつ
胃は此処に月は東京タワーの横
頬杖の風邪かしら淋しいだけかしら
八月六日のテレビのリモコン送信機
潜る鳰浮く鳰数は合ってますか

—坂村真民の詩—（2）

月と鯨

坂村真民

妻呼ぶ鯨の
声聞けば
月も冴え冴え
冴えわたる
かつては
陸にいた頃の
ことを知ってる
月ゆえに
鯨も
ほろりと涙する
海よ
輝け
鯨よ

跳べよ

この詩は坂村真民の詩集『宇宙のまなざし』に載るものである。
話は替わるが、「月と鯨」というと、私は

島が月の鯨となつて青い夜の水平　荻原井泉水

という自由律の句を思い出す。この句は、私の少年期とともにあったもので、懐かしい。

坂村真民プロフィール
癒（いや）しの詩人、坂村真民（さかむら しんみん）
〝人はどう生きるべきか〟を一生の命題とする祈りの詩人。
分かりやすくて、深く掘り下げられた詩は、幼稚園児から財界人まで、年令、職業を問わず幅広く愛唱され、その生き方とあわせて、「人生の師」と仰ぐ人が多い。
一九〇九年（明治四二年）一月六日熊本県荒尾市に生まれ、玉名市で育つ。本名昂（たかし）。
二〇〇六年（平成十八年）十二月十一日永眠。享年九七才。

絹糸腺からだのうちに満ちみちて
夏蚕《なつご》は己をくるむ糸はく　　木村草弥

この歌は私の第二歌集『嘉木』(角川書店)に載るものである。

「養蚕」という蚕を桑の葉で育てる仕事は、最近では急速に廃れ、見られなくなった。

一応、説明しておくと、蚕蛾(かいこが)という虫の幼虫が吐く糸から「絹糸」が出来る。

この「蚕(かいこ)」には春蚕(はるご)と夏蚕(なつご)とがあり、春蚕は四月中、下旬に掃き立てをし、五月下旬か六月上旬に繭になる。

夏蚕は夏秋蚕のことで、二番蚕とも言い、飼う時期が暑いので成長も速く七月には上簇するが、量も多くなく、収量も品質も劣るという。

蚕の幼虫の体は細長く十三の体節からなり、体長は五齢盛食期で六、七センチ。頭部、胸部、腹部に分けられる。蚕の雌は幼虫、蛹、蛾とも雄より大きい。

「上簇」(じょうぞく)というのは、いよいよ繭を作る段階に達した蚕を集めて繭を作るために専用の蚕簿に移す作業をいう。

蚕は四回眠り四回脱皮して、そのあと繭を作るが、その際、体が半透明になる。これが私の歌に詠んだ「絹糸腺」が肥大して体中に満たされるためである。

「蚕簿」というのは藁を加工して三角錐の空間が集合したようなもの。ここに蚕を移してゆく手間のかかる労働である。後は蚕が絹糸腺から糸を吐き「繭」を作る。

この繭から絹糸を引き出すのだが、これは蚕が吐いた糸であるから一つの繭から引き出した糸は一本である。大きな釜に湯を沸かし、その中に繭を入れて中の蛹を茹で殺して糸を探り出して引き出す。独特の臭気がして慣れないと不快なものである。

糸を取った後の蛹の死体は栄養豊富なので、ウナギの餌などに使われた。

繭をそのままに放置しておくと、繭の中の蛹が蚕蛾になり繭を溶かして孔を開けて出てくる。繭の中で蛹は十日で羽化する。だから養蚕というのは、繭が完成したら、すばやく熱湯にひたして羽化を阻止しなければならない。日数の計算も厳密な作業であり、忙しい。

羽化した雌は腹に卵を一杯もっており、雄と交尾すると産卵し、雄雌ともにすぐに死んでしまう。この交尾の際に雌が特有の「フェロモン」を出し雄を誘引するのである。

ものの本によると、これを感知すると雄は狂ったように全身を震わせて匂いの元に寄ってくるという。だから実験として蚕の雌が居なくても、このフェロモンを放射すれば雄は群がるように寄ってきて交尾しようとするらしい。

養蚕用には優秀な蚕に黒い紙の上に生ませた「蚕卵紙」というのが養蚕試験場などから交付され、それを養蚕家は買って蚕の幼虫を孵化させて桑の葉に移す。

これを「掃き立て」という。

昔は桑の葉を摘んで蚕に与えていた。これを桑摘みという。この労働を簡素化するために桑の枝を切ってきて与える、というのが戦後に開発され、今日では桑の葉を含むペレット状の粒剤を与えているようであるが、それよりも中国などから安価な絹糸が入ってくるようになり、今では絹布にした加工品が中国で最終製品として作られるようになり、日本国内の養蚕業は壊滅したと言える。養蚕器具は資料館でしか見られず、養蚕の様子も学習のためか、デモンストレーションとして行なわれるに過ぎない。
私の子供の頃は、近所でも養蚕や糸の引き出し作業などもやられていたし、繭の集荷に小学校の講堂が使われていたものである。

掲出の歌の前後に載る歌を引いて終わりたい。

くちびるを紫に染め桑の実を食みしも昔いま過疎の村　　木村草弥
よき繭を産する村でありしゆゑ桑摘まずなりて喬木猛る
桑実る恋のほめきの夜に似て上簇の蚕の透きとほりゆく
桑の実を食みしもむかし兄妹（きやうだい）はみんなちりぢり都会に沈む

この歌の一連は、もちろん創作であるから舞台設定や兄妹というのも、事実そのものではない。文学作品中における「虚構」ということである。

もともと蛾類は自然環境で「繭」を作ることが知られて（その中でサナギになるためである）、人間は、これに着目して幼虫を捕らえて飼い、繭を作らせることを考案した。

そして立派な繭を作らせるために品種改良を加えて、今日の養蚕業となったのである。

今でも「天蚕てんさん」「山繭やままゆ」といって、自然環境で作られた「繭」を採取して布にしたものがあるが、極めて希少価値の高いもので高価であり、めったに手には入らない。

梅雨空へ天道虫が七ほしの
背中を割りて翔びたつ朝《あした》

木村草弥

この歌は私の第二歌集『嘉木』（角川書店）に載るもので、制作時期は、もう二〇年以上も前になるが、大阪、京都、奈良の三〇数人が出席した合同歌会が、奈良の談山神社で開かれたときの出詠歌で、出席者の大半の票を獲得した、思い出ふかい歌である。

この談山神社は藤原鎌足を祀るが、蘇我氏の横暴を抑えようと、中大兄皇子と鎌足が蹴鞠をしながら談合したという故事のある所である。

ここに務める神官で、かつ歌人でもある二人の友人が居たところでもある。


「テントウムシ」には、益虫と害虫の二種類があって、この「ナナホシテントウムシ」は作物にたかるアブラムシなどを食べてくれる「益虫」である。

朱色の背中に黒い●が七個あることから、この名前になっている。

テントウムシには、ほかに「二星」などの種類があるが、これらはすべて「害虫」とされている。

つまり、作物の汁を吸ったり、食害を与えたりする、ということである。

今日、農業の世界でも農薬、除草剤などの薬害の影響が叫ばれ、できるだけ農薬を使用しないように、ということになっている。
こういう化学合成による農薬ではなく、この「七ほし天道虫」のように「天敵」を利用するとか、害虫の習性を利用して、雌雄の引きあうホルモン(フェロモン)を突き止めて、それを発散する簡単な器具を作り、雄を誘引して一網打尽に捕える、などが実用化されている。

ここで歌集に載せた一連の歌を引いておきたい。

天道虫　　木村草弥

菖蒲湯の一たば抱けばああ若き男のにほひ放つならずや
梅雨空へ天道虫が七ほしの背中を割りて翔びたつ朝(あした)
濡るるほど濃き緑陰にたたずめば風さわさわと松の芯にほふ
夏草の被さる小川は目に見えず水音ばかり韻(ひび)かせゐたり
散るよりは咲くをひそかに沙羅の木は一期の夢に昏るる寺庭
野良びとが家路を辿る夕まぐれ野の刻しんとみどりに昏るる
土鈴ふる響きおもはせ驟雨きて梅雨あけ近しと知らすこのごろ
茄子の花うす紫に咲きいでて農夫の肌にひかりあふ夕

ついでに書いておくと、現在の談山神社の宮司は長岡千尋氏で、彼は「日本歌人」所属の歌人である。

天道虫は童謡にも登場する虫で、どこか人なつっこいところがある。
俳句にも、よく詠まれているので、それを引いて終わる。

のぼりゆく草細りゆく天道虫　中村草田男
旅づかれ天道虫の手にとまる　阿波野青畝
ほぐるる芽てんたう虫の朱をとどむ　篠田悌二郎
翅わっててんたう虫の飛びいづる　高野素十
天道虫だましの中の天道虫　高野素十
老松の下に天道虫と在り　川端茅舎
天道虫天の密書を翅裏に　三橋鷹女
てんと虫一兵われの死なざりし　安住敦
愛しきれぬ間に天道虫掌より翔つ　加倉井秋を
砂こぼし砂こぼし天道虫生る　小林恵子
天道虫羽をひらけばすでに無し　立木いち子
天道虫バイブルに来て珠となりぬ　酒井鱒吉
天道虫玻璃を登れり裏より見る　津村貝刀

諍《いさか》ひて朝から妻にもの言はぬ
暑い日なりき、月が赤いな　木村草弥

この歌は私の第一歌集『茶の四季』（角川書店）に載せた歌である。

「諍い」とは「口げんか」のことを言う。

この歌は上四句までは、すらすらと出来たが、結句の七音がなかなか出来なかったので、半年ばかり放置してあったが、何かの拍子に、この言葉が見つかり、くっつけた。私自身でも気に入っている歌である。


「赤い月」というのは、月が出始めの低い位置にあるとき、または月の入りで西の空低くにあるときに、地球の表層の汚れた空気層を通過するときに空気に含まれる塵の作用で、赤く見えることがある。月が中空にあるときには、めったに赤い月にはならない。


この歌は、妻と口げんかして、お前なんかに口もきくものか、とカッカしている気分のときには頭に血がのぼっているから、赤い月が見えたというのは、絶好の舞台設定で、ぴったりだった。

歌作りにおいては、こういう、時間を置くことも必要なことである。

一旦、作った歌でも、後になって推敲して作り直すということも、よくある。妻亡き今となっては、懐かしい作品になった。　ここで、この歌を含む一連を引いておく。

月が赤いな　　　木村草弥

路地裏の畳屋にほふ鉾町へしとどに濡れて鉾もどりけり
ガラスを透く守宮（やもり）の腹を見てをれば言ひたきことも言へず　雷鳴
諍ひて朝から妻にもの言はぬ暑い日なりき、月が赤いな
手花火が少し怖くて持ちたくて花の浴衣（ゆかた）の幼女寄り来る
手花火の匂ひ残れる狭庭には風鈴の鳴るほど風は通らず
機械音ふつと止みたる工場に赫、赫、赫と大西日照る
季節の菓子ならべる京の老舗には紺ののれんに大西日照る
秋季リーグ始まりにつつ球（たま）ひろふ明日の大器に大西日照る

かがなべて生あるものに死は一度
白桃の彫りふかきゆふぐれ

木村草弥

この歌は私の第二歌集『嘉木』（角川書店）に載るものである。

白桃と言っても早生から晩生までいろいろ種類があるので一概には言えないが、そろそろ桃が出回る季節になってきた。

いま私の座っている座敷机の前の床の間に、この歌を前・奈良教育大学書道科教授の吉川美恵子さんが書いていただいた軸が掛かっている。

吉川美恵子さんについては、ここで詳しく書いたので参照されたいが、「日展審査員」「読売書法会常任理事」「日本書芸院常務理事」「青丹会会長」などを務めておられる。先生は「かな書き」の専門家であられる。

この歌は、私の最近の「死生観」を濃密に反映したものと言えるだろう。

人間だれでも一度は死ぬものである。一世を風靡する権力者も市井の凡人も、すべて等しく「死」は免れない。われわれは、そのことを忘れて過ごしがちである。特に、若い時や健康に恵まれて順調な時には「死」は意識の中にないのが普通であろう。

だが、古来、賢人たちは、このことに何度もメッセージを発してきた。ヨーロッパにおけるキリスト教にいう「メメント・モリ」然りである。

一方の「白桃」というのは文学的なイメージの世界では「女性の臀部」を象徴するものとして知られている。桃のもつ特有のなだらかな丸い形。それに胴に入るくびれの線から、そのように概念づけされて来た。「シンボル・イメージ小事典」などにも書かれている。

私の歌は、そういうことを踏まえて「メタファー」を含んでいると理解いただきたい。

白桃という「生」に対応する「死」ということである。

字句の解説をしておくと「かがなべて」というのは、「かが」=日々である。

この言葉には歴史があって「古事記」の倭建命と御火焼の老人との会話

新治筑波を過ぎて幾夜か寝つる……

日日なべて夜には九夜　日には十日を

というくだりに出てくるフレーズを踏まえている。「なべて」=並べて、であり、「かがなべて」=日々をかさねて、という意味になろうか。

意識して古代の文学的な伝統に連なりたい、というところから、こういう古語を使うことになる。

以下に歌集に載る当該の私の歌八首を引用する。

かがなべて

臥す妻に紅ほのかにも合歓の花のこよひ咲き初む　つぎねふ山城

白桃に触れたる指をいとしみてしばらく宙にかざしゐる宵

唇(くち)を吸ふかたちにも似て水蜜桃(すいみつ)をすする夕べはほのあかりせり

かがなべて生あるものに死は一度　白桃の彫り深きゆふぐれ

わが味蕾すこやかなるか茱萸(ぐみ)ひとつ舌に載すれば身に夏の満つ

執着を離れ得ざればかたつむり寝ても覚めても殻の中なる

この夏の去りゆくものを追ひたてて炎となりて夾竹桃もゆ

夕つかた虹の脆さを哀しめばわが痩身をよぎるものあり

一番はじめの歌の終りの部分「つぎねふ」というのは「山城」にかかる「枕詞」である。ここに引用した歌の小見出しの全体の章名を「つぎねふ山城」としてある。

歳時記から「桃」の句を引いて終わる。

なお俳句では「桃」は秋の季語である。今日では季節感とズレがある。

さえざえと水蜜桃の夜明けかな　加藤楸邨

白桃洗ふ誕生の子のごとく　大野林火

中年や遠くみのれる夜の桃　西東三鬼
朝市の雨沛然と桃洗ふ　中島斌雄
白桃に触れたる指を愛しみをり　斎藤空華
白桃に入れし刃先の種を割る　橋本多佳子
水蜜や足を清しく婚を待て　秋元不死男
白桃をすするや時も豊満に　能村登四郎
白桃や満月はやや曇りをり　森澄雄
白桃の浮きしが一つづつ沈む　小松一人静
桃冷す水しろがねにうごきけり　百合山羽公
乳房ある故のさびしさ桃すすり　菖蒲あや
と見かう見白桃薄紙出てあそぶ　赤尾兜子
白桃に触れてはがねの薄曇る　松本秀子
桃の実のほのぼのと子を生まざりし　きくちつねこ

藍布一反かなかな山からとりに来る　　飯島晴子

「ひぐらし」はカナカナカナと乾いた声で鳴く。だから、「かなかな」とも呼ぶ。夜明けと夕方に深い森で鳴く。市街地や里山では聞かない。

この声を聞くと、いかにも秋らしい感じがするが、山間部に入ると7月から鳴いている。海抜の高度や気温に左右されることが多いようだ。

「蜩」ひぐらしは、その鳴き声が夏から秋への季節の移り変わりを象徴するようで、何となく寂しそうで、古来、日本人には愛されてきた。

『万葉集』巻十・夏雑に

　もだもあらむ時も鳴かなむひぐらしのものもふ時に鳴きつつもとな

同・秋雑に

　暮（ゆふ）影に来鳴くひぐらしここだくも日毎に聞けど飽かぬ声かも

『古今集』秋・上に

　ひぐらしの鳴く山里の夕暮は風よりほかに訪ふ人もなし

という歌があり、ひぐらしの特徴を巧く捉えている。『和漢三才図会』には「晩景に至りて鳴く声、寂寥たり」とあるのも的確な表現である。

掲出の飯島晴子の句は、並みの発想とちがって「藍布一反」を、かなかなが「山からとりに来る」と詠んで、前衛句らしい秀句である。
ひぐらしを詠った俳句も多いので、以下に引いて終りにする。

蜩や机を圧す椎の影　正岡子規
面白う聞けば蜩夕日かな　河東碧梧桐
ひぐらしに灯火はやき一と間かな　久保田万太郎
かなかなの鳴きうつりけり夜明雲　飯田蛇笏
ひぐらしや熊野へしづむ山幾重　水原秋桜子
蜩やどの道も町へ下りてゐる　臼田亞浪
会へば兄弟《はらから》ひぐらしの声林立す　中村草田男
蜩や雲のとざせる伊達郡　加藤楸邨
ひぐらしや人びと帰る家もてり　片山桃史
川明りかなかなの声水に入る　井本農一
蜩や佐渡にあつまる雲熟るる　沢木欣一
蜩の与謝蕪村の匂ひかな　平井照敏
ひぐらしに肩のあたりのさみしき日　草間時彦

律儀にも今年も咲ける曼珠沙華
一途《いちづ》なることとふとうとましき　木村草弥

この歌は私の第一歌集『茶の四季』（角川書店）に載せたものである。

この花は「ひがんばな」とも言うが、秋のお彼岸の頃に咲き出すから、この名前がある。ヒガンバナ科の多年生草本。地下に鱗茎があって、秋に花軸を伸ばし、その上に赤い花をいくつか輪状に開く。花弁が6片で反っており、雄しべ、雌しべが突き出している。

人によっては妖艶ということもあろう。葉は花が終ったあと初冬の頃に線状に生えて、春には枯れる。根に毒を持つ有毒植物であり、墓地の辺りに咲いたりするので、忌まわしいという人もある。

「曼珠沙華」というのは「法華経」から出た言葉で赤いという意味らしい。

古来、俳句や歌謡曲などにも、よく登場する花である。

蕪村の句に

まんじゆさげ蘭に類ひて狐啼く

というのがあるが、そういうと、この花は蘭に似ていなくはない。鋭い観察である。

以下、歳時記からヒガンバナの句を引く。


葬人の歯あらはに哭くや曼珠沙華　飯田蛇笏

曼珠沙華消えたる茎のならびけり　後藤夜半
考へて疲るるばかり曼珠沙華　星野立子
論理消え芸いま恐はし曼珠沙華　池内友次郎
つきぬけて天上の紺曼珠沙華　山口誓子
曼珠沙華南河内の明るさよ　日野草城
曼珠沙華落暉も蘂をひろげけり　中村草田男
まんじゆさげ暮れてそのさきもう見えぬ　大野林火
曼珠沙華抱くほどとれど母恋し　中村汀女
彼岸花鎮守の森の昏きより　中川宋淵
寂光といふあらば見せよ曼珠沙華　細見綾子
曼珠沙華逃るるごとく野の列車　角川源義
西国の畦曼珠沙華曼珠沙華　森澄雄
曼珠沙華忘れゐるとも野に赤し　野沢節子
曼珠沙華わが去りしあと消ゆるべし　大野林火
曼珠沙華どれも腹出し秩父の子　金子兜太
五欲とも五衰とも見え曼珠沙華　鷹羽狩行

君とゆく曽爾《そに》高原の萱原の
銀のたてがみ風吹きすぎぬ　　木村草弥

曽爾高原は奈良県宇陀郡曽爾村にあり、曽爾高原と言えばススキとハギが秋の草として有名である。春、すっかり焼き払われたあと、地中から芽を出す。

若い葉は、さほど剛くはなくチマキを包むのに適している。お月見の頃、平地より十日ほど早く紫の穂を出す。

すっかり出揃った穂は草原一面を紫に染め、風が起こると繊毛運動を見るように一斉に波打つ。

野分の吹く頃、実が出来て銀色の毛が逆光に美しい。実がとび去ると穂はほうけて、わびしくなる。

この頃から屋根葺き用に注文があれば地元の人によって刈り取られる。

ススキ——イネ科の多年草。カヤ(萱)、オバナ(尾花)とも呼ばれる秋の七草のひとつ。薄、芒など、さまざまの字が使われる。

ススキと共に高原の秋を代表する植物と言えば、ハギを挙げなければならない。

紫の小さな蝶形花が集って短い総状花序をなしている。花はやがて青紫色になってこぼれ落ちる。

茎は七〇〜一五〇センチ、お箸か鉛筆ほどの太さだから、花時には花の重みで湾曲する。葉は互生し3枚の小葉に分かれている。

「萩」と書くように秋の花、秋の七草のひとつ。晩秋に刈って筆軸や柴垣に作られる。

この高原には多くの植物と動物が生息しているが、例えば、キイチゴは五月〜八月に遊歩道や草原周辺の道端に白い五弁の梅花形の花をつける。

茎や枝は細い蔓ののようで、鋭いトゲがある。花が終ると粒々した桑の実のような実が出来る。実は小さい核果が集合したもので、赤く熟したものは甘い液を含み、おいしく食べられる。いわゆるベリーである。　木苺の仲間は落葉低木で茨(イバラ)とも言う。

掲出の歌は私の第四歌集『嬬恋』(角川書店)に載せたものである。

この歌の一連のはじめの部分を少し引いておく。

土偶　　　　木村草弥

君とゆく曽爾高原の萱原の銀のたてがみ風吹きすぎぬ
この夏の終りに蜩(ひぐらし)鳴きいでてそぞろ歩きのうつせみの妻
わがいのちいつ終るべきペルセウス流星群の夜にくちづける
流砂のごと流るる銀河この夏の逝かむとしつつ霧たちのぼる
みづがめ座われのうちらに魚(いを)がゐてしらしらと夏の夜を泳げり
呼ばれしと思ひ振りむくたまゆらをはたと土偶の眼窩に遇ひぬ
萱原に立てば顕ちくる物影のなべては人に似るはかなしも

驢馬の背に横座りしてゆく老婦
大き乳房の山羊を牽きつつ

——ギリシア紀行（2）——

木村草弥

私の第四歌集『嬬恋』（角川書店）に「エーゲ海」の一連十五首として載せたものである。

この旅は私のWebのHP「エーゲ海の午睡」に詳しい。

この歌の前後の歌を引いておく。

鄙びたる小さき教会と風車一基丘の高みの碧空に立つ
どの家も真白にペンキ塗りあげて窓枠は青エーギアン・ブルー
歩く我に気づきて「やあ」といふごとく片手を挙ぐる戸口の老は
戸口の椅子二つに坐る老夫婦その顔の皺が語る年輪
愛よ恋よといふ齢こえて枯淡の境地青い戸口の椅子に坐る二人

掲出した写真二枚について、何も説明を要しないだろう。先に写真があって、それを見ながら、これらの歌が出来たということである。

この歌の場面は、ミコノス島で私ひとりで島の坂道を散歩したものである。

ミコノス島は、町の反対側が「ヌーディスト」の浜パラダイスビーチとしてヨーロッパに有名で、各国から裸を見せびらかしたい連中が、やって来る。
次の歌は2首だけだが、それを描いた歌である。

ミコノスの浜べはヌーディスト陽を浴びる美女の乳房の白い双丘
男も女も一糸まとはずとりどりの恥毛光らせ浜辺を歩く

残りのギリシア各地の歌と写真は、また折をみて載せたい。

たちまちに君の姿を霧とざし
或る楽章をわれは思ひき

近藤芳美

この歌は近藤芳美の、戦後まもなくに発表した「相聞」の歌として有名なものである。作られたのは戦前で、とし子夫人との甘やかな新婚時代あるいは婚約中の交際時期のものであろうか。『早春歌』昭和二三年刊所載。

近藤芳美は東京工業大学出の建築家が本職。建築技師や大学教授などを務めた。広島高等学校在学中に中村憲吉について「アララギ」入会。戦後は新風十人などとして嘱望され、アララギの若き俊英と呼ばれる。昭和２６年短歌結社「未来」創刊、三〇年より朝日歌壇選者。のち、「未来」編集を岡井隆に譲る。

この歌のように、いかにもインテリらしい作風と処世の態度を一貫させてきた。左翼運動さかんな頃も、それに共感を寄せつつも、それに溺れることはなかった。また前衛短歌運動の時期も、ある一定の距離を置いて接してきた。

それらの運動の退潮期を経た今は、むしろ近藤芳美の生き方、処し方が自由な姿勢として評価されている。
以下、近藤芳美の歌を少し引く。

落ちて来し羽虫をつぶせる製図紙のよごれを麺麭で拭く明くる朝に
国論の統制されて行くさまが水際立てりと語り合ふのみ
送りかへされ来し履歴書の皺つきしに鏝あてて又封筒に入る
果物皿かかげふたたび入り来たる靴下はかぬ脚稚（をさな）けれ
コンクリートの面にひそかに刻みおきしイニシヤルも深く土おほはれつ
あらはなるうなじに流れ雪ふればささやき告ぐる妹の如しと
手を垂れてキスを待ち居し表情の幼きを恋ひ別れ来りぬ
果てしなき彼方に向ひて手旗うつ万葉集をうち止まぬかも
鴎らがいだける趾の紅色に恥（やさ）しきことを吾は思へる
営庭は夕潮時の水たまり処女（をとめ）の如く妻かへりゆく
売れ残る夕刊の上石置けり雨の匂ひの立つ宵にして
耳のうら接吻すれば匂ひたる少女なりしより過ぎし十年
生き死にの事を互ひに知れる時或るものは技術を捨てて党にあり
乗りこえて君らが理解し行くものを吾は苦しむ民衆の一語

帰り来て踏まれし靴を拭くときに吾が背に妻は抱かむとする
傍観を良心として生きし日々青春と呼ぶときもなかりき
講座捨て党に行く老いし教授一人小さき一日の記事となるのみ
身をかはし身をかはしつつ生き行くに言葉は痣の如く残らむ
離党せむ苦しみも今日君は告げ売れざる暗き絵を置きて行く
反戦ビラ白く投げられて散りつづく声なき夜の群集の上
森くらくからまる網を逃れのがれひとつまぼろしの吾の黒豹

近藤芳美は九〇歳を越えても現役歌人として大きな地歩を占めてきたが、二〇〇六年六月二一日に亡くなった。

作品数も膨大なものである。ここには初期の歌集『早春歌』『埃吹く街』『静かなる意思』『歴史』から引いた。

これらを読むだけでも、先に書いた近藤芳美の生き方が作品の上にも反映していることが読み取れるだろう。

私としても一時は「未来短歌会」に席を置いたものとして無関心では居られない。

団栗の己が落葉に埋れけり

渡辺水巴

団栗ドングリは、本来は櫟クヌギの実のことを指すが、一般的には落ちる木の実を言うようである。時には樫の実のように「常緑樹」の実も含められるが、せいぜい譲っても、クヌギと同属の落葉樹、コナラ、ミズナラ、アベマキ、カシワなどまでに留めた方がよいだろう。

クヌギの実は丸い。実の周りにトゲトゲの萼で包まれている。

昔は、この木でタキギ薪を作った。今では燃料としての用途はなくなり、コナラなどの木とともに椎茸栽培の「ホダ木」に使われるに過ぎない。

こういう雑木はほぼ十数年のサイクルで伐採され、伐採された株元や落ちたドングリから次の世代が芽を出して、更新して新しい雑木林が出来るという循環になっていたのである。

こういう人の手の加わった人工林を「里山」という。

『和漢三才図会』に「橅(くぬぎ)の木、葉は櫧子(かし)の木に似て、葉深秋に至りて黄ばみ落つ。その実、栗に似て小さく円きゆゑに、俗呼んで団栗と名づく。蔕(へた)に斗ありて、苦渋味悪く食すべからず」とある。

小林一茶の句

団栗の寝ん寝んころりころりかな

は、その実の可愛らしさを、よくつかんでいる。

いま広葉樹の森が有用でないとかの理由で伐採され、面積が減少しているので、復活させようとドングリ銀行なるものを提唱して団栗を大量に集めて、森を作る運動がおこなわれている。針葉樹の森は生物の生きる多様な生態系から見て、単純な森で、多様性のある生態系のためには広葉樹の森が必要であると言われている。常緑樹である樫(かし)の木も広葉樹であり、常緑か落葉かは問わず、広葉樹には違いはないし、樫の木にもドングリは生るのである。

以下、団栗を詠んだ句を引いて終りたい。

団栗を掃きこぼし行く箒かな　高浜虚子
雀ゐて露のどんぐりの落ちる落ちる　橋本多佳子
団栗に八専霽（は）れや山の道　飯田蛇笏
樫の実の落ちて駆けよる鶏三羽　村上鬼城
団栗を混へし木々ぞ城を隠す　石田波郷
孤児の癒え近しどんぐり踏みつぶし　西東三鬼
しののめや団栗の音落ちつくす　中川宋淵
どんぐりの拾へとばかり輝けり　藤野智寿子
どんぐりの頭に落ち心かろくなる　油布五線

父の眸や熟れ麦に陽が赫《か》つとさす　　飯田龍太

私の辺りでは昔は米の「裏作」として秋に種を蒔いて麦を栽培していたが、今では全く作られなくなった。

二〇〇八年五月にスペインに行ったときには、かの地はちょうど麦秋の時期に入るところだった。日本の何倍もの面積があるので、すでに麦の刈り取りの済んだところもあった。

　　麦秋の中なるが悲し聖廃墟　　水原秋桜子

という句を思い出していた。

「麦秋」と言う言葉は趣のあるもので秋蒔きの麦が初夏の頃に黄色く熟れるのを表現している。あいにく日本では梅雨の頃に麦秋が訪れるので、雨の多い年などは大変である。雨が多くて刈り取りが遅れると立った穂のまま湿気で発芽したりするのである。以前に地方に出張していた頃は車窓から麦刈りの風景などが見られたものである。九州などでは麦刈りの時期も早いので梅雨までには済んでいるようである。麦にはいろいろの種類があり、用途によって品種改良がされてきた。小麦粉にするのは「小麦」である。ご飯にまぜて食べるのは「裸麦」である。ビール原料になるのは「大麦」で、専用のビール麦というのが開発されている。

因みに言うと「裸麦」は荒い石灰と一緒に混ぜて専用の臼で表面の固い殻を摺り落す。その際に麦の割れ目の筋が褐色に残る。

昔は、そのまま押し麦にして米飯と一緒に混ぜて炊いたが、今では、その筋に沿って縦にカットして米粒のような形に加工してあるから一見すると区別がつかないようになっている。

他に「ライ麦」や家畜の餌にする「燕麦」などがある。

むかし軍部はなやかなりし頃、「陸軍大演習」になると、私の辺りの農村も舞台になったが、空き地には軍馬が臨時の厩舎を作って囲われたが、馬に与えられた燕麦がこぼれて翌年に麦の芽が出て穂になったりしたものである。

参考までに言うと、馬に与える草などは地面に置いた餌箱に置かれるが、麦のような細かい粒のものは零れて無駄にならないように帆布のような厚い餌袋を耳から口にかけさせて食べさせるのである。

馬は時々頭を跳ね上げて、袋の中の麦粒を口に入れようとするので、多少は辺りに飛び散るのだった。

以下、麦秋を詠った句を引いて終わる。

麦秋や葉書一枚野を流る　山口誓子
いくさよあるな麦生に金貨天降るとも　中村草田男
麦熟れて夕真白き障子かな　中村汀女
一幅を懸け一穂の麦を活け　田村木国
灯がさせば麦は夜半も朱きなり　田中灯京

麦笛に暗がりの麦伸びにけり　山根立鳥
少年のリズム麦生の錆び鉄路　細見綾子
麦の穂やああ麦の穂や歩きたし　徳永夏川女
褐色の麦褐色の赤児の声　福田甲子雄
郵便夫ゴッホの麦の上をくる　菅原多つを
麦は穂に山山は日をつなぎあひ　中田六郎
会ふや又別れて遠し麦の秋　成田千空
石仏に嘗て目鼻や麦の秋　広瀬直人
麦秋のいちにち何もせねば老ゆ　関成美
クレヨンの黄を麦秋のために折る　林　桂
麦の秋男ゆつくり滅びゆく　立岩利夫
麦秋や老ゆるに覚悟などいらぬ　水津八重子
一杯の水に底あり麦の秋　吉田悦花
麦秋の中に近江の湖をおく　大高霧海

老いざまのかなしき日なり実千両

草間時彦

「千両」「万両」は初冬に赤や黄の実を見せる。極めて日本的な景物である。同じような実だが、少しづつ微妙に違う。白い実のものもある。同じようなものに「南天」がある。

私の第四歌集『嬬恋』（角川書店）にも、こんな歌の一連がある。

妻病めばわれも衰ふる心地して南天の朱を眩しみをりぬ　　木村草弥
冬の午後を病後の妻と南天の朱美を見つつただよふごとし
古稀となる妻を見てゐる千両と万両の朱美はなやぐべしや

妻亡き今は哀切な気分になる旧作である。

南天という木はどこにでも生える強い木で、赤い実は野鳥の冬の絶好の餌で、みんな啄ばまれてしまうが、その未消化の糞の中の種が、あちこちにばら撒かれて繁茂するのである。

南天の赤色はさむざむとした冬景色の中に点る「一点景」ではあるが、病む身を養う妻を抱えての、私の愁いは、まことに深いものがあったのである。そんな心象を歌にしたのが、この歌である。

「千両」「万両」の実も、同様の扱いをしてもよいものである。

以下、歳時記に載る南天、千両、万両の句を引いておく。

実南天二段に垂れて真赤かな　富安風生
あるかなし南天の紅竹垣に　滝井孝作
南天軒を抽《ぬ》けり詩人となりにけり　中村草田男
南天の実に惨たりし日を憶ふ　沢木欣一
いくたび病みいくたび癒えき実千両　石田波郷
千両の実だけが紅し日照雨過ぎ　細田寿郎
かけ足で死がちかづくか実千両　石田貞良
千両や筧の雫落ちやまず　水谷浴子
万両や癒えむためより生きむため　石田波郷
実万両女がひそむ喪服妻　高萩篠生
雪染めて万両の紅あらはるる　鈴木宗石
いにしへを知る石ひとつ実千両　伊藤敬子
清貧は夫の信条実千両　有保喜久子
授乳といふ刻かがやけり実千両　猪俣サチ
万両を埋めつつある落葉かな　山本梅史
万両の実にくれなゐのはいりけり　千葉皓史

――冨上芳秀の詩――（十三）

冨上芳秀の詩「大人の森」など四篇

――「詩的現代」No.三五／December.2020所載――

大人の森

冨上芳秀

「もう少し大人になってください」大人になるというのは股間に毛を生やすことだと思って、もやもやとたくましく育てました。「ああ、すっかり何でも妥協することができるように成長しましたね」森の闇のなかで生息している小鬼はとてもクレバーです。でも、小鬼って何かの喩えでしょうと毛根に住む眠り姫が尋ねました。股間にできた森も、その森に澄むいたずらな小鬼も何かの譬えですって。それは、森の中で大きくなったり小さくなったりしているペニスの譬えだとあなたは言いたいのですね。残念ながら、小鬼は奥深い緑の森に棲んでいる小鬼以外の何者でもないのです。ペニスはあなたのペットでしかありません。肉色のペニス、赤黒くたくましく怒張しているペニス、いいですねと軽薄な笑いを浮かべながら。森の中にひっそりと建っている小屋から出て来て、せっかくたくましく成長してきた大人のペニスを平凡な人生のごみ箱にポンと捨ててしまいました。「もう少し大人になってください」と世界は大きく閉じてきたのでした。

眠る男

「毎晩、お酒はどれくらい飲みますか」「さあ、わかりません。いつも飲みたくなくなるまで飲んでいます」医者は苦笑しました。緑色の猫の眼をした若い美しい看護師はいつものようにやさしく微笑んでいます。すずしい風が町の人々の疲れた脳髄を鎮めるように吹き抜けていきます。山の向うの更に重なった果無しの山脈の山巓で大きな男が眠っています。太陽が昇っても沈んでも男は眠っています。もちろん夜も男は眠っています。星明りの下で男は安らかな寝息を立てています。男の鼻から漏れる息が風になって人々の胸を吹き抜けています。男は眠ってばかりですが、いつ目を覚ますのでしょうか。「睡眠時無呼吸症のおそれがありますね。身長は何センチですか」「百七十三センチです」「すると、七十八キログラムが適正体重です」森の湖のほとりで真っ黒い猫が、九十四グラムもある大きな金色の鯉を緑色の眼を燃やして狙っています。ガシガシガシ、猫が骨を噛む音が森の中に響いています。眠っている男の呼吸が止まりました。静かな夜です。うがーと大きな音を立てて男はまた呼吸し始めました。もうすっかり朝になって人々は忙しく働きだしました。明るい太陽の下で、男は静か寝息を立てて眠っています。

神様の徘徊

真夜中に何度も玄関のブザーが鳴る。今夜も神様が外を徘徊しているのだ。あまりうるさいので、ドアを開けて外に出るとステテコに、チヂミのシャツを着た白い姿の神様が、「私は手足がガンで歩けないのです」と細い手足をふらふらさせて哀れな表情で訴えかけてくる。「眠れなくて、とてもさみしいのです」「さびしいからといって丑三つ時に、他人(ひと)の家のブザーを何度も鳴らすのは迷惑ですよ」「眠れないのです」「とにかくこんな時間にブザーを鳴らすのはやめなさい。おやすみ」と言って、私は拒絶の意思を示すためにドアを乱暴にバタンと閉めた。神様と私の時間の川は、全く別の位相を流れているのに、突然、踏み越えようとしてきた。「バカなやつだ」いくら結界を超えようとしても無理だ。「助けて」と叫んでいる白い姿は遠い川の暗い流れに消えた。私はそんな神様が何人、自らの川に溺れて死のうと何の関心もない。目の前のパソコンの画面の中には、この世の暗い現実が映っている。その画面を食い入るように見ている私の背後には過去の幽霊たちが私の生を冷めたく笑っている。

マスクの世界

唇に微笑みを浮かべているのに、マスクをしているから私のあなたへの好意が伝わらないのでしょうか。あなたのマスクの下には人の好い微笑みが私に向けられていると信じています。でも、あなたのマスクの下には意地悪にへの字に曲げられた唇が見えます。だから、私も唇をへの字に曲げてあなたに向き合っています。白いマスクをした人たちができるだけ会話をしないように、距離を保って行き交っています。でも、本当にマスクの下には唇があるのでしょうか。「ねえ、あたしってきれい」マスクを取った女の口は大きく裂けているのでした。ずいぶん昔、小学生を恐怖に陥れた口裂け女の都市伝説です。私が見たのは、それとはまったく違っていました。口ではなく深い大きな穴でした。そんな穴を見た者は、その穴に吸い込まれて穴の世界に生きなければなりません。マスクの下には何がある。そんなことは言えません。口が裂けても言えません。マスクの下の暗い穴を見つけた時、私もマスクを取って私の暗い穴をあなたの暗い穴に重ねたのでした。そのぬめぬめとした快楽の事は誰にも言えない秘密です。

この精力的な冨上芳秀氏の詩作には、瞠目するばかりである。

プロットが、とにかく面白い。

四連目の「マスクの世界」など、現下のコロナ騒ぎの中での「マスク」についてアイロニー深く追求していて秀逸である。

とにかく冨上芳秀氏の詩作からは目が離せない。

ここに披露して皆さんのお目にかける次第である。益々のご健筆を。

既に、ご承知だろうと思うが、冨上芳秀氏は「大阪文学学校」の詩部門の講師を担当されている。

この学校は小野十三郎らによって設立され、ここの学生からは芥川賞や直木賞作家を何人も輩出している。

■霙るるや鶴と大地を共にして　藤田直子

「霙」ミゾレとは、雨と雪が同時にまざり降るのをいう。冬のはじめや春のはじめに降ることが多い。ちょっとした気温の変化で、雨になったり、雪になったりするし、同じ町の山手は雪なのに、下町ではミゾレのこともある。

掲出の句は北海道・釧路の阿寒辺りの冬の間の鶴への給餌場の風景だろうか。

「鶴と大地を共にして」という把握の仕方が秀逸である。

「霙」という名詞に対して、この句では「みぞるる」という「動詞」になっている。

おもひ見るや我屍にふるみぞれ　原石鼎
霙るるや灯華やかなればなほ　臼田亜浪
霙るると告ぐる下足を貰ひ出づ　中村汀女
みぞれ雪涙にかぎりありにけり　橋本多佳子
霙るるや小蟹の味のこまかさに　松本たかし
夕霙みんな焦土をかへるなり　下山槐太
みちのくの上田下田のみぞれけり　角川源義
みぞるるとたちまち暗し恐山　五所平之助

てのひらの未来読まるる夜の霙　福永耕二
沢蟹を伏せたる籠もみぞれゐる　飯田龍太
霙るるもレーニン廟に長き列　寺島初巳
腹裂きし猪を吊せば霙くる　茂里正治

■樹には樹の哀しみのありもがり笛　木下夕爾

冬、風が吹いて、垣根の竹や竿竹などに当たるとき発するひゅーひゅーという音のことを「虎落笛」（もがりぶえ）という。「もがる」というのは「反抗する」「さからう」「我を張る」「だだをこねる」などの意味を表す言葉で、竿や棒にあたる風が笛のように立てる音である。

虎落笛子供遊べる声消えて　高浜虚子
日輪の月より白し虎落笛　川端茅舎
胸郭の裡を想へば虎落笛　日野草城
みちのべの豌豆の手も虎落笛　阿波野青畝
虎落笛吉祥天女離れざる　橋本多佳子
余生のみ永かりし人よ虎落笛　中村草田男
虎落笛叫びて海に出で去れり　山口誓子

虎落笛ひとふしはわが肺鳴れり　大野林火
虎落笛こぼるるばかり星乾き　鷹羽狩行
灯火の揺れとどまらず虎落笛　松本たかし
来ずなりしは去りゆく友か虎落笛　大野林火
牛が仔を生みしゆふべの虎落笛　百合山羽公
今日と明日の折り目にふかきもがり笛　永作火童

■北風やイエスの言葉つきまとふ　野見山朱鳥

冬の季節風は北風で、強く、かつ寒い。

シベリア高気圧が発達して、アリューシャン大低気圧に向かって吹く風だと今までは言われてきたが、今では地球規模の気圧変動が北半球では「偏西風」に乗ってやって来るのだという。

昨年の冬のはじめにヨーロッパに寒波をもたらしたものが、どれだけかの日時を経て、日本に到達したのが、昨年暮からの寒波になるという。

とは言え、日本海側は吹雪、太平洋側は空っ風というのは変わりないことである。

「北風」と書いて、単に「きた」と読むこともある。


北《き》風《た》寒しだまつて歩くばかりなり　高浜虚子

北風にあらがふことを敢へてせじ　富安風生
くらがりやくらがり越ゆる北つむじ　加藤楸邨
北風や青空ながら暮れはてて　芝不器男
耳傾く北風より遠き物音に　大野林火
北風荒るる夜のそら耳に子泣くこゑ　森川暁水
北風鳴れり虚しき闇につきあたり　油布五線
北風の砂丘を指す馬ならば嘶かむ　金子無患子

たちまちにあられ過ぎゆく風邪ごもり　桂信子

「霰」あられには「雪あられ」と「氷あられ」の二つがあるという。一般には「雪あられ」のことを霰という。「氷あられ」は雹の小型のもので、雪あられを芯にして、付着した水滴が凍りついたもので、積乱雲から降るので、夏なんかに農作物に穴をあけたりして大被害を与えたりする。

桂信子の句は「あられ」の吹き過ぎる寒々とした景色ながら、佳女が風邪で伏して籠っているという何となく色っぽい光景を連想させる。

霰を詠んだものとしては源実朝の『金槐集』の歌

武士（もののふ）の矢なみつくろふ籠手（こて）の上に霰たばしる那須の篠原

というのが、よく知られていて、ここでは「霰」が勇壮さを演出する小道具になっている。「玉霰」という表現もあるが、これは美称である。

いかめしき音や霰の桧木笠　芭蕉
霰聞くやこの身はもとの古柏　芭蕉
石山の石にたばしる霰かな　芭蕉
いざ子ども走り歩かん玉霰　芭蕉
傘さして女のはしる霰かな　炭太祇

玉霰漂母が鍋をみだれうつ　蕪村
玉あられ鍛治が飛火にまじりけり　暁台
匂ひなき冬木が原の夕あられ　白雄
呼びかへす鮒売見えぬ霰かな　凡兆

などの古句は、霰のいろいろの姿態を巧みに捉えている。
以下、明治以後の句を引いて終わる。

雲といふ雲奔りくるあられかな　久保田万太郎
藁屑のほのぼのとして夕霰　原石鼎
降り止んでひつそり並ぶ霰かな　川端茅舎
灯火の色変りけり霰打つ　内田百閒
玉霰雪ゆるやかに二三片　中村汀女
この度は音のしてふる霰かな　高野素十
畦立ちの仏に霰たまりける　水原秋桜子
霰やみし静けさに月さいてをり　内藤吐天
霰打つ暗き海より獲れし蟹　松本たかし
鉄鉢の中へも霰　種田山頭火
玉霰人の恋聞く聞き流す　清水基吉

ともしびが音《ね》もなく凍る冬の夜は
書架こそわれの黄金郷《エルドラド》たれ

木村草弥

この歌は私の第二歌集『嘉木』(角川書店)に載るものである。

この歌集については春日真木子さんが角川書店「短歌」誌上で批評文を書いていただいたが、その中で、この歌を抽出して下さった。

黄金郷エルドラドなどと大きく出たものであるが、これも読書人としての私の自恃を示すものとして大目に見てもらいたい。

黄金郷エルドラドというのはスペインのアメリカ新大陸発見にともなう時から使われるようになった言葉である。

そのいきさつは、こうである。

「なんでも、アンデスの奥地のインディオの部族は、不思議な儀式をやっていたそうだ。そのインディオの首長は裸の全身に金粉を塗りつけて〈黄金の男〉に変身すると、金細工できらびやかに装った従者たちを連れて筏で湖へ漕ぎ出す。筏には黄金やエメラルドが山積みにされていて、湖水の真ん中に捧げ物の財宝が投げ込まれ〈黄金の男〉はやおら水に体を浸すと、金粉をゆっくり洗い落す。金粉はキラキラと輝きながら湖底へ沈んでゆく……」。

これこそ十五世紀に新大陸を征服したスペインのコンキスタドール（征服者）が耳にした噂だった。

そして、遂に、この湖を見つけた。黄金郷エルドラドは本当にあったのだ。

この湖グァタビタ湖に近い盆地に都市を築いた。それが今日のコロンビアの首都ボゴタである。

黄金郷エルドラドの説明に長くかかってしまったが、私の書架を書くのが本当なのだ。

私は少年の頃は腺病質な子供で、ひ弱な体で、季節の変わり目には腹をこわすような子だったので、戸外を活発に駆け回るというのではなく、家に居て本を読むなどの内向的な性質だった。

祖父・庄之助から毎月「少年倶楽部」や「幼年倶楽部」という雑誌が送り届けられ、兄たちと夢中に貪り読んだものである。

そのうちに長兄・庄助が集めた小説などを読むようになった。こんな環境が私を文学、文芸の道に親しむ素地を作ったと言えるだろう。

今では庄助の蔵書などは兄・重信の方に行っているから、私の書斎の書架にあるものは、私が今までに読んだもの、私が買ったものであり、その数は万の桁になるだろう。

特に、私は現代詩から入ったので、「詩」関係の本が多くを占める。

私が死んだら、それらは埋もれてしまうので、先年の春に、「詩」関係の本を中心に「日本現代詩歌文学館」に寄贈した。

専門の梱包業者に来てもらってダンボール十個になった。これで、これらの本も整理されて多くの利用者の便になることだろう。

講談社から発行されていて今でもある雑誌「群像」の創刊号から十年間くらいのものが欠本なく揃っていたのも処分した。

これらは資料的な価値もあると思われるので、有効に活用されることを祈るばかりである。

おかげで書斎の棚はガラガラになった。

亡き友は男ばかりや霜柱　　秋元不死男

私くらいの歳になると、友人たちが、バタバタと死んでゆく。この句は、そんな心情を詠んだようである。

「霜柱」は、寒さがきびしい冬でないと見られない。

土の中に含まれる水分が凍って、毛細管現象によって、その下にある水分が次々と供給されて氷の柱が成長し、厚さ数センチから十センチ以上にもなるのである。

霜柱は、土があるところなら、どこでも発生するものではない。

私の子供の頃には、今よりも寒さが厳しかったので、学校へ行く道すがらの脇の畑などでも、よく見かけて、わき道に逸れてザクザクと踏んでみたものである。

総体として「暖冬化」の傾向が進んでいるので、霜柱は段々見られなくなってきた。

関東ローム層の土粒の大きさが、霜柱の発生に丁度よいそうである。

岩波書店刊の「中谷宇吉郎全集」第2巻に、自由学園で行われた「霜柱の研究」について書かれたものが載っている。

それによると紅殻の粉や、澱粉類、ガラスを砕いた粉などを用いた霜柱の発生実験をしているが、赤土だけから霜柱が発生したそうである。その赤土も、粒の粗いもの、細かいものに分けてやったところ、粒が粗くても、細かくても霜柱は発生しなかったという。

なお、中谷宇吉郎は、世界で初めて雪の人工結晶を作った学者で、これらの文章は戦前に書かれたものである。文筆上では夏目漱石に私淑した。

雪のエッセイなどは私の子供の頃に読んだ記憶がある。

ところで「シモバシラ」という名の植物がある。この草はしそ科の植物で学名を keiskea japonica という。これは明治時代の日本の本草学者の伊藤圭介氏に因むものである。

秋十月頃に枝の上部の葉の脇に片側だけにズラッと白い花を咲かせる。冬になると、枯れた茎の根元に霜柱のような氷の結晶が出来ることから、この名になったという。冬に枯れてもなお水を吸い上げるが、茎がその圧力に耐えきれずに破裂してしまい、水が外にブワッと出て凍る、という。気象条件によって「氷」の形も、いろいろあるらしい。

以下、霜柱を詠んだ句を引いて終る。

掃きすてし今朝のほこりや霜柱　　高浜虚子

霜柱ここ櫛の歯の欠けにけり　　川端茅舎

落残る赤き木の実や霜柱　永井荷風
霜柱しらさぎ空に群るるなり　久保田万太郎
飛石の高さになりぬ霜柱　上川井梨葉
霜柱枕辺ちかく立ちて覚む　山口誓子
霜柱俳句は切字響きけり　石田波郷
霜柱倒れつつあり幽かなり　松本たかし
霜柱顔ふるるまで見て佳しや　橋本多佳子
霜柱傷つきしもの青が冴え　加藤楸邨
霜柱兄の欠けたる地に光る　西東三鬼
霜柱歓喜のごとく倒れゆく　野見山朱鳥
霜柱深き嘆きの声に溶け　野見山朱鳥
霜柱踏めばくづるる犯したり　油布五線
霜柱踏み火口湖の深さ問ふ　横山房子

散文詩　イスラームの楽園　Paradis d'isram　木村草弥

――敬虔な信者に約束された楽園を描いてみようなら、そこには絶対に腐ることのない水をたたえた川がいくつも流れ、いつまで経っても味の変わらぬ乳の河あり、飲めばえも言われぬ美酒の河あり、澄み切った蜜の河あり、また、そこではあらゆる種類の果実が実り、その上、神の赦しがいただける…………

――（コーラン第四七章）――


イスラームとは、「神に身をゆだねる」という意味である。

イスラーム教の楽園は、天国を指す。この世において信仰篤く、善行を励んだ者は、その報いとして、死後、楽園に入ることが許される。この楽園は、キリスト教世界とは異なり、禁欲的な世界が全く存在しない。

コーラン第四七章に書かれるような花園。

これは、現世のイスラーム教徒（ムスリムという）の抑圧された欲望の反映のようにさえ見える。

それに反して、地獄は業火と熱風の灼熱の世界として描かれる。

喉の渇きをいやすために、ぐらぐらと煮えたぎる熱湯を、渇き病にとりつかれた駱駝さながらに飲み干さなければならない。

楽園にあるのは、砂漠で最も魅力的な存在である「水」のイメージである。

イスラーム教徒にとって夢のような空間が、ここにある。


——えも言われぬ幸福の楽園に入る人々。

向かい合わせでゆったりと手足を伸ばせば、永遠の若さを受けたお小姓がお酌にまわる。

この酒はいくら飲んでも、頭が痛んだり、酔って性根を失ったりしない。

その上、果実は好みに任せ、鳥の肉など望み次第。目涼しい処女たちは、そっと隠れた真珠さながら……。もうそこでは、くだらない馬鹿話も罪作りな話も聞かないですむ。

耳に入るのは「平安あれ」「平安あれ」のただ一言………。


——（コーラン第五六章）——

地上のパラダイス「アル・アンダルス」

西暦七一一年、アラブ人とベルベル人からなるイスラム軍団が、ジブラルタル海峡を渡り、わずか二年足らずでイベリア半島を制圧した。イベリア半島は「気候はシリアのように温和で、土地はイエメンのように肥え、花や香料はインドのように満ち溢れ、吹く風も麝香のように芳しい」と表現され、広大なイスラム帝国各地から、この地上のパラダイスを求めて多くの人が集った。

その中に、アッバース朝の粛清を逃れたウマイヤ朝の若い王子がいた。長い放浪の末に王子はイベリア・ウマイヤ朝を築き、アッバース朝への敵愾心をむき出しにして帝国の繁栄に心血を注いだ。当時、パリやロンドンが人口三万にも満たない頃に、首都コルドバは百万近くの人口を抱えていた。世界中から一流の学者、芸術家が集り、医学、数学、天文学、文学などさまざまな分野で華々しい成果をあげていた。また、自由な気風の中で宗教の垣根を越えてキリスト教徒も学問に励み、のちにヨーロッパ・ルネッサンスを生み出す基礎がここに築かれていた。

この繁栄も政権の内部崩壊とキリスト教徒のレコンキスタ運動に圧迫されて敗退するが、迫り来るキリスト教徒の気配を濃密に感じながら生きてきたイスラーム教徒の死の恐怖と悦楽………。

コーランには、このような楽しい来世の話ばかりではない。生きるために、正当なイスラームの血の家系を守るためには、戦争、略奪、殺人も正当化される話も多い。今や「聖戦」の名のもとに繰り広げられる殺戮は、その一面の反映であろうか。

――この詩は第一詩集『免疫系』角川書店刊に載るものである。――

散文詩　アンドロギュヌス　木村草弥

――第三詩集『修学院幻視』所載――

あの子は売られて行きましたよ。
もう少し早くいらつしゃればよかったのに。
あなたに貰った薬を大切にしまっていましたよ。
ちゃんと持って行きましたよ。
たっしゃな子だから、一生にあの薬の数ほど、
風邪をひくことはないでしょう。
会った時、私も彼女も風邪をひいていたのだった。
少女はその薬を風邪薬と信じていたのだろう。

（川端康成『掌の小説』化粧の天使達）

少年の頃に亡長兄の蔵書で川端康成の本をむさぼり読んだ。
『掌の小説』や『浅草紅団』などである。
まだ子供だったので性的には深い読解が出来なかった。
『掌の小説』では堕胎しようと東京市電運転系統図を見なが

ら男の掛声に合せて窓敷居から飛び下りて、どしんと尻餅をつく描写の「叩く子」や、「愛犬安産」という仔犬の産まれる描写などに瞠目した。

『浅草紅団』では主人公の弓子が時折、男に変装して「明公」という若者に変装したりして、いわゆる「アンドロギュヌス」（両性具有）の少女として設定されるなど「倒錯したエロチシズム」を描写するところなど大正末期から昭和初期の大都会東京下町の風俗を活写したものだと今になって判るのだ。「女であること」を必要以上に露出する舞踏団やカジノ・フォーリー、売春など肉体の商品化は現代に続く風俗なのだ。弓子が「私は地震の娘です」と言い切り、小学校五年生だった関東大震災の混迷のさなかに姉の悲恋を見たのだ。

アンドロギュヌスの聖性を帯びた美少女や、彼女と同様に、変装好きな紅団の面々。ポン引き、無頼の徒など、健全な市民から疎外された者たちを存分に跳梁させる『浅草紅団』の「アノミーそのものの世界」は、関東大震災に引続いて世界恐慌の波に洗われることになる「一九二〇年代の東京を裏返しにした陰画」を見る思いがする。

それはプロレタリア文学が夢想していた革命の設計図とは別に、川端が垣間見た地下世界（アンダーワールド）の不逞な活力を活写した、と言えるだろうか。

「地震の娘」の弓子に代わって、彼女よりも鮮明な輪郭で、算術が得意で成熟した女になりきっている「春子」。

川端自身は後年『浅草紅団』を読み返すのに四日間もかかったと「嘔吐を催すほど厭であった」と述べているが、後には『浅草紅団』を好意的に捉え『伊豆の踊子』が人々を天城越えの旅に誘ったように『浅草紅団』は昭和初年代の風俗が綴られた都市文学として新しく評価されて来たのである。

二〇〇五年にはアメリカでも翻訳されて、浅草の観光案内書として「浅草観光の上級あるいはマニア向けコース案内書」と呼ばれ、平成の今も残っている浅草独特の怪しい雰囲気を味わうことが可能だ、と解説されるに至っている。

詩　ヤコブの梯子《はしご》　木村草弥

――第二詩集『愛の寓意』所載――

或る日。

外がやかましいので出てみると
地上から一本の軌道が
エレベータを載せて
天上の宇宙静止軌道の宇宙ステーションまで
伸びていた

それは
まるで「ジャックの豆の木」のように
亭々と立っていた
上の端は雲にかかって
よくは見えない高さだった。

彼―ヤコブは夢を見た。
見よ。
一つの梯子《はしご》が地に向けて立てられている。
その頂《いただき》は天に届き、見よ、
神の使いたちが、その梯子を
上り下りしている。

（旧約聖書・創世記二八章一二節）

或る朝。
お釈迦さまが極楽を歩いていた時に、
蓮池から遥か下の地獄を　ふと覗くと
罪人の犍陀多《カンダタ》が居た。
カンダタは生前さまざまの悪事の報いで地獄に
落されていたのだが、小さな蜘蛛を助けたことがあった。
そこで　お釈迦さまは地獄の底のカンダタを極楽への

道へ案内するために、一本の蜘蛛の糸を
カンダタに下ろす。
カンダタは極楽から伸びる蜘蛛の糸を見て喜び、
これで地獄から脱出できると思った。
そして　細い蜘蛛の糸を伝って何万里もある距離を
上り始めた。
ところが糸を伝って上る途中で、ふと下を見ると
数限りない地獄の罪人たちが自分の下から続いて来る。
このままでは細い蜘蛛の糸は重みで切れて落ちてしまう。
カンダタは「この蜘蛛の糸は俺のものだ。お前たちは
一体誰に聞いて上ってきた。下りろ、下りろ」と喚く。
自分だけ地獄から抜け出そうとするカンダタの
無慈悲な心がお釈迦さまには浅ましく思えたのか、
次の瞬間、蜘蛛の糸はカンダタのぶらさがっている所から
ぷつりと切れて愚かなカンダタは再び地獄に落ちてしまった。
　芥川龍之介の見た夢の出来事である。

軌道エレベータの着想は
宇宙旅行の父―コンスタンチン・ツィオルコフスキーが
一八九五年年に、すでに自著の中で記述している。

静止軌道上の人工衛星から地上に達するチューブを垂らし
そのケーブルを伝って昇降することで地上と宇宙を往復するのだ。
全体の遠心力が重力を上回るように、反対側にも
ケーブルを伸ばして上端とする。
軌道エレベータを建設するために必要な強度を持つ
カーボンナノチューブが発見されたことにより実現したのだった。

或る日。
大きな宇宙ごみ《スペースデブリ》が
軌道エレベータに衝突して
ケーブルが切断され
何百人もの人が死んだ。

切断されたケーブルは、まだ修復が済んでいない。

散文詩　ガブリエルの乳首　　木村草弥

――第二詩集『愛の寓意』所載――

逆毛を立てたボーイッシュな髪形のガブリエルは目下、四人目の子をみごもっている。
愛妾としてアンリ四世の子を、すでに三人も産んだガブリエルだが、今また四人目をみごもり、指輪も賜わって、いよいよ王妃になろうとしている。

左側の妹がガブリエルの乳首をつまんでいるのは、乳首は「豊穣」を象徴しているからである。

アンリ四世には、マルグリット・ド・ヴァロアという正妻がいた。
カトリーヌ・ド・メディシスの娘で「淫乱の王妃」として歴史上でも名高い悪女の一人である。
政略結婚でもあり、この夫婦は最初から全くそりが合わなかった。

長く別居し、二人の間に子供は居ないのでアンリ四世は早くから離婚を申し出ていたが、王妃マルゴは頑として応じなかった。

アンリは諦めなかった。人妻だったガブリエルを見初め、夫と別れさせ、自分の子を三人も産ませたのは何としてもガブリエルを王妃の座につけたかったからである。

エンゲージリングに誓った固い約束を守りたかった。

彼は八方手を尽くし、ついにローマ法王の許可を取り付け、マルゴに対しては、全て男遊びでこしらえたものとされる彼女の莫大な借金を清算してやることで、ようやく離婚に漕ぎつけた。

さっそく結婚式の日取りが決められ、臨月の腹を抱えたガブリエルは披露宴の準備のため、一人でパリへ戻った。

もう大丈夫と油断したのだろう。それまでは片時も王の傍を離れず、戦場にまで同行していたのは、暗殺を恐れての故だ。

なにしろ王妃の実家メディチ家と言えば「毒殺」がキーワードだから。

周りは敵だらけで、ガブリエルにとっては王の愛だけが頼りだった。

パリへ帰った彼女は、イタリア人料理人の作った夕食を食べたあと、胃痛を訴え、死産するが医者は呼ばれなかった。

知らせを受けたアンリが駆けつけたがガブリエルは死の床にあった。凄まじい苦悶の形相で死んだという。権力の座に近づこうとした女性の、無念の最期だった。

フランス・ルネサンスの父と呼ばれるフランソア一世は、パリの南六十キロにあるフォンテーヌブロー（「美しい泉」の意）に新しい宮殿を建設する際、多くのイタリア人画家を招聘して内部を飾らせた。

「フォンテーヌブロー派」というのは、そのときに帰化したロッソやプリマティッチョ、その弟子たちをいう。

十六世紀半ばから十七世紀前半まで人気を独占したフォンテーヌブロー派は、件の絵の描かれたアンリ四世時代、装飾性とエロティスムを一層強め、貴族趣味的な「浴槽の美女」図を多数生み出す。

これらは歴代の王たちの浴室の間を彩った。どれもバスタブに入った女性たちという構図で芸術性には乏しいが、このガブリエル・デストレの絵のように、蠱惑《こわく》的で、謎めいた魅力のある作品もあるのである。

因みに、この絵の作者は誰かは特定されていない。

この絵は今ルーヴル美術館に展示されている。

この絵は、フォンテーヌブロー派の逸名画家の手になるものながら、主人公の辿った数奇な運命と、ガブリエル・デストレの乳首を妹がつまむという蠱惑的で、謎めいた描写の故に現代に至るまで、その魅力をとどめている。


ここで薀蓄を少し。

十九世紀以前の絵には、画家本人がタイトルをつけたものは殆ど無い。注文主から、これこれの絵を描いてほしいと頼まれて描くだけだから。署名すら、したりしなかったりだった。

だから題名や作者名は後世になって売買のための目録作成や、美術館で展示するために必要とされて付けられた。

だから題名なども極めて散文的に付けられた。

この私の詩も極めて散文的であるのも、その故である。

宿痾《しゅくあ》ということ――名医との出会い――

木村草弥

私は虚弱児として誕生した。

私は一九〇〇年生れの母の三十歳のときの子で、一九三〇年二月七日に生れた。とても寒くて、私は体の両側に陶製の蒲鉾形のゆたんぽを二個置いて寝かされていたらしい。母から何度も聞かされて、よく覚えているのである。

そんなことで「腺病質」な弱い子供であった。運動や外遊びの苦手な、内向的で本などを読みあさる子供であった。それでも年上のガキ大将などに連れられて木津川辺りに連れ出され、無理に川に突き落とされて溺れまいと必死に泳ぎを覚えたものである。

季節の変わり目などには、消化不良の食滞を起こし、お粥に梅干という流動食から始めるということを繰返していた。

これは壮年期になっても変わらず、特に梅雨期の湿気の多い、蒸し暑い気候に弱かった。

それがエアコンのクーラーが実用化されて、随分助けられた。

結核のこと

私の家は長兄の庄助が修行中に結核に感染して「菌」を持ち込んで以来、我が家は「肺病」筋となってしまった。結核は空気伝染病で、姉・登志子や父・重太郎そして私も感染して結核患者になった。庄助や登志子、それに末妹・京子も結核関連の病気で敗戦直後に死んだ。父や私が発病したのは特効薬が開発された戦後の昭和二十五年以降で、私たちは薬のおかげで生きられたのである。

父は大阪に共同で作った茶の会社の監督のために月一度ほど大阪に出向いたが昭和二十五年に泊まっていた旅館で大喀血して、数日後タクシーで、そろそろと帰宅し、そのまま祖父・庄之助が隠居用に建てておいた隠居処で療養に入った。一キロほど山手に戦争中に出来た傷痍軍人京都療養所の院長・松島先生の世話のなってポータブル・レントゲン機で往診してもらうなどした。

私は京都の大学に通学する途中に河原町の佐々浪薬局で新薬の「パス」を買いにゆく役目を負った。こんな新薬は田舎には売っていなかったし、その頃には健康保険制度なんて無いから高価な薬なのであった。

因みに父は結核はほぼ治癒していたと思われるが、その後、昭和四十年に食道癌で死んだ。

そんな父の病臥に続いて昭和二十八年に私が結核に感染して右乳首の下辺りに十円硬貨大の空洞が見つかり、コロナかドーナツ状にレントゲン画像があった。

すぐに病院に入院し、パス、ストレプトマイシン、ヒドラジッドの三者併用の治療を受けた。特にヒドラジッドが著効して、開放性の病巣だったので二か月ほどの間に大量の「痰」として排出されて空洞は閉じた。こういう「喀痰検査」の指標として「ガフツキー」という尺度があり、私はガフツキー2まで検出された。

ガフツキーは「塗沫」検査で、三か月後からは塗沫では検出されなくなり、以後は「培養検査」になるが、成績は良く、菌は検出されなかった。

数年後、私は結婚することになるが、妻や子供に感染させないか、が必須の関心事だった。

これが私の第一の「宿痾」と呼べるものだった。

腎臓結石・尿路結石のこと

壮年期を体を労りながら過ごしてきたが、体を動かそうとゴルフを始めた。

運動神経もないので上達せず、「下手だ」「馬鹿だ、ちょんだ」と蔑まれて必死でプレイしていた五十になった頃、或る朝トイレの便器が鮮血で真っ赤に染まった。

驚いて医師に診てもらって、国立京都病院(現・京都医療センター)の泌尿器科の部長先生のお世話になることになった。色々調べて腎臓結石だと判ったが、ゴルフで腰を捻るのが悪いとドクターストップがかかり、以後ゴルフは止めた。

その部長先生が定年で辞めて京都八幡病院に移られ、そこは私宅からも近いので私も先生と一緒に移った。この病院には前の病院の定年後の先生方がたくさん居られた。

その先生が亡くなられ、私は宇治徳洲会病院の泌尿器科のお世話になることになった。

前立腺癌のこと

この病院は医師がしょっちゅう変わるのが難だったが、小泉先生のときに腫瘍マーカーPSA検査で初期の前立腺癌が見つかった。

ネットで調べた結果、私は「小線源」治療を選択したが、その当時は施術しているところが少なく、私は東京都目黒区にあった東京医療センターに行った。

この「小線源」治療というのは長さ四ミリほどの微弱な放射線を出すカプセル数十個を会陰部から前立腺に打ち込むというものである。開腹による手術による神経の切断などの後遺症の危険もなくアメリカで主流の施術ということだったが、二年待ちということだった。

では、どうするのか、武田薬品が開発した世界特許、男性ホルモン遮断「リュープリン」の一か月おきの注射で凌いでくれ、ということである。帰って小泉先生にお願いして注射を続けた。

待ちの期限が来て東京に行ったら、私の前立腺の容量とかが基準を少し上回るので小線源をやった上に放射線を三十回ほど照射する必要があると言われた。

当時すでに妻の容体が悪く、東京で長期滞在もしておられないので、私は「放射線」治療を選択することに決め、京都なら、どこがいいか聞いてみた。京都大学放射線科を勧められた。

ここは私が既に調べていたところで、小泉先生と京大への紹介状を書いてもらって帰宅した。

小泉先生からは、ここの病院でも治療できますよ、と言われたが徳洲会病院には並のレントゲンの機械しかなかった。

溝脇尚志先生との出会い

溝脇先生は当時は「助手」だった。教授、助教授、助手というのがメーンの主流である。

先生は、アメリカのメモリアル・スローン・ケタリング・がんセンター医学物理学教室客員研究員で留学され、その後、二〇〇四年から講師、助教授を経て、二〇一六年に教授に昇任され、ただいま放射線治療科科長のポストに居られる。

先生のお世話になることに決めて帰宅したが、ちょうど妻の病状が悪く、なかなか私の治療に行くことが出来なかったが、或る日、溝脇先生から「どうしているのか」という電話がかかってきた。事情を説明して、ようやく妻の病状の小康の合間に、二月下旬から五月連休明けの五月中旬まで三七回の照射をやった。私の治療に使われたのは「リニアック」という機械である。

詳しくは第一詩集『免疫系』を参照されたい。

照射の効果は著しくPSAの数値も〇・一とかまで下がった。予後の観察に十年間、京大病院に通った。ガンの予後は一年、三年、五年、十年と追跡されるが、それは再発の恐れがあるからである。

私宅の近くの消防署の職員で脚の骨ガンを手術した人は何と八年目に再発して死んだ。

だから先生は予後の成績が良くても、絶対に「治癒した」とは言われない。

十年を過ぎたら、「おめでとう、完治しました」と初めて宣告された。

治療を始めてから十年、治癒宣告からも十年以上の歳月が経っている。

松井英司、佐野統先生との出会い

妻・弥生が亡くなり、私はケア・マネージャーの稲田京子さんに十年間お世話になった。

それらは第七歌集『信天翁』に載せた一連の歌や「あとがき」に詳しい。

その稲田京子さんの死後、私は自律神経失調などに陥り、かつ起居不能となった。整形外科、神経科など色々当たってみたが効果がなく、手、指などが腫れてくるので私なりにリウマチの疑いを持ち、宇治のリウマチ専門医の松井整形外科の松井英司先生のところに連れて行ってもらった。

この日は朝、ベッドから滑り落ちたら、どこにも捕まる筋力もなく、這ってタオルケットを被って、玄関の板の間に横になっていた。当日は他の整形外科に行く予約があったので次女夫妻が来てくれることになっていたのである。玄関のカギをかけ忘れていたのも幸いした。カギを空けに立つ筋力もなかったからである。

次女たちが来て、私が玄関に横たわっているのに驚き、とにかく手助けを得て食事を摂り、身支度をして松井先生のところに転がり込んだ。

二度目かの診察で「リウマチ性多発筋炎」という診断を受け、これには「ステロイド」が著効するのだが、その注射が劇的に効いた。

三度目の診察の時に、兵庫医大でリウマチ・膠原病の教授を務められた佐野統先生が京都岡本記念病院で診察されているから、これから、そこへ行け、という指示があり、午前診察ぎりぎりで診察を受けた。松井先生からは検査結果や処置の詳細が添付されて、即日から治療を始めましょう、ということになった。

佐野先生は定年で兵庫医大を退職され、丁度、建て替え移転したばかりの京都岡本記念病院にリウマチ膠原病内科を開設されたばかりだったのである。弟子を連れて来られて二、三人で診察をしておられた。そんなことで私の起居不能は解消し、以後、順調に推移した。

その間、佐野先生は、この病院の院長になられた。

二〇二〇年はじめから新型コロナの跳梁が始まり、一体どうなるのやらと騒然としていたさなか、病院の中での意見対立があったのか佐野先生は院長を辞め、連れて来られていた弟子たちも大学に帰るということが起こった。リウマチ科は名前はあるものの専門医は居なくて、総合診療科の医師が後を継ぐことになった。私も、どうしょうかと思ったが、取敢えず、近いこともあり、この病院で治療を続けることにした。

だが、ステロイドを続けていると効かなくなるようで、二〇二〇年の年末に左肩の肩甲骨辺りから肘の辺りにかけて痛みと痺れがひどくて車の運転のハンドルを持てない仕儀となった。

こうなると総合診療科の先生の手に負えなくなり、私は急遽、また松井先生のところに駆け込んだ。注射などで急場は凌いだ。

二〇二一年の正月の或る日の夕刻、右わき腹に激痛が走り四、五分油汗をかいて苦しんだ。尿路結石の痛みも経験しているので、もしや、それかと思い宇治徳洲会病院泌尿器科を受診してCTも撮ったが、医師からは尿路結石ではなく、胆嚢に影があるから、そちらで調べるように言われた。

丁度その頃、佐野統先生が伏見区の**武田総合病院**で診察しておられることが判り、以後、現在まで、そこで診察を受けている。ここは六〇〇床のベッド数の地域での基幹病院である。

この病院の案内を見ていて「胆石」外来というところがあり、胆嚢検査を受けることにした。

加藤仁司先生との出会い

加藤先生のことはWikipediaの加藤仁司の項に詳しいので参照されたい。

いろいろ検査を受け、三月中旬に加藤先生の執刀で「腹腔鏡下」手術で胆嚢を摘出した。三泊四日の施術だった。若い元気な人なら日帰りで済むということである。

開腹なら私は齢を考えて、やらなかっただろう。

臍のところに十ミリ、他に三か所に五ミリの穴を開けて器具を差し込んで腹腔鏡下で操作しながら手術するものであり、この場所は近くに膵臓などがあり熟練を要する所である。


この世は「人との出会い」によって成り立っている。悲喜こもごも起こるのも人生である。

病気の治療も「名医」に当れば幸運である。

私の場合も、何人かの名医に出会えて良かった。ここに名医たちの名前を挙げて御礼申し上げる。

有難うございます。

「宿痾」と書いたが、宿痾と思っていたのが解消し、新たな宿痾が発生する。

私の目下の宿痾は佐野統先生のお世話になっている「リウマチ性多発筋炎」ということになろうか。

イェイツの墓碑銘　　木村草弥

──第二詩集『愛の寓意』所載──

Cast　a　cold　eye
On　Life，on　Death
Horseman，pass　by！
…… William Butler Yeats

氷河によって削られ特異な形をしたベンブルベン山（五二五ｍ）の見えるドラムクリフの聖コロンバ教会。ここはノーベル賞詩人のＷ・Ｂ・イェイツの祖父が牧師を務めていた教会で、イェイツもよくここを訪ねており、ここの墓地にイェイツの墓がある。

この教会の敷地の一角には立派な「ハイクロス」があり、写真も撮った。
この特異な形のベンブルベン山の見える土地にはイェイツは幼い頃から家族で夏を過し、
この自然がイェイツの詩作にも大きな影響を与えたと言われている。
ここスライゴー郊外のドラムクリフで、イェイツは村の人々から聞いた口伝えの伝説を集め

『アイルランド農民の妖精物語と民話』（一八八八年）、『ケルトの薄明』（一八九〇年）に収めたりした。

そして民話に触発された独自の詩の世界を完成させた。

また『秘密の薔薇』（一八九六年）では、妖精や神々、英雄を登場させたりもした。


ウィリアム・バトラー・イェイツ（一八六五年六月十三日 ～ 一九三九年一月二八日）は、アイルランドの詩人、劇作家。

イギリスの神秘主義秘密結社黄金の暁教団のメンバーでもある。

ダブリン郊外、サンディマウント出身。

神秘主義的思想をテーマにした作品を描き、アイルランド文芸復興を促した。

日本の能の影響を受けたことでも知られる。


イェイツの属した、黄金の夜明け団（The Hermetic Order of the Golden Dawn）とは、一九世紀末にイギリスで創設された近代西洋儀式魔術の秘密結社である。

黄金の暁会、ゴールデンドーンなどとも訳され、ＧＤ団と略される。

この結社は一八八八年三月一日、ウィリアム・ウィン・ウェストコット、マグレガー・メイザース、ウィリアム・ロバート・ウッドマンの三人によって発足。

最盛期には百名以上の団員を擁したが、内紛により一九〇三年頃までに三結社に分裂する。

その教義はカバラを中心に、当時ヨーロッパでブームを起こしていた神智学の東洋哲学や薔薇十字団伝説、錬金術、エジプト神話、占い、グリモワールなどを習合させたもの。

教義の習得ごとに、生命の樹（カバラの創世論の図）になぞらえた位階を設定。昇格試験を経て上位の位階に進むというシステムを採用し、一種の「魔法学校」の様相を呈していた。

後の多くの西洋神秘主義団体も、このシステムを受け継いでいる。

人間の階級は当初最低が「ニオファイト」で最高が「アデプタス・マイナー」であるとされていたが、後期には指導者が勝手にそれらより上の階級である「アデプタス・メジャー」等を名乗り始める。

長らくその内容は謎に包まれていたが、イスラエル・リガルディによって出版されて公に知れることになった。なおリガルディーはのちに自宅を魔術マニアに荒らされ、コレクションを盗まれる。

これを天罰だという向きもあった。

イェイツは一八六五年　画家J・イェイツのもとに生まれる。十五歳まではロンドンで過ごす。
一八八八年　ダブリンに帰郷。父の影響で絵の勉強をしたが、むしろ文学の方面で実力を発揮した。
一八八九年「アシーンの放浪」出版。ケルトの古伝説に興味を持ち始める。
一八九二年　アイルランド文芸協会設立。
一八九九年　アイルランド国民劇場協会設立。

一九二三年　ノーベル文学賞受賞。

イェイツは一九三九年南イタリアで亡くなったが、遺言により第二次大戦後、ここに改葬されて、懐かしい教会の墓地に眠っている。

墓石には亡くなる数日前に書かれたという「ベンブルベンの麓にて」という詩の一部が彫られている。

私は、まだ詩の全文にも当たっていないが、私のやっている短歌の音数律に則って訳してみた。

Cast　a　cold　eye
On　Life，on　Death
Horseman，pass　by！

冷徹な　視線を
生に、死に　投げて
馬の乗り手は、　時の過ぎつつ　（木村草弥　訳）

墓碑には、この詩とともに、生死の年月日が刻まれている。

黒い石の墓石に白い字が印象的な、簡素な墓である。

散文詩　ピカソ「泣く女」　木村草弥

――第二詩集『愛の寓意』所載――


「キュビスム」というのは、立体を一旦分解し、さまざまの角度から再構築する描法である。

この絵は一九三七年に製作されたという。

派手な赤と青の帽子をかぶり、髪をきれいに梳かしつけた大人の女性が、幼児のように、恥も外聞もなく、ひたすら泣いている。モデルはドラ・マール。当時ピカソの愛人だった。

マン・レイによる彼女の写真が残っており、知的で個性の強い神経質そうな美人である。

ほっそりした繊細な指に長いトランペット型シガレットホルダーを挟んで煙草をくゆらす姿は、粋なパリジェンヌという雰囲気である。

実際にはユーゴスラビア人（母親はフランス人）で、父親の仕事の関係でアルゼンチンで育ったため、ピカソの母国語スペイン語に堪能だった。二十歳のころパリへ出て、マン・レイの影響を受けて写真家になり、いっとき著名な作家ジョルジュ・バタイユの愛人でもあった。

ピカソと知り合ったのは、この絵の描かれる前年、二十九歳のときで、ピカソは五十五歳だった。

ピカソの女性関係は伝説的である。

何しろ女性は彼にとってはインスピレーションの源なので、必要なときは相手が有頂天になるほど崇め、不要になればボロ雑巾のごとく捨てるだけ。みごとに誰ひとり幸せにしてやらなかった。

ドラと知り合った時期が一番混乱を極めており、先ず三十七歳のとき結婚した貴族の血を引くロシア人のダンサー、オルガが居た。二人の間には息子ひとりがある。

この正妻とは別居していたが交流はあり、財産分与を嫌って彼の方が離婚に応じなかった。だというのに、四十五歳で十七歳のマリー＝テレーズを街で見かけ「マドモワゼル、あなたは興味深い顔をなさっている。肖像画を描かせてください。私はピカソです」と傲慢に口説き——ビッグネームの芸術家しかできない誘い方だ——、実質的な妻として家を与え、子供まで産ませた。

そこへドラが新しい愛人として横入りしたという訳である。

ついでながら、ドラと付き合っている最中の六十二歳で、もう二十二歳の画学生フランソワーズ・ジローと同居を始め、またも二人の子供を作っている。フランソワーズがその子たちを連れて出て行っても、精力の有り余るピカソはすぐさま新しい四十五歳も年下の若い愛人ジャクリーヌを見つけ、正妻オルガの死去に伴い七十九歳で彼女と再婚して九十一歳という長命で大往生する。

晩年は、はるか年下の妻を母親代りに甘えきったらしいから、男性にとっての理想型と言えるかも知れない。

彼の死後、ジャクリーヌもマリー＝テレーズも自殺している。

こんな風で、古い愛人と新しい愛人は糊代のように一時期必ず重なりあったから、揉めるなと言っても無理で、ドラの立場から言えば、愛の前半には正妻と第二の妻がライバルだったし、愛の後半には更に強力な別の相手が出現し、結局、愛人の座から蹴落とされてしまった。著名人の相手になるということは、全世界から羨望の眼差しを浴びることを意味するが、その代り一旦別れれば「捨てられた女」のレッテルを貼られる。──海運王オナシスに捨てられたマリア・カラスのように。

この『泣く女』が製作されたのは、大作『ゲルニカ』完成直後である。スペインのフランコ将軍と組んだナチ爆撃機がバスク地方の無防備な古都ゲルニカを壊滅させた非道を糾弾するため、ピカソは反戦画に取り組んだのだが、製作過程をつぶさにカメラに収めたのは言うまでもなくドラだった。

たまたまアトリエにマリー＝テレーズがやって来たから、たまらない。ふたりの女は互に罵り合い、ついには『ゲルニカ』の前で壮絶なつかみ合いの喧嘩となった。嘘か本当か「俺がほしければ、ここで戦え」とピカソがけしかけたとか。

とはいえ、一九三六年から六、七年が「ドラの時代」だったのは確かで、彼女をモデルにした夥しい数の肖像画が生み出された。抽象ではなく具象のスケッチでは、頬骨の高い端正な彼女の横顔や夢みるような眼差しが、いかにも愛情こめて描かれている。

ピカソにとって、ドラは、お高くとまった貴族趣味のオルガとも、若い肉体だけが魅力のマリー＝テレーズとも全く違う刺激的なタイプだった。

過剰な激しすぎる感情を持て余し、我と我が身を削る危うさを持つドラは「よく泣いた」とピカソは言う。そうして『泣く女』シリーズの数多い作品が残された。

ピカソ自身がよく泣く男だったから、泣くことの浄化作用をよく知っていたに違いない。

『ゲルニカ』では、殺された我が子をかき抱いて吼えるように全身で泣く母を描いたが、彼はそこには涙を加えなかった。加えないことで、真の悲痛を表現したのである。


芸術家は怖い。

蜘蛛が餌食の体液を全て吸い尽すように、他人の喜怒哀楽、全ての感情を吸い取って自分の糧にしようとする。

紛れもないサディストであったピカソにとって、ドラを泣かせるのは簡単だったし、ドラもまた都合よく泣いてくれる女ではあった。彼女があられもなく泣き顔を曝すとき、ピカソの動かない目は羽をちぎられてもがく蝶をじっと観察するように眺めていたのだろう。そんなシーンを思うと怖い。

ピカソが面白いと感じる間、ドラは彼にとって必要だった。だがこれまでの女たちと同じく、やがてピカソは彼女にも飽きる。ドラは更に泣いたであろう。ドラの泣き顔は見尽したし描き尽した。

蜘蛛が干からびた獲物の残骸を網からぽいと捨てるように、ピカソはドラを捨てた。

ピカソの残酷さが遺憾なく発揮された『泣く女』は傑作となり、ドラの名前も美術史に永遠に残ることになった。この絵は、いまテート・ギャラリーに所蔵されている。

因みに、ここは、砂糖精製、特に角砂糖の特許買収・製造で財を成したサー・ヘンリー・テートが、自身のイギリス同時代絵画のコレクションを一八八九年にナショナル・ギャラリーに寄贈しようとしたことが発端である。

現在では、イギリスのロンドンなど各地にある国立の美術館群であり、テート・ブリテン、テート・モダン、テート・リバフール、テート・セント・アイヴスに分かれている。


パブロ・ピカソは一八八一年から一九七三年まで生きたが、二十世紀を代表する芸術家であり、めまぐるしく作風を変えながら生前も死後も世界的名声と人気を保ちつづけた。

つい二〇〇六年には『ドラ・マールと黒猫』がオークションにかかり、百八億円という高額で落札された。

厖大な作品量、数えきれない女性関係も含めて、ピカソという名前自体が一種のブランドなのだが、彼のフルネームを知るとまた驚く。

まるで「寿限無、寿限無、五劫の擦り切れ……」のように長い――

「パブロ・ディエゴ・ホセ・フランシスコ・デ・パウラ・ホアン・ネポムセノ・マリア・デ・ロス・レメディオス・クリスピーン・クリスピーノ・デ・ラ・サンティシマ・トリニダート・ルイス・イ・ピカソ」！

散文詩　下着ルック考

木村草弥

——第二詩集『愛の寓意』所載——


古代ギリシア風の円柱とアーチを持つ建物で、下着姿の美女が椅子に座っている。

というより、しなだれかかっている。黄色いショールだけふんわり膝にかけ、肩も腕もむき出し、胸も透け、おまけに素足で、小首をかしげ、腕の脱力さ加減といい、蠱惑的で誘惑するような眼差しといい、まるで高級娼婦が客を誘っている、とでもいうような風情だ。

とんでもない！

この絵のモデルは十九世紀はじめの、富豪の銀行家レカミエ氏の正夫人、才色兼備を謳われた社交界の華である。

当代随一の人気画家ダヴィッドの弟子フランソワ・ジェラール筆になるもの。

レカミエ夫人のサロンには、後にスウェーデン国王になるベルナドット将軍、外交官メッテルニヒ、プロイセン王子アウグスト、作家シャトーブリアンなどセレブな客人たちが集りパリ文化の一翼を担うと言われたものであった。

それもこれも夫人が「美」という絶対権力の持ち主だったからで、かのナポレオンすら彼女の魅力の前にひれ伏したと噂されていた。

ところで、この絵に描かれているのは「下着」なのだろうか。　とんでもない！

これは、れっきとした正装である。

この格好のままでオペラ座へも出かけるし、チュイルリー庭園だって散歩してしまう。

その場合さすがに素足とはゆかず、革紐付きサンダルなんぞを履く。

なぜなら、このファッションは、古代ギリシア・ローマ風シュミーズ・ドレス——ついでながら、ヘアスタイルも古代をイメージした短いくるくる巻なので、履物もそれに合わせてサンダルなのだ。

宝石は付けない。付けてもせいぜい真珠のみ。簡素がキーワードなのだ。

まばゆく輝くのは宝石ではなく、艶やかな肌であり、シースルーの布が、それを一層引き立てる。

しかもハイウエストで、そのまま真っ直ぐ下へ流れるだけだから身体のラインがくっきりと見え、すばらしい凹凸のあるスリムな女性にしか似合わない、少数限定のファッションだった。

なのに流行の最先端に飛びつく、恐れを知らない女性が多かったらしい。


透けたシュミーズ・ドレスというと、プリュードン描く『皇后ジョセーフィーヌの肖像』にも同じようなファッションが見られる。

言わずと知れたナポレオンの最初の妻にして、当時のファッション・リーダーの旗頭だった。

レカミエ夫人と瓜二つのシュミーズ・ドレスを纏い、気だるく岩に肘をついている。

歴史は繰返す。

今しも、レカミエ夫人や皇后ジョゼフィーヌの頃から二百数十年を経て「下着ルック」は益々盛んである。うら若い女の人ならまだしも、今では結構、年食った女の人も、構わず「下着」を露出する。昔は、ヨーロッパで娼婦が付けていたという足首のアンクレットが、そんな歴史を知らぬ故か流行っているのも哀れである。

レカミエやジョゼフィーヌの頃の簡素さは無くなり、未開社会さながらに耳飾り、指輪、臍飾り、腕輪を付けるのは日常茶飯事となってしまった。鼻ピアスも盛んだ。

裏DVDなどを見ていると秘処のクリトリスにピアスがしてあったりする。

今のファッションはテレビの影響が大きいらしく、テレビタレントの女性が冬でも肩や胸の露出が当たり前で、大きく襟ぐりした素肌には、じゃらじゃらとネックレスが飾られる。

刺青《いれずみ》の「のさばり」振りも目立つ。

今では横文字で「TATTOO」なんちゃって、かっこいいものらしい。

「身体髪膚これを父母に受く。敢えて毀傷せざるは孝のはじめなり」などというと古くさいが、肌を傷つけたら仲々消すのも大変なのに。

因みに『レカミエ夫人の肖像』の絵は、パリはマレ地区にあるカルナヴァレ美術館に所蔵されている。

『皇后ジョゼフィーヌの肖像』はナポレオン関連としてルーヴル美術館に展観されている。

庚申《こうしん》さんのこと

——大陸渡来の「道教」と、我が国固有の神々や仏教が混交した《庚申信仰》という奇妙な習俗——ここには比叡天台密教との関連が明らかに見られる——

木村草弥

先ずはじめに十干《じっかん》（木、火、土、金、水の五行に兄弟《えと》を配したもの）（甲《きのえ》・乙《きのと》・丙《ひのえ》・丁《ひのと》・戊《つちのえ》・己《つちのと》・庚《かのえ》・辛《かのと》・壬《みずのえ》・癸《みずのと》）は、十二の動物名である十二支と組み合わせて年月日、時、方角を表すのに使いますが、これ自体が道教の「陰陽五行」説に則ったものです。「庚申」とは、「かのえ・さる」のことであります。これが一回りしますと六十という数になり、年齢で言うと「還暦」ということになります。

庚申会、庚申待

庚申の日に寝ないで夜の明けるのを待つ行事。道教の説によると、この日、三尸（さんし）虫が人間の悪事を天帝に密告するのを恐れて、夜明かしをしてこれを祭る。仏教では帝釈天と青面金剛とを祭り、神道では猿田彦を祭る、と本に書いてあります。「庚申待」の風習は、中国から伝わって最初は宮廷貴族の間で始まり、次第に一般社会に広がった、と言われているが、この習俗を伝えた「道教」は中国の民族宗教で、朝鮮半島には早くから浸透しており、従って三韓からの渡来人と共に道教は日本に入って来た。道教は雑多な要素を含んでいるが、神学のほか、神仙説、陰陽五行説などを含み高度の学問であった。今はやりの安倍晴明で有名な陰陽道は庚申信仰と深い関係があった、と言えるでしょう。
これらの習俗が、江戸期に入って一般民衆の間に「庚申待」として、大きく広がって信仰されるようになります。

青面金剛

これは仏像ではなく、難しい話になりますが、垂迹(すいじゃく)部に属する雑尊―道祖神、三宝荒神、牛頭天王、七福神などと一緒に分類される像で、何と「鬼病を流行させる神」で、それを逆手に取って、病魔悪鬼を追払うために修されます。その形像は青身で四臂の憤怒形。中世以降は道教思想も混交して庚申信仰の本尊として祭られるに至る。帝釈天の使者で、庚申の日に祭られる薬叉神とされる。仏の慈悲を表す柔和な面相とは全く別系統に属し、憤怒相の仏が悪鬼を威嚇し、教えに従わない衆生を教化するのに最適と、密教では特に重んじられました。

日本三庚申

庚申信仰を積極的に唱導し、その普及に一役も二役も買ったのが天台宗です。主な庚申堂はすべて天台派で、江戸時代に「日本三庚申」と言われた大阪の四天王寺庚申堂、京都の八坂庚申堂、江戸の入谷庚申堂(今はない。代わりに浅草寺の庚申堂が数えられる)。四天王寺庚申堂は山門に「本邦最初庚申堂」の表札をかかげ自称、日本最初の庚申堂である。京都八坂の庚申堂は正式名を大黒山金剛寺延命院と称する天台寺。堂宇には三猿を刻んだ石碑と、無数のくくり猿、その前にある香炉の脚も三猿像である。寺伝によると本尊の青面金剛は、太秦に広隆寺を建てた秦河勝が朝鮮半島から日本に渡来した時に将来(もたらした、の意)したもので、秦氏一族の守本尊だったが、秦氏滅亡の後、ここに祭られたのが千二百年前のことです。

申(さる)→去る＝禍を去る、患いを去る、の語呂合せ

どうして、ここに「猿」が出てくるのか。この信仰の元になっているのは、極めて単純な語呂合せで、見出しに書いたような発想の連想から来ている。宇治田原の禅定寺の猿丸神社(祭神は猿丸太夫)も同様の信仰で、「できもの」＝腫れ物、悪性腫瘍など、現代病の多発に伴って多くの人々の信仰を集めるようになったと言えます。

猿田彦＝境の神

古代神話によると、猿田彦と天鈿女(あめのうずめ)の夫婦の落着き先は伊勢の五十鈴川のほとりだったが、垂仁天皇の御代に、ここに伊勢神宮造営が決り、先住の神・猿田彦の末裔・大田命が土地を献上して立ち退いた。猿田彦は、今では道祖神、路傍の石仏、男根(陽物とも言う)を象どった石などに形を変えて見られる。双道祖神は猿田彦と天鈿女を祭る。庚申堂、庚申塚は道祖神と共に、都や町、村のはずれを鎮める神、として「境の神」という性格を持つ。

十六の庚申堂も村のはずれにあること、を見てみれば、よく判るでしょう。

(後注)　この文章は、もう二十数年も前に、十六庚申堂が道路拡幅のために移転・新築されるに当り

十六自治会の求めにより、私が書いた「由来」の説明文である。

これは書面にして自治会全員に配布された。

当時この建築に携わった森島衞は、こういう歴史的な文物の保存にも熱心であったが、彼らも死んでしまい、現今の人たちは関心を持たない。哀しいことである。

原初《もとつはじめ》の美

木村草弥

――第二詩集『愛の寓意』所載――

バリ島

バリ――朝の露、昼の陽、
やがて来る濡れたような完璧な闇
バリ島に舞い下りた神々は贅沢だ
寺院は花と贈り物に満ちる
信仰ふかい人々と
蓮の花のゆっくりした開花と落花のテンポ
湧く水は渇きを知らず
大地は全てをつつんでふかぶかと呼吸する
花々は虫を遊ばせ
自らの肢体の美しさを見せつけて微笑(ほほえ)む
バリ――聖と俗との間を行き来する
原初《もとつはじめ》の美意識の島、花々満ちて

うねうねと棚田がつづく風景の
行きつく先はウブドゥの村
パンダワ王子コワラ王子の争いの
やるせない物語の影絵芝居《ワヤン・クリッ》
ガムランの楽に合せて操り師《ダラン》は
人形つかい語る叙事詩《マハー・バーラタ》を
人形は水牛の皮と骨でもって
精緻につくる心の影なのだ

仏伝図　—ボロブドール—

摩耶夫人は不思議な夢を語った、
アショカの園の昼下りのこと
釈尊の誕生を予言するバラモン僧に
感謝の布施をする王と摩耶
苦行で痩せ細った太子に
乳粥をさしあげる娘スジャータが居た
この名に因んで「めいらく」という乳製品会社が

「スジャータ」コーヒー・フレッシュを売り出した
怒り、憂いは醜い顔に彫られた
「悪い顔《ヴィルパ》」の文字を添えて
禅定とは気を集中し思惟をこらし
真理を追求《ついぐ》する姿と言う
釈尊の初転法輪の力によって
バラモン僧は比丘《びく》になった
百二十一面目のレリーフの「仏伝図」
涅槃まで描かれずここにて終る
第一円壇ま東に向くストゥーパは
幸運を招くとみな像に手を伸ばす
たたなわる巨《おお》きな石塊のシルエット
平原に赤い夕陽が没してゆく

王道―カンボジア　木村草弥

――第六歌集『無冠の馬』所載――

『王道』―La Voie Royale―

クメールの統べし五百年の栄華の跡ひそと佇む然《さ》れども峨々と

しかけたる猪の罠も錆びつかせ闇を抱きて密林ねむる

《ながく夢を見つめる者は自《し》が影に似てくる》といふインドの諺

P・ボワデッフル言へり《『王道』は狂ほしきバロックのごとき若書き》

「若い時は死とは何かが判らない」初対面のクロードにペルケン言へり

シレーヌの素肌に夜と昼が棲む、さて、やさしさを縛つてはみたが

シェムリアップ

ゲートありて遺跡見学証ことごとに見せつつ通る真夏日の下

見学証三日通用にて四十米ドルなんでも米ドルが通用する国

休息のホテルの昼に同行のU氏離婚の秘め事洩らす

アンコール・トム

アンコール・トム築きしジャヤヴァルマン七世は仏教徒にて慈悲深しといふ

回廊の浮彫に描くはトンレサップ湖に魚をすなどる漁師の姿

闘鶏にチェスに賭事なす人ら食事の民も生活《たつき》ほほゑまし
クメールとチャンパの戦ひ水上の戦闘のさまつぶさに彫れる
象の隊、騎馬隊、歩兵びつしりとクメール軍の行進のレリーフ
バイヨンの仏塔の四面は観世音菩薩の顔にて慈悲を示すや
されど君、説かるるはクメールの言ひ分ぞ正義はいつも支配者の側に
海の民たりしチャンパは越南の大国にして富みてゐたりき
富める国チャンパの財宝かすめむとクメール軍の侵ししならむ
チャム族は今は貧しき少数民族ヴェトナムの地に祖神を守る

タ・プロム

巨いなる榕樹《スポアン》はびこるタ・プロム堂塔は樹にしめつけらるる
大蛇のごと堂にのしかかり根を下ろす榕樹のさまも中央回廊
石組の透き間くまなく根と幹が入り込む景は霊廟タ・プロム
たけだけしき植物の相も見せむとて榕樹を残すも遺跡政策

スラスラン

王と王妃の沐浴せる池スラスラン七つの蛇神（ナーガ）のテラスありたり
水浴場《スラスラン》はポル・ポト統べし時代には稲田にされしとふ広らなる池

アンコール・ワット

大き池わけて詣づる西参道アンコール・ワットに我は立ちたり
五つの塔を水面に映し鎮もれる寺院の空に浮かぶ白雲
王都《アンコール》なる寺院《ワット》とし建つる大伽藍ヴィシュヌの神を祀りゐるなり
中央塔と第一回廊の角を結ぶ線が一三五度の二等辺三角形
西面が正面たるは施主たりし王の霊廟のゆゑと伝ふる
寛永九年森本右近太夫の落書きは仏像四体を奉納と記す
西面は「マハーバーラタ」描きたり即ち古代インドの叙事詩
行軍するスールヤヴァルマン二世その先に天国と地獄の浮彫ありぬ

乳海攪拌

ヴィシュヌはも神八八人阿修羅九二人もて蛇を綱として海を攪拌させせつ
「乳海攪拌」さながら交合のエロスに似てそこより天女アプサラ生《あ》れたり
王なべて不老不死を願ふもの「攪拌」ののち妙薬・甘露得しといふ
王子率《ゐ》てラーマ軍が悪魔ラヴァーナ討つ猿が王子を助くる逸話
ラーマ王子はヴィシュヌ神の化身その顔をスールヤヴァルマン王に似せたり
這ひ登る第三回廊への石階は石の壁とふ譬《たとへ》ふさはし
中途にて凍《フリーズ》れるごとく女人をり登るより下りが怖き急階
歯を見せて笑ふ女神《デヴァータ》めづらしと見れば豊けき乳房と太腿

回廊の連子窓に見放くる下界には樹林の先にシェムリアップの町
夕陽あかき野づらの果てを影絵《シルエット》なして少年僧三人托鉢にゆく
クメールの大平原に太陽が朱の玉となり落ちてゆきけり
地雷に脚を失ひし人老いも若きも寺院の門《かど》に物乞ひをせり

バンテアイ・スレイ　―東洋のモナリザ―

『王道』を読みしも昔はるばると女《バンテアイ・スレイ》の砦に来たれる我か
クララ率《ゐ》て女神像盗み捕縛されし逸話はマルロー二十二歳
マルローが盗まむとせる女神像《デヴァータ》ひそやかなる笑みたたへてをりぬ
ラージェンドラ・ヴァルマン二世建てしとふ赤褐の塔千余年経《ふ》る
「東洋のモナリザ」と評さるる女神とて汗あえて巡る午後の祠堂を
ひと巡りにて足る寺院ロープ張りて女神と我らを近づけしめず
蓮の台《うてな》ゆ股に女を挟みその胴に爪をたつるヴィシュヌ神はも

トンレサップ湖

牛に引かす荷車に木舟のせてゆく先は湖トンレサップか
水牛に水浴びさせる少年の総身に水滴したたりやまず
竹編みて作る「もんどり」田の溝を溯る小魚とらへむがため
砂洲にある小さき学校フランス語の看板かかぐトンレサップ湖畔

湖の筏の生簀に飼ふ鯰《なまず》たけだけしくも餌に飛びつく
果てもなく広がる湖その先は大河メコンに連なるといふ
魚醤にて食へば思ほゆ湖の網にかかりし小魚の群
椰子の実に大き穴あけて供さるる果汁ははつか青臭かりき
素はだかに濁れる水に飛び込みてはしやぎゐる児らに未来のあれな

ギリシアの歌　補遺

クノッソス宮殿——ギリシア・クレタ島——

聖なる蛇飼はれてゐたる筒ありぬ地母神崇むるミノア人のもの
乳ふさも露はに見せて地母神は聖なる蛇を双手に握る
石棺の四面に描くフレスコ画ミノアの人の死者の儀式ぞ
いにしへの王の別荘より出でしゆゑ「アギア・トリアダの石棺」と名づく
〈フエストスの円盤〉に記す線文字Aいまだ解読されぬ象形渦巻く
「ユリの王子」と名づくる壁画は首に巻く百合の飾りをしてゐたりけり
高き鼻の巫女《みこ》の横顔《パリジェンヌ》は前十五世紀の壁画の破片
ティラ島の火山爆発しクレタなる新宮殿崩壊すBC一四五〇年

八十隻の船団を率《ゐ》てトロイなる戦に行けるイドメネアスいづれ
黒衣なる聖職者が八百屋の店先で買ふ葡萄ひと房
タベルナでゆふべ出会ひし美青年　今日はゲイのカップルでビーチを

スリランカの歌　木村草弥

——第六歌集『無冠の馬』所載——

インド洋のひとつぶの涙—スリランカ

亜大陸インドの南ひとつぶの涙を零(こぼ)ししやうなり、スリランカ

スリランカ「光り輝く島」と言ひ誇りも高く彼ら口にす

—六世紀編纂の本『マハーワンサ』王権神話—

シンハラ人に言ひ伝へあり「ライオンを殺した者《シンハラ》」とふ建国神話

西風に乗りて来たりしマルコ・ポーロ「世界で一番すばらしき島」と

タミル人「解放の虎」テロ止めて一年たつと言ひ祝賀の旗たつ

二〇〇三年春日本にて停戦の会議あると聞くうれしきことなり

—BC十世紀の神話—

ソロモン王がシバ女王に贈りたる大きルビーはスリランカ産てふ

野生象三千頭ゐる密林の径にうづ高し象のうんちは

「アーユ・ボーワァン」

「アーユ・ボーワァン」便利な言葉こんにちは、有難う、さようならにも

長寿《アーユ》が延び《ボー》ますやう《ワァン》にの意なるとガイド氏言へり、合掌して言ふ
ガイドなるヴィプール君言ふVIPULは「人気がある」意とほほゑみにけり
我らまた彼らにならひ何事にも合掌して言ふアーユ・ボー・ワァン
まとはりつく物売りの子に合掌しアーユ・ボー・ワァン言へば渋き顔せり
この場合「かんべんしてね」の意味ならむしつこき売り子のたじろぎたるは

キャンデイ

―キャンディ湖畔の仏歯寺あつき信仰を集める―

レイに良し仏花にも良し五彩あるプルメリアの花季《とき》とはず咲く
夕まけて涼風たつる頃ほひに灯《あかり》を点して仏歯寺混みあふ

―キャンディ郊外ペラデニヤ植物園、十四世紀の王バーフ三世が娘のために創立―

TVのこの木なんの木気になる木モデルの大樹フィーカス・ベンジャミナ
長寿番組「世界不思議発見」のテーマ曲に映す傘状の大樹
樹の下に入れば太き枝いり組みて八方に伸ぶる壮んなるかな
熱帯にも季節あるらし花の季《とき》は十二月から四月と言ひぬ
植物の相《ファウナ》にも盛衰あるらむか絶滅危惧種の双子椰子とふ
スリランカの食事は「カリー」指先でおかずを飯に混ぜて食する
外つ国人のわれらもぢかに指先で食べてみたれば彼ら喜ぶ

クレープの皮のやうなる「ホッパー」に好みのおかずを包みて食べる

「セイロン紅茶」

紅茶の産地ヌワラエリヤは高地にて涼しく気温二十度といふ

ヌワラエリヤは気候温和イギリス植民地には避暑地となりぬ

「セイロン紅茶」 いまも紅茶の最高峰爽やかな香気と深い水色

紅茶の工程─萎凋↓酸化↓揉捻↓篩ひ分け、なり

アヌラーダプラ

─紀元前五世紀、最初の古都アヌラーダプラ─

ティサ池に影を映せる大岩をえぐりてなせる御堂と仏塔《ガーダハ》

金色《こんじき》の涅槃仏据ゑし本堂は浅草寺の援けに彩色せしてふ

恋ほしもよサーリヤ王子と俗女マーラ刻める石は「恋人の像」

もと椰子のプランテーションたりしゆゑPalm Garden Village Hotelと名づく

客室はコテージふうに疎らなる林の中に配されてゐつ

ひろらなる湖《うみ》につらなる庭にして野生の象も姿見すとふ

ミヒンタレー

プルメリアの花咲く石階六百段はだしにて登るアムバスタレー大塔

陽にやけし岩のおもてが足裏に熱き苦行の岩山のぼる

向ひあふ丘の頂に真白なるマハー・サーヤ大塔の見ゆ

ポロンナルワ

ワタダーギヤ、ハタダーギヤとて大小の仏塔あつまるクォード・ラングル

―十世紀から十二世紀にシンハラ王朝の首都ポロンナルワは巨大な人工池のほとり―

乾きたる此の地に水を湛へしは歴代の王の治世ぞ池は

クォードとは四辺形の意、城壁に囲める庭に建物十二

見学の中学生多し観光客に英語で質問せよとの課題

ガル・ヴィハーラ

涅槃像、立像、坐像巨いなる石の縞見すガル・ヴィハーラは

立像は一番弟子なるアーナンダ涅槃に入りし仏陀を悲しむ

なだらかなる姿態よこたへ仏陀はも今し涅槃の境に至るか

足裏と頭ささふる枕にみる渦巻模様は太陽のシンボル

シーギリヤ・ロック

―シーギリヤ―岩壁のフレスコ画は五世紀のもの―

然とシーギリヤ・ロック巨いなる岩現れぬ密林の上に

いづこにも巨岩を畏れ崇《あが》むるかシーギリヤ・ロック地上百八十メートル

父殺しのカーシャパ王とて哀れなる物語ありシーギリヤ・ロック

―鉄製ラセン階段は一九三八年にイギリス人が架けた―

あえて息せき昇る螺旋階ふいに現はるシーギリヤ美女十八

草木染めに描ける美女《アプサラ》は花もちて豊けき乳房みせてみづみづし

ターマイトン土で塗りたる岩面に顔料彩《あや》なり千五百年経てなほ

貴《あて》なる女は裸体、侍女は衣《き》被て岩の肌《はだへ》に凛と描ける

―一九六七年バンダル人が侵攻し多くのフレスコ画を剥がす―

日は五百を越ゆるフレスコ画の美女ありしといふ殆ど剥落

獅子《シンハ》の喉《ギリヤ》をのぼりて巨いなる岩の頂に玉座ありしか

シンハ・ギリヤいつしかつづまりシーギリヤ仏僧に寄進されし稀なる王宮

聞こゆるは風の音のみこの山に潰えしカーシャパ王の野望は

ダンブッラ

五つある石窟寺院は歴代の王が競ひて造り継ぎてし

はじまりはワラガムバーフ王がタミル軍を破りて建てしよBC一世紀

ダンブッラ寺の由来は「水の湧き出づる岩」とふ意味に因める

第二窟マハー・ラージャ・ヴィハーラとは偉大なる王の意、仏像五十六体

ジャヤワルダナ全権大使のこと

一九五一年九月サンフランシスコ対日講和会議の時、

セイロン全権大使ジャヤワルダナ（後の大統領）は、
ソ連の対日賠償の過大な要求を盛り込んだ修正条項に反対して、
仏陀の言葉を引いて、参加国に寛容の精神を説いた、という。
日本は、この恩義に報いるため、スリランカには多額の借款や
援助の手を差し伸べている。
現在の首都ジャヤワルダナプラの名は、この人の名を採っている。
首都スリー・ジャヤワルダナプラ通称コーッテは
十五世紀のコーッテ王国の名に因む。

「スリー」光り輝くさまと言ひスリランカの「スリ」も同じ意味なり

―つい数年前までタミール人「解放の虎」テロとの血みどろの抗争があり、大統領が訴へた―

「憎しみは憎しみにより止むことなく、愛により止む」ブッダの言葉

―Hatred ceases not by hatred , but by love ―

―ゴール・フェイス・グリーン―

インド洋より吹きくる風も心地よし凧あげする人あまた群れゐつ

フランスの美しき村　木村草弥

——アルザス・ブルゴーニュ——

——第六歌集『無冠の馬』所載——

フランスの美しき村

「フランスの美しき村」訪ねむとはるばる来たるブルゴーニュ此処

ビジネスクラス隣席のサマール・ケリー女史ダン・ブラウン新作『インフェルノ』読む

アルフォンス・ドーデ『最後の授業』独仏支配交替のアルザスの悲哀

巨いなるドームのごとく横たはるストラスブール駅朝もやの中

サマータイムなれどももはや九月下旬、午前七時はいまだ暗いよ

キッシュ—練りパイ生地にベーコン野菜クリームを入れチーズを振りかけて焼き上げる

角形のキッシュ出でたり素朴なるアルザス・ロレーヌの郷土料理ぞ

街中を出づれば田園は霧の中、濃き朝霧は「晴」の予兆なり

小フランス地区—ストラスブール—

ドイツ風の木組みの家多し、ドイツの原型たりし神聖ローマ帝国

木組みなる「小フランス」地区イタリア戦争帰りのフランス兵が休息

その町で性病流行し患者たちを隔離せし病院を「小フランス」　と蔑称
じめじめしたる不衛生なる水辺、　革なめし業や漁師の住みたる一郭
「小フランス《プチット・フランス》」　木組みの家の景観を売りものにして今は観光地
「プチット・フランス」　名前も家並みも可愛いいエリヤとなりぬ

リクヴィル村—アルザス・ワイン街道—

街道沿ひはぶどう畑つづき木組みの家が点在する可愛いい村を縫つてゆく
「美しき村」　のひとつリクヴィルここも昔ながらの木組みの家並
リクヴィル村役場HOTEL DE VILLEの文字も彩《あや》に花もて飾る
昔ながらの菓子クグロフや塩からきプレッツェルも並べて売らる

タルト・フランベ

アルザス風タルト・フランベ日本のお好み焼にさも似たるかな
パン生地を薄く伸ばしスライス玉ねぎ、　ベーコン、　生クリームを載せ強火の窯で焼く
ピザとの違ひ　チーズは使はず身近なる食材使ひシンプルに作る
フランベとは料理用語で「燃やす」　謂。　短時間で出来るパンの意ならむ

オベルネ—九月二十二日

近在の村人総出に繰り広げるオベルネ収穫祭に人ら蝟集す
小さき村オベルネ人口数百人、　万余の人ら駐車場に溢る

ヴェズレー――サント・マドレーヌ聖堂

ブログ友M氏は建築学徒ヴェズレーの聖マドレーヌ寺院が卒論なりといふ
なだらかな丘に広がるサント・マドレーヌ教会、世界遺産なり「ヴェズレーの教会と丘」
聖マドレーヌそは「マグダラのマリア」かつては娼婦、悔悛し復活したキリストを最初に見し人
この丘はサンチァゴ・デ・コンポステーラ巡礼路の出発点のひとつ、ホタテガイの舗鋲
物語的な柱頭彫刻、旧約に取材す「エジプト人を殺すモーゼ」といふものあり
物語的な柱頭彫刻はロマネスク建築に始まると書誌いふ
少年ダビデが巨人戦士ゴリアテを倒す物語、信仰篤きダビデの勇気を讃ふ
字を読めぬ人が大半なりし昔、絵解きで諭す柱頭なりぬ

ベッコフといふ郷土料理の由来

かつて月曜日はアルザスの主婦らの洗濯日なりき、手仕事の一日掛りの大仕事

前日の日曜日の夜。牛、豚、羊やらの肉の切れ端を白ワインと一緒にベッコフ鍋に漬け込んだ
翌朝その鍋に野菜やら何でも入れて馴染みのパン屋に預けた

牛肉はカトリックを豚肉はプロテスタントを羊肉はユダヤ教を表すと言へり
パン屋は預かったベッコフ鍋にパン生地の余り物で隙間を押さへ余熱の石窯に入れてあげた
仕事の帰りにベッコフ鍋を受け取るとうまい具合に鍋料理が完成してゐた
ベッコフとはアルザスの土鍋 La Beackoffe パン焼窯から出来たアルザス語

ロマネ・コンティのワイン畑

夕食はブルゴーニュ名物「ブフ・ブルギニョン」ブフとは牛肉の意、赤ワイン煮なり

グラン・クリュ街道なる葡萄畑の丘「コート・ドール」ゆく、黄金の夕焼け

バス途上、銘酒「ロマネ・コンティ」の畑を見むとて写真撮るなり

バスまたタクシーに畑を見にくる人多し。タクシーで乗り付けし中国人たち

「ロマネ・コンティ」年間六千本のみ瓶詰と言ひ、されば一本数十万円の高値

消えかかりし石のプレート石垣に嵌め込みたりな「ロマネ・コンティ」

エスカルゴ

ブルゴーニュ名物のかたつむり料理、ガーリックとバター風味のエスカルゴ

かつては葡萄の葉につく害虫たりしが食べたら美味と飼つて当地名産に

「フランスの美しき村」——ワン

リヨン北西四十一キロ　もとワン城の城壁の村、いまはニズィ門残る

ワン村の人口五二三人、九月最初の週末に音楽祭を開く

高みより見放《さ》くれば周りみなボジョレ・ワイン畑が果てなくつづく

「ボジョレ・ヌーヴォー」新酒解禁売り出さるフルーティなれど好みさまざま

デイジョン

中世のブルゴーニュ公国の首都デイジョン「金羊毛騎士団」活躍せりき

ブルゴーニュ大公宮殿いま市役所と美術館として威容見すなり
ノートルダム・ド・デイジョン教会ゴシックなり六世紀作「黒い聖母像」置く
一五一三年九月司令官ルイ・ド・ラ・トレモイユ四〇万エキュもて「黒い聖母」に捧ぐ
ディジョン名産マスタード老舗MAILLEの店リベルテ通り百貨店ラファイエットの前
創業一七四七年の伝統と言ひ誇りを持つて商ひをする
われもまた商人の裔《すゑ》、商人《あきうど》の矜持もふかく肯《うべな》ひにけり

コルマール

コルマールも木組みの家並美しく「小ベニス」とふ水路の辺り
どの家も木組みの窓辺に赤きゼラニウムの花籠吊るす
コルマールかつての神聖ローマ帝国の自由都市、アルザス「十都市同盟」
最古の文献は八二三年、コルンバリウム鳩小屋の意味とし伝ふ
コルマールいまは電機部品製造、製薬業　十一万六千の人口擁す
コルマール郊外に日本企業あまた進出、日本語補習学校ありといふ

ワインの聖地ボーヌ

ボーヌのオスピス——一四四三年ブルゴーニュ公国の宰相ニコラ・ロランが創設。
入院の条件は貧者であること。無料で施療した。
王侯貴族から寄進された葡萄園で生産したワインで費用をまかなつた。

「神の宿《オテル・デユー》」と呼ばれし施療院、屋根瓦が黄、赤、褐色と文様うつくし
「栄光の三日間」と称するワイン祭、ワイン・オークションはその年の相場占ふ
わが畏友・田辺保の本『ボーヌで死ぬということ』彼はカトリック信者だつた

リヨン――美食の街

フルヴィエールの丘より見渡すリヨンの街、ここは黄金の聖母を頂く大聖堂
リヨン都市圏一六四万人を擁し古くよりヨーロッパ一の絹織物の産地
われの住む所は金糸・銀糸生産の日本一。金糸の輸出先はここリヨンといふ
祇園祭の鉾に掛かれる「胴掛」のゴブラン織はリヨン産なり
ヌーヴェル・キュイジーヌ」創始者ポール・ボキューズ一九六五年獲得の三ツ星いまも保つ
「メール・ブラジェ」女性として初めてミシュラン三ツ星獲得その弟子の一人がポール・ボキューズ
明日帰国の一夜われらはボキューズの弟子の店にてささやかなる晩餐

キュクロプス　木村草弥

――第二詩集『愛の寓意』所載――

怖い夢を見ていた
それは　まるで
ルドンの『キュクロプス』という一つ目巨人の絵そっくりだった

花咲く野に、裸身の若い女が眠っている。
背後の岩山から一つ目の巨人が覗き見ている。
絵は夢の中の出来事のように曖昧で色も形も混じりあい、
女の顔も定かではない。
足元も大地に吸い込まれ、空も不思議な色合いに曇っている。
ただ、一つ目巨人だけははっきりした輪郭で描かれ、
その黒々とした目ばかりが覚醒している。
絵は妙に粘りつくような怖さを表す。

話は　ギリシア神話に発する。
キュクロプスとは「円い目」を意味するギリシア語から来ている。
それはウラノスの子供たちの総称なのだが、一つ目の醜い巨人だったので
父親に疎まれ、長く地底に閉じ込められていたのをゼウスに救われる。
優れた鍛冶師となった彼らは、ゼウスの武器となる雷電を、
お礼として作ってやったという。

この絵の主人公は、キュクロプスたちの中の一人の「ポリュペモス」だ。
彼はアイトナー火山の洞窟に住んでいたが海のニンフ「ガラテア」を見かけ、
激しく片思いする。乳白の肌をした美しいガラテアには人間の恋人アキスが
いたので相手にしなかったが、つきまとう。
この絵は、そんなポリュペモスが、眠るガラテアを物陰からじっと見つめる
シーンなのだ。
或る日、海辺でガラテアがアキスと戯れているのを見かけたポリュペモスが
嫉妬して大岩を投げつけアキスは大岩の下敷きになって死んでしまう。
愛が憎しみに変わるときには暴走する。現代までに続くストーカーの系譜だ。

このギリシア神話のエピソードは多くの画家に採り上げられ、さまざまに描かれてきたが、不気味さと独創性に於いてルドンの絵を超える作品はない。

それにしても何故ルドンは、報われない愛の悲劇性を表現するのに、幼児的ポリュペモスというイメージを使ったのか。

それは、ルドン自身の生い立ちに遡らなければならない。

ルドンは生後わずか二日で里子に出されてしまった。何か複雑な事情だろうが、兄は両親のもとで愛情ふかく育てられていると知ってからは、ルドンは母親に疎まれたためと信じていた。

「私は暗闇を求めた。大きなカーテンの陰、室内の暗い片隅、子供部屋に隠れることに、私は奇妙な喜びを感じていた」。

孤独を好むルドンは、モネやロダンと同じ一八四〇年生まれ。

翌年にはルノワールやモリゾが生まれたし、まさに光と色彩の印象派全盛の時代を黒一色の木炭画ばかり描く孤高の画家として生きた。

空に浮かぶ首や眼球、渦巻く死のイメージ、この世ならぬ植物群。

象徴派の詩人マラルメに絶賛され、ようやく六十歳近くになって彼の真価が認められるようになる。それとともに作品にも色彩があふれはじめる。
黒い栓が外れて、色がこぼれ出すように、パステルのやわらかな花の絵、人々をうっとりさせる豊穣な花の絵が次々に生み出された。

クレラー＝ミュラー美術館で
この絵を見たのは　もう二十年も前のことだ
この絵は六四×五一センチの大きさで
さほど大きなものではない
それが私の夢の中では　とてつもなく巨きな一つ目で
私にのしかかって来るのであった
今ごろになって
夢の中に　この一つ目の巨人が出てくるなんて

私は夢から醒めて　茫然として蒲団の上に　座っていた。

散文詩　パリスの審判

木村草弥

――第二詩集『愛の寓意』所載――


ギリシア・ローマ神話には、まるで歌舞伎の因縁話のように、宿命の罠が過去・現在・未来にわたって網の目のように張り巡らされているのが判るだろう。

天上界の神々も地上界の人間も、ただ操られるマリオネットのように、進む道は予め定められているのである。


トロイア戦争もまた、起こるべくして起こった。

そもそもの始まりは、トロイア王妃が息子パリスを産むときに見た、国が炎上するという縁起の悪い夢である。

占い師たちは、この夢を「トロイアはこの子が原因となって滅ぶ」と解釈し、王は進言を容れて我が子を殺すべく、イデ山中へ遺棄させる。ところが、赤子のパリスは羊飼いに拾われ、無事に成人して羊飼いになった彼は、何も知らないまま「運命の時」を待つことになる。

ちょうど同じ頃、天上界では、ペレウスとテティスの結婚式が行われていた。

神々の中でただひとりエリスだけが――諍いと不和の女神だから――招待されず、怒った彼女は宴席に黄金の「りんご」を投げ入れた。そのりんごには「最も美しき者へ」と記してあったから騒ぎが起こった。

ヘラ、アテナ、アフロディテという、いずれ劣らぬ美貌自慢の三女神による奪い合いになってしまった。

三人は判定をゼウスに求めたが、誰を選んでも碌な結果にならないのを知る彼は、他の者に、その割に合わない役目を押し付けることにした。――それが地上のパリスという次第。

パリスはさぞや驚いただろう。いきなりゼウスの息子ヘルメスに連れられた三女神が現れ、目の前で裸身を曝し一番きれいなのは誰か、と眦を決して問われたのだから。

しかし、この美人コンテストは公明正大というわけではなく、三人が三人とも、パリスを買収にかかる。

選んでくれれば見返りとして、ヘラは広大な領地と絶大な権力を、アテナは輝かしき戦勝を約束する。

アフロディテは人間界における最高の美女―スパルタ王の妻ヘレネ―の愛を与えるという。

かくしてパリスはその後すぐ、アフロディテの手助けによりスパルタから王の妻ヘレネを誘拐、愛の悦びを満喫できたのだが、スパルタ側は王妃奪還を旗印にトロイアへ攻め込んで来る。パリスの審判で恥をかかされたヘラとアテナが当然ながらスパルタに肩入れし、占い通りトロイアは滅亡、パリスも戦傷がもとで死んでしまい、トロイア戦争の序章となるエピソードは、ここに終る。

数あるギリシア神話の中でも「パリスの審判」は古代から人気が高く、絵画の題材として度々採り上げられてきた。

有名なストーリーなので、画家としても、それぞれに異なった美を持つ三女神のヌードを描き分けたり、イデ山という自然描写も腕の見せどころになる。

クラナッハ、パロット、ロラン、ヴァトー、ルノワール、クリンガーなどの作品がよく知られている。

ルーベンスに至っては、わかっているだけでも七点もの同名異作を—それだけ注文主が多かったということである—を残している。中でももっとも優れているのが、ロンドン・ナショナルギャラリー所蔵の一点である。

ところで、ルーベンス描く裸婦の、背中にまでたっぷり肉のついた豊満すぎるヌードを、現代の我々が美しいと感じるには少なからず違和感があるだろう。

ルーベンスの凄さは判るけれども、あのぶよぶよした肉塊は嫌いだと公言する人も少なくない。

だが、十七世紀フランドルの人々にとっては、こういう肉体こそ「豊穣」のシンボルだったのだ。

つまり、我々には大柄すぎ、肉づきが余分すぎ、官能と無縁に思える肉体こそ、当時の鑑賞者にとっては目も眩む美女であった。胸の大きさより腹部のふっくら感、引き締まった筋肉よりも垂れるほどの脂肪が好ましいと思われていたのである。

ルーベンスの巧みな筆によって、そうした彼女たちの豊かな身体は独特の複雑な捩れを見せ、それによって柔肌の温もりや甘い芳香すら漂わせているのだ。

そして三人それぞれ異なったポーズをとっているため、あたかも彫刻を見るように、正面、横、バックと、三方向から裸体美を堪能できるのである。

古典への教養を積んだルーベンスは、さまざまなアトリビュート――その人物を象徴し、正体を明かすもの――を効果的に、しかもさりげなく画面にちりばめた。

黄金のりんごを持つ若者がパリスだということはすぐに判る。彼は羊飼いだったから、粗末な姿(なり)をして長い杖を手にし、足元には牧羊犬をはべらせている。後方には羊たちが草を食むのも見える。パリスの傍に立つ男性は帽子が目印だ。ペタソスという丸く浅い帽子に二枚の翼。これはヘルメスだけがかぶるもので、画面では見えないが翼つきサンダルとともに、鳥より速く飛ぶ彼の能力の源となっている。

もうひとつのアトリビュートは、左手に持つカドゥケスと呼ばれる小さな杖で二匹の蛇が巻きついている。

これは伝令の標識であり、これさえ示せばどこへ行くにも安全が保証された。

三人の美女たちへ移ろう。

豪奢なマントを羽織った後ろ姿の女神は、ゼウスの姉であり、かつ正妻のヘラである。最高位の女神たる自尊を示す彼女の聖鳥――孔雀が足元に絢爛たる尾羽を伸ばしている。その羽に光る眼の模様は、百眼の巨人アルゴスが死んだとき、彼女が記念にえぐり出して付けされたものと言われる。横顔の女神がアフロディテ。春の女神であり、生殖と快楽を司る彼女には、小さな翼を持つエロスという息子が居る。母の後ろでその子供が彼女の脱ぎ捨てた衣装を片付けている。正面に向いた姿は、闘いと知恵を司る処女神アテナ。父ゼウスの額から、兜・槍・楯の完全武装で生まれてきたアテナなので、足元の立派な兜がアトリビュートになっている。背後の樹上に止まっている知恵の鳥フクロウも彼女の持ち物だ。もうひとつ、枝にぶら下げた丸いものに何やら恐ろしい顔が映っているが、これは楯で、護符としてメドゥーサの首を付けている。

こうして役者が揃った。いよいよ、たった一枚の画面でストーリーが展開される訳である。物語画家としてのルーベンスの力量には比類がない。アトリビュートの配置も完璧だし、人物群の計算し尽された動きによって、今ここに何が起こるかが手に取るように判る。

パリスは黄金のりんごを、ためらいもなくアフロディテへ差し出す。彼女が語って聞かせた人間界一の美女——ヘレネと、これから味わう快楽に、早くも興奮を覚えながら。

ヘルメスは、パリスが権力や戦勝を選ばなかったことに驚いてはいない。近づいてくるアフロディテに目を奪われている。

アフロディテは恥じらいがちに黒マントを胸にあて、だが勝利にほくそ笑みながら、美の証のりんごを受け取るために一歩を踏み出す。

ヘラの表情は見えないが、彼女の怒りを代弁した孔雀が、パリスの犬に向かって吼えかかっている。アテナだけがまだ勝敗を知らず、最後の一枚である薄布を脱ぎ捨てるところだ。今にも乱れた髪をひと振りしそうな潔さで。

パリスがアフロディテに黄金のりんごを渡すと決めた今このとき、トロイア戦争は既定路線となったのだ。

ピーテル・パウル・ルーベンスは、天に贔屓にされた幸運の画家だった。

健康に恵まれ、人好きする容姿、円満な人格、最良の伴侶、数か国語を自在に操る語学力、並はずれた古典の教養、優れた経営の才、外交官としての成功、その上さらに芸術家として空前絶後ともいうべき栄達だ。

フランドル派絵画の黄金期を築いたのがルーベンスだということに異を唱える人は居ないだろう。多数の弟子をかかえた彼の工房は、二千点を超す作品を生み出し、巨万の富を築いた。エピソードも多い。

この天才は、タキトゥスをラテン語で原語朗読させながら絵を描き、なおかつ来客の応対と手紙の口述筆記を同時にできたそうである。

彼の作品からは、自分を、人生を、女性を愛し、この世に満足した人間、この世の美の全てを官能的に味わう術を身につけた人間の幸福感が伝わって来る。

一枚の絵　　木村草弥

ふるさとを出でて五十年経し友が「故郷」と名づけし絵をゑがきたり
丘の楢の梢の上にうかぶ白き雲ひとつふたつ三つ描く友の絵
裸木のくぬぎの景色鮮けく雪と冬と友の記憶幼し
春めきて木津川の水ぬるみつつ宙天たかく雲雀があがる
田舎より街に暮すが長しと言ひ友は土色の絵の具《チューブ》をひねる
友の父が訥々と生きし田園は友が心のうちなる「土色」
真夜冷ゆるしじまの声のごとくにも蝕まれたる原風景ぞ
一枚の絵が出来あがる過程《プロセス》に五十年の歳月かなし

大津曳山祭　―十月十日―

天孫神社

天孫と名づけし社に十三の山車《だし》うち揃ひからくり奉ず

孔明祈水山

所望所望の声とび交へば孔明は扇ひらきて水湧かしめつ

西行桜狸山

コンチキチ祭囃子を響かせて西行桜の狸山曳く

所望され西行法師は花の精と問答しをり「くじ取らず山」

袴にも家紋の入れる盛装に西行桜の狸山曳く

龍門滝山

所望は龍門の滝に鯉のぼるからくりの銘は宝暦十二年

源氏山

石山に紫式部が物語る源氏山とふ廻《めぐ》れる舞台

石橋山

所望は天呂山なる岩よりゆ唐獅子出でて牡丹と遊ぶ

月宮殿山

謡曲の月宮殿に因みたる所望は鶴と亀とが踊る

西宮蛭子山

福々しきえびすが鯛を釣り上ぐる商売繁昌は「西宮蛭子」

西王母山

崑崙の西王母が賀《いは》ふ桃の実は二つに割れて童子出でたり

猩々山

唐国《からくに》の揚子の里に住むといふ高風は酌む尽きざる酒泉

湯立山

天孫の湯立ての神事奉つり笹の湯ふらす「五穀豊穣」

殺生石山

能楽の殺生石に因みたる所望は玉藻が狐に変る

郭巨山

からくりの郭巨が持てる鍬の柄にはらりはらりと時雨さしぐむ

二十四孝の郭巨は母を敬《うやま》ひて黄金《こがね》の釜を掘りいだしたり

神功皇后山

所望所望の声かけられてからくりの神功皇后文字書きつける

大津絵の鬼が笑《ゑ》まへる店先をかすめるごとく山車曳かれゆく

『われわれはどこから来たのか
われわれは何者か　われわれはどこへ行くのか』

――ポール・ゴーギャンの絵の題名――

原題は　"D'où venons nous? Que sommes-nous? Où allons-nous?　である。
この絵と言葉を日本に最初に紹介したのは
大正年間の「白樺派」の雑誌であった。
ゴーギャンの絵の題名としても有名であり、
現在はアメリカのボストン美術館に所蔵されている。

ポール・ゴーギャン（Eugène Henri Paul Gauguin,　一八四三年六月七日　～　一九〇三年
五月九日）は、フランスのポスト印象派の最も重要かつ独創的な画家の一人。
一八四八年、二月革命の年にパリに生まれた。
父は共和系のジャーナリストであった。
ポールが生まれてまもなく、一家は革命後の新政府による弾圧を恐れて
南米ペルーのリマに亡命した。しかし父はポールが一歳になる前に急死。

残された妻子はペルーにて数年を過ごした後、一八五五年、フランスに帰国した。

こうした生い立ちは、後のゴーギャンの人生に少なからぬ影響を与えたものと想像される。

フランスに帰国後、ゴーギャンはオルレアンの神学学校に通った後、
一八六五年、十七歳の時には航海士となり、南米やインドを訪れている。

一八六八年から一八七一年までは海軍に在籍し、普仏戦争にも参加した。

その後ゴーギャンは株式仲買人となり、デンマーク出身の女性メットと結婚。

ごく普通の勤め人として、趣味で絵を描いていた。

印象派展には一八八〇年の第五回展から出品しているものの、
この頃のゴーギャンはまだ一介の日曜画家にすぎなかった。

勤めを辞め、画業に専心するのは一八八三年のことである。

一八八六年以来、ブルターニュ地方のポン＝タヴェンを拠点として制作した。

この頃ポン＝タヴェンで制作していたベルナール、ドニ、ラヴァルらの画家のグループをポン＝タヴェン派というが、ゴーギャンはその中心人物と見なされている。

ポン＝タヴェン派の特徴的な様式はクロワソニスム（フランス語で「区切る」という意味）と呼ばれ、単純な輪郭線で区切られた色面によって画面を構成するのが特色である。

一八八八年には南仏アルルでゴッホと共同生活を試みる。

が、二人の強烈な個性は衝突を繰り返し、ゴッホの「耳切り事件」をもって

共同生活は完全に破綻した。

西洋文明に絶望したゴーギャンが楽園を求め、南太平洋（ポリネシア）にあるフランス領の島・タヒチに渡ったのは一八九一年四月のことであった。

しかし、タヒチさえも彼が夢に見ていた楽園ではすでになかった。

タヒチで貧困や病気に悩まされたゴーギャンは帰国を決意し、一八九三年フランスに戻る。叔父の遺産を受け継いだゴーギャンは、パリにアトリエを構えるが、絵は売れなかった。（この時期にはマラルメのもとに出入りしたこともある。）

一度捨てた妻子にふたたび受け入れられるはずもなく、同棲していた女性にも逃げられ、パリに居場所を失ったゴーギャンは、一八九五年にはふたたびタヒチに渡航した。

タヒチに戻っては来たものの、相変わらずの貧困と病苦に加え、妻との文通も途絶えたゴーギャンは希望を失い、死を決意した。

こうして一八九七年、貧困と絶望のなかで、遺書代わりに畢生の大作『われわれはどこから来たのか　われわれは何者か　われわれはどこへ行くのか』を仕上げた。しかし自殺は未遂に終わる。

最晩年の一九〇一年にはさらに辺鄙なマルキーズ諸島に渡り、地域の政治論争に関わったりもしていたが、一九〇三年に死去した。

死後、西洋と西洋絵画に深い問いを投げかける彼の孤高の作品群は、次第に名声と尊敬を獲得するようになる。

愛咬

木村草弥

――愛咬やはるかはるかにさくら散る　時実新子――

時実新子は一九二九年岡山市生れの人気川柳作家でエッセイストでもあった。二〇〇七年三月十日肺がんのため七八歳で死去した。句集に『時実新子一萬句集』『有夫恋』などがある。

一九五五年ごろから川柳を作り始め、六三年、初めての句集「新子」を出した。七五年、個人季刊誌「川柳展望」を創刊。初期の「子を寝かせやっと私の私なり」といった母親らしい《台所川柳》から、やがて「ヘアピンで殺す男を視野に置く」など男女の愛憎や人生の悲哀を詠み込む作風に変化し、川柳界の与謝野晶子とも呼ばれた。

二歳年下の曽我さんと再婚した八七年の句集「有夫恋（ゆうふれん）」がベストセラーに。九一年から二年間、毎日新聞夕刊（大阪本社発行）の川柳選者を務めた。九五年、阪神大震災の被災体験を共有しようと、曽我さんとともに震災川柳を募った。九六年には月刊「川柳大学」を創刊。川柳研究に貢献した。

また「川柳新子座」なるものを主宰して、広く一般から川柳を募集して「アサヒグラフ」という写真画報に発表し、まとまると一冊の本にして朝日新聞社から出版されている。

「愛咬」とは成熟した男女の情事での秘戯である。この句は、一萬句集のなかでも後の方の「除籍入籍」一九八一〜八七年という、作者五〇歳を過ぎてからの年代の頃の作品である。

情事の床で、いろいろのテクニックを駆使しての成熟したカップルの、もつれ合う姿が脳裏に浮かんでくる。時しも、桜の季節――しかも「はるかはるかに桜ちる」というお膳立ても出来上がっている。

愛は「はかないもの」で、はるかはるかに散る桜のように、愛の熱情も、いつか色あせ、移ろってゆく。そういう愛の「哀しみ」を、状況設定も見事に芸術作品に仕立て上げた、お見事！。

時実新子という人は、書かれたものを見ると、一七歳で結婚して、離婚して、再婚してという愛の遍歴を過ごされたらしい。
この人の川柳の師匠は川上三太郎で、処女句集『新子』の序文の中で、
〈新子は女性であるから何よりも先ず女性の手に成った句を書くように仕向けた〉
という。
川柳人口のほとんどが男性であった昭和三〇年頃、他の男性作家と同じような句を書いていた新子に、三太郎が与えた啓示であった。
　　十七の花嫁なりし有夫恋
　背信の汽車なら走れ有夫恋

逆光線即ち三十歳の乳房
紅《べに》引くと生きてゆく気がする不思議
凶暴な愛が欲しいの煙突よ　＊1

一月に生きて金魚の可能性
二ン月の裏に来ていた影法師
三月の風石に舞うめくるめき
四月散り敷いて企み夜になる
美しい五月正当化す別離
六月の雨まっさきに犬に降る
七月に透ける血脈陽を怖れ
八月の蝉からからと完《おわ》りける
脈うつは九月の肌にして多恨
十月の藍の晴着に享く光
あくまでも白し十一月の喉《のんど》かな
極月のてのひらなれば萼《うてな》です　＊2

まだ咲いているのか夾竹桃のバカ
恋は終わったがこの乳臭きこのいのち
つきつめてゆくと愛かなてんと虫　＊3

すかんぽのぽかんと今があるばかり
菜の花の風はつめたし有夫恋
菜の花菜の花疲れてしまうコトバたち　＊4

五十を過ぎて天神さまの細道じゃ
死のような快楽《けらく》覚えし洗い髪
除籍入籍　椿ぽたぽた落ちる中
れんげ菜の花この世の旅もあとすこし
愛はもう問わず重ねたパンを切る　＊5

草の露ゆうべ抱かれし足運び
二人で歩くちょいとそこまで地の果てまで
青いみかんは私よりも好色だ

さみしさに似た歓喜ありけしの花
仰向けになって研師に身を任す　＊6

＊1　『背信の汽車』　一九五五〜六〇
＊2　『問わぬ愛』　一九六六〜七〇
＊3　『女のくらがり』　一九七一〜七五
＊4　『有夫恋』　一九七六〜八〇
＊5　『除籍入籍』　一九八一〜八七
＊6　『想夫恋』

（後注）　この文章は、三井葉子さん主宰「楽市」誌に載せたものである。何号かは年月など不詳。

散文詩　春の修羅　木村草弥

―死者たちの　野に風車ひとつ　からからから―石牟礼道子

三・一一以降、なんとも重苦しい感覚がまとわりついて離れない。

宮沢賢治生誕二ケ月前（一八九六・六・一五）に発生した三陸地震津波が県内に多くの爪痕を残した中での生誕だった。

また誕生から五日目の八月三十一日には秋田県東部を震源とする陸羽地震が発生し、秋田県及び岩手県西和賀郡・稗貫郡地域に大きな被害をもたらした。

この一連の震災の際に、母イチは賢治を収めたえじこ（乳幼児を入れる籠）を両手で抱えながら上体で蔽って念仏を唱えていたという。

家業が質屋の息子である賢治は、農民がこの地域を繰返し襲った冷害などによる凶作で生活が困窮するたびに、家財道具などを売って当座の生活費に充てる姿にたびたび接し、この体験が賢治の人格形成に大きな影響を与えたとされている。

いかりのにがさまた青さ
四月の気層のひかりの底を

唾し　はぎしりゆききする
おれはひとりの修羅なのだ

ああかがやきの四月の底を
はぎしり燃えてゆききする
おれはひとりの修羅なのだ

草地の黄金をすぎてくるもの
ことなくひとのかたちのもの
けらをまとひおれを見るその農夫
ほんたうにおれが見えるのか

（まことのことばはここになく
　修羅のなみだはつちにふる）
　　　＊宮沢賢治「春と修羅」抄

生きものたちが冬の厳しい寒さをやりすごすために、

代謝を制限して眠ったような状態を冬眠という。
北国で太陽が遠ざかる冬に活動しているものは本当に数えるほど少ない。

大怪獣クラーケンのように
無慈悲に襲いかかってくる
大津波よ！
修羅よ！　春の修羅よ！

（後注）　この詩は私の第三詩集『修学院幻視』に載せたものである。

ガーラ湯沢

木村草弥

「国境の長いトンネルを抜けると雪国であつた」
　　と川端康成は書いた。
一九三五年『文学界』の編集者だった小林秀雄は、この
小説には、このフレーズの前に長い描写があったのだが、
編集者の権限で小林がばっさり削って、この有名な出だ
しになったらしい。こういうレトリックを「ポッと出」
手法という。(閑話休題)
トンネルばかりが多い上越新幹線だが
今ではトンネルを抜けると「越後湯沢」駅である。
冬季だけ開業の臨時駅「ガーラ湯沢」は
ゴールデンウイークの五月はじめまで春スキーを楽しむ
男女で混んでいる。
この駅はＪＲ東日本の若手の思いつきから始まった。
そして成功してＪＲ東日本の関連会社としては大成功し

た社内プロジェクトなのだ。

今ではシーズン中、一日に数千人が利用する。

ここは元々、上越新幹線・越後湯沢駅に隣接する保安基地だった。

その裏山に開業したのがガーラ湯沢スキー場だ。

ここ新潟県南魚沼郡湯沢町は元々豪雪地帯だ。

今ではスキーだけでなく「スノボ」スノーボードで滑る若者が多い。だから「スキー場」ではなく「スノーパーク」と称する施設が流行りだ。

首都圏から最速で七七分で着く「ガーラ湯沢駅」を出ると、スキーセンター・カワバンガから八人乗りゴンドラが中央エリアのレストハウス・チアーズに動いている。

ここからは初心者用ゲレンデへフェートンというリフトや中上級者用リフトが何本も連なっている。

エーデルワイスは滑走距離一六〇〇mを誇る。

標高一一八一mの高倉山頂からは上級者用の非圧雪コース九〇〇mなどが連なる。パウダーと迫りくるこぶにチ

ャレンジだ。下まで滑り下りてもリフトが上まで送って
くれるから楽だ。
遊び疲れたら「下山コース・ファルコン」という二五〇
〇m、標高差五七三mを一気に駅前のスキーセンター・
カワバンガまで滑走できるルートもある。
スキーセンター・カワバンガにはSPAガーラの湯、レ
ストラン、更衣室などが完備している。レストハウス・
チアーズにもレストランがある。
山頂の下の尾根には「愛の鐘」というカップルには嬉し
いところもある。まさに至れり尽くせりである。

　高倉山頂から勢いよくパウダースノーの斜面に
　滑り出たのはいいが
　ゲレンデの外れのブッシュに突っ込んで
　男はそのまま帰って来なかった。

（後注）　この詩は私の第三詩集『修学院幻視』に載せたものである。

著者略歴

木《き》村《むら》草《くさ》弥《や》（本名・重夫）

1930年2月7日京都府生まれ。

Wikipedia—木村草弥

著書

歌集『茶の四季』角川書店 1995/07/25 初版 1995/08/25 2刷
　　『嘉木』角川書店 1999/05/31 刊
　　『樹々の記憶』短歌新聞社 1999/07/18 刊
　　『嬬恋』角川書店 2003/07/31 刊
　　『昭和』角川書店 2012/04/01 刊
　　『無冠の馬』KADOKAWA 2015/04/25 刊
　　『信天翁』澪標　2020/03/01刊
詩集『免疫系』角川書店 2008/10/25 刊
　　『愛の寓意』角川書店 2010/11/30 刊
　　『修学院幻視』澪標　2018/11/15 刊
　　『修学院夜話』澪標　2020/11/01 刊
エッセイ集『四季の〈うた〉草弥のブログ抄』澪標　2020/12/01 刊
私家版（いずれも紀行歌文集）
　　『青衣のアフェア』
　　『シュベイクの奇行』
　　『南船北馬』

E-mail＝sohya@grape.plala.or.jp
http://poetsohya.web.fc2.com/
http://poetsohya.blog81.fc2.com/
http://facebook.com/sohya38

現住所　〒610-0116　京都府城陽市奈島十六７

四季の〈うた〉——草弥のブログ抄《続》

二〇二一年五月二五日発行

著　者　木村草弥
発行者　松村信人
発行所　澪　標《みおつくし》
大阪市中央区内平野町二-三-十一-二〇二
TEL　〇六-六九四四-〇八六九
FAX　〇六-六九四四-〇六〇〇
振替　〇〇九七〇-三-七二五〇六
印刷製本　亜細亜印刷株式会社